古典文藝研究輯刊

十五編

曾永義 主編

第14冊

中國歌謠與心理研究（上）

徐華龍 著

國家圖書館出版品預行編目資料

中國歌謠與心理研究（上）／徐華龍 著 — 初版 — 新北市：
花木蘭文化出版社，2017〔民 106〕
序 16+ 目 4+158 面；19×26 公分
（古典文學研究輯刊 十五編；第 14 冊）
ISBN 978-986-404-906-6（精裝）
1. 歌謠 2. 文藝心理學 3. 中國
820.8   106000831

ISBN-978-986-404-906-6

9 789864 049066

古典文學研究輯刊
十五編　第十四冊　　　　　　　ISBN：978-986-404-906-6

中國歌謠與心理研究（上）

作　　　者　徐華龍
主　　　編　曾永義
總 編 輯　杜潔祥
副總編輯　楊嘉樂
編　　　輯　許郁翎、王筑　美術編輯　陳逸婷
出　　　版　花木蘭文化出版社
社　　　長　高小娟
聯絡地址　235 新北市中和區中安街七二號十三樓
　　　　　　　電話：02-2923-1455／傳眞：02-2923-1452
網　　　址　http://www.huamulan.tw 信箱 hml810518@gmail.com
印　　　刷　普羅文化出版廣告事業
初　　　版　2017 年 3 月
全書字數　251812 字
定　　　價　十五編 18 冊（精裝）新台幣 32,000 元
版權所有·請勿翻印

中國歌謠與心理研究（上）

徐華龍　著

作者簡介

　　徐華龍，1948 年 9 月生，復旦大學研究生畢業，筆名有文彥生、曉園客、林新乃等，上海文藝出版社編審。上海筷箸文化促進會會長、上海民間文藝家協會主席團成員、中國東方文化研究會理事、中國少數民族文學會理事、上海非物質文化遺產保護中心評審專家、上海大學碩士生導師、中國盤古文化專業委員會名譽主任等。

　　學術專著：《國風與民俗研究》、《中國歌謠心理學》、《中國神話文化》、《中國鬼文化》、《泛民俗學》、《上海服裝文化史》、《鬼學》、《民國服裝史》、《文學民俗史》、《山與山神》、《非物質文化遺產與民俗》、《鬼》、《中國民國服裝文化史》、《中國民間故事及其技巧研究》、《箸史》等。

　　主編著作：《鬼學全書》、《中國鬼文化大辭典》、《上海風俗》、《中國民間信仰口袋書》等。

　　《中國神話文化》獲 2001 年首屆中國民間文學山花獎學術著作二等獎。

　　《中國歌謠心理學》獲首屆全國通俗文藝優秀作品「皖廣絲綢杯」論著三等獎。

　　《泛民俗學》獲 2004 年「第五屆中國民間文藝山花獎・第二屆學術著作獎」三等獎。

　　《鬼學》獲 2009 年「中國民間文藝山花獎・第三屆學術著作獎」入圍獎。

　　《中國鬼文化》和《中國鬼話》被日本青土社購得版權，被翻譯成為日語後，在日本出版發行。

提　　要

　　歌謠是中國歷史上存在了數千年，其數量之多堪稱數億亦不為過，其中所包藏的社會文化及其風土人情各個層面的內容非常豐富，面對這樣的對象，需要一個很好的切入口，而在過去的研究中，有文學的、藝術的、文化的、民俗的等學科的研究，為了尋求一個新的突破口，於是就找到了從心理學的角度來研究歌謠。

　　本書是從中國傳統歌謠作為基本出發點，加以心理學的觀點進行研究的著作。目前尚未見與我的著作相同的圖書的出版。歌謠的產生，直接與人們的心理、感情相關，直接表達了人民的思想感情和意志願望。《詩・魏風・園有桃》：「心之憂矣，我歌且謠。」《漢書・藝文志》：「自孝武立樂府而採歌謠，於是有代趙之謳，秦楚之風，皆感於哀樂，緣事而發，亦可以觀風俗，知薄厚雲。」從這裡，可以看出歌謠與人們心理活動緊密關聯，因此成為朝廷了解社會民眾的思想感情最直接的來源。

　　本書是作者長期研究民間歌謠的一個總結。不僅對史書記載的歌謠，也對民間流傳的歌謠進行了分析、研究，並從中發現中國歌謠的心理情感方面的抒發，是最真誠、最直接的，完全用不著掩飾自己的情感與表達，這種淳樸的文化是田野勞動者、城市市民階層的感情表達方式，因此也可以更加透徹地理解社會的底層文化，並且還可以更加深切地感受他們所創作的歌謠藝術及其價值。

中國歌謠學總論

（代序）

　　我國古典書籍中記載著大量有關民歌學的論述，這些論述雖是零碎的分散的，但卻有不少眞知灼見。它可以使我們得知當時人們對民歌的種種看法，也爲今天研究民歌，繼承這豐富的民間文學遺產提供了基礎。

一、民歌的產生及其發展

　　民間文藝理論認爲，民歌產生於人類的生產實踐，脫離了生產實踐活動，就不可能有民歌的出現。

　　從我國古代的一些文獻中，可以看到民歌起源於勞動的記載。《呂氏春秋‧淫辭篇》曰：「舉大木者，前呼邪許，後亦應之。」在漢代成書的《淮南子‧道應篇》也有類似的說法，並加了「此舉重勸力之歌也。」這裡不僅說明了勞動產生了民歌，而且也說明勞動歌的出現，原先並不是審美需要的產物，是因當時生產力低下，勞動常常是集體性的，爲了取得共同的勞動成果，要求動作協調，於是以歌來和諧大家的動作，並以歌來解除繁重的體力勞動的苦累。

　　對於民歌的產生，除了有唯物主義的解釋之外，也有唯心主義的說法，古今中外的民間文學研究者和民俗學者對此都有各自不同的見解，比如「天籟說」、「討妖說」、「嬉戲說」等等，另外，按朱自清在《中國民謠》一書中所提及的，外國還有其他關於歌謠起源的學說五種。我國古代學者對民歌的起源也存在著不同的爭論。唐代孔穎達在他的《毛詩正義》裡說道：「上皇之時，……居上者設言而莫違，在下者群居而不亂，未有禮義之教，刑罰之威，爲善則莫知其善，爲惡則莫知其惡。其心既無所感，其志有何可言；故知爾

時無有詩詠。」又說：「若夫哀樂之起，冥於自然；喜怒之端，非由人事。」
這裡孔穎達爲我們描繪了一幅原始共產主義社會的眞實情景，但他的觀點是
錯誤的。第一，他否定原始社會有民歌。我們以爲，雖然在那時還不存在階
級關係，但人們賴以生存的生產鬥爭，是猿變成人的那天起就已開始了。依
照唯物主義的觀點，歌謠的出現是伴隨著人們有意識的生產勞動而出現的。
魯迅曾經對這時歌謠的產生說過一段十分精闢的語言：「我們的祖先的原始
人，原是連話也不會說的，爲了共同勞作，必需發表意見，才漸漸地練出複
雜的聲音來，假如那時大家抬木頭，都覺得吃力了，卻想不到發表，其中有
一個叫道『杭唷杭唷』，那麼，這就是創作。」這裡所說的有節奏的「杭唷杭
唷」聲就是最初的原始歌謠形式。據國外的人類學者或民族學者的大量調查，
從原始部落的藝術創作中，可以得出一個結論，那就是民歌的產生與勞動生
產直接相關，勞動生產的特點和形式決定著民歌的節奏和韻律。第二，孔穎
達以爲詩（其中包括民歌在內）純粹是主觀意識的自我表露，與人世社會皆
無關係。這個觀點，至今看來可謂是不攻自破的。

　　從民歌最原始的產生形式來看，勞動是民歌產生的先決條件，除此條件
外，不可能有第二個條件。但隨著人類社會的發展，生產力的不斷提昇，勞
動不再是產生民歌的唯一條件了，而勞動人民的思想感情、道德情操、審美
觀點等等均可以產生民歌。因此，民歌又成了表現不同時代勞動人民群眾
理想和感情的形式，從這層意義上來說，人民群眾創造了民歌是有道理的。
鄭樵說：「風者出於風土，大概小夫賤隸婦人女子之言，其意雖遠，其言則淺
近重複，故謂之風。」近人田北湖在《論文章源流》一文中指出：「謠諺者，
猶在未有文字之前，習於委巷下里，傳於婦人孺子，人心之聲，鳴其天籟，
隨機感觸，獨到眞趣，人人舞蹈之，時時詠嘆之。」關於這方面的論述還有
很多，都反映了一個眞理：民歌是勞動的心聲的自然流露，它爲民眾自己所
喜愛。

　　另外，我們也應看到民歌的作者是功利主義者，他們不僅僅將民歌作品
作爲酒飯之後的言談笑料，而是根據現實生活來表現自己的喜怒哀樂。《春秋
公羊傳・宣公十五年解詩》中說：「男女有所怨恨，相從而歌。飢者歌其食，
勞者歌其事。」這段史料記載，實際上把進入階級社會之後的古代勞動者的
主要生活狀況，和民歌產生的原因、特點以及內容都概略地寫出來了。勞動
群眾唱不出有閒之士的心理，這是因他們的階級地位、生活境遇的嚴重對立

和懸殊所造成的。「勞者」希望減輕繁重的體力勞動，「飢者」幻想能飽食一餐，這種感情的披露是自然的，也決定了勞動人民群眾要把民歌作為表現自己這些思想願望的工具了。

當然，除此而外，民歌也反映其他方面的事物，如諷刺咒罵奴隸主、地主階級的寡廉鮮恥和剝削成性的，揭露表現官僚、豪門狼狽為奸、枉行不法的；反映對幸福與未來無限向往的等等，所有這一切就構成了豐富絢麗的民歌的思想內容和情趣愛好。

任何事物都有發生、發展的過程，民歌也不例外，按照傳統的觀念，好像民歌一般只是產生於農村，它的題材和內容大都是反映農民生活的，只有農民和手工業者才運用它。其實並非如此。哈拉普在《藝術的社會根源》一書中就指出過：「民俗學者一般認為，民歌完全是鄉村的東西，但是特別是美國一些研究工作把這個看法推翻了。在英國方面十九世紀早期，辣德幫毀壞機器的工人們中就有民歌，他們造些歌來誨謾開始風行的機器。十九世紀受殘酷剝削的英國工廠工人也做了一些很不高興的歌。不過工業民歌存在的最充實的証據是美國方面的工業民間傳說的研究和搜集所提供的。」這段話表明，民歌是隨著社會的發展而發展的，即使到了資本主義階段，民歌仍然存在。

在我國，明清以後，雖有一些資本主義的生產因素，然而因封建制度的重壓和外國資本的入侵，終究沒有發展起來，因此，古代民歌的發展只能按我國經濟、社會發展的軌道而向前移動。民歌由農村進入城市，可說是一個發展。這不僅顯示了作者隊伍的壯大充實，創作題材的豐富擴展，而且也表示了民歌的極大生命力和感染力。明代李開先在《一笑散》中就記載了城市中演唱民歌的情景：

> 有學詩文於李空同者，身旁郡而之汴省，空同教以若似得傳唱瑣南枝，則詩文無以加矣。請問其詳，空同告以不能惡記也，只在街市上閒行，必有唱之者。越數日果聞之，喜躍如獲重寶，即至空同處謝曰：「誠如尊敬。」

這裡可知民歌「瑣南枝」是產生於「汴省」這一城市之中的。這首民歌竟使文人「喜躍如獲重寶」，即可見城市民歌其藝術感人之深。以此看來，民歌進入城市是一種發展，並且這種發展是正常的，它在思想和藝術上都進到了新的境地之中。

城市民歌的一個重要特點是情歌多。《古今樂錄》:「《襄陽樂》者,宋隨王誕之所作也。誕始爲襄陽郡,元嘉二十六年,仍爲雍州刺史,夜聞諸女歌謠,因而作之,所以歌和中有襄陽來,夜樂之語也。」這裡所說的《襄陽樂》原是襄陽城中少年男女行樂表示愛情的歌謠,劉誕就是根據這種歌謠而作樂曲的,另外還有《石頭樂》、《華山畿》等「吳聲」、「西曲」中的歌辭絕大部分是情歌。第二個特點是:表示商旅的男女關係,特別是少婦閨思,想念行商在外的丈夫,責備他們重利少情的本質,所以歌中充溢著懷念、鬱恨的多種感情。

這些民歌的產生和發展,和當時城市的繁榮是分不開的。據有關學者考証,六朝時期的「吳聲」「西曲」中的民歌,如《讀曲歌》、《阿子歌》、《丁督歌護》、《華山畿》、《石城樂》等等大多產生於城鎮之中,或大城市的周圍。正因爲城市的繁榮和發展,也因爲傳統的禮教束縛比農村少得多,所以大膽地表示愛情的民間歌謠就多了起來。

二、民歌的藝術特點

關於民歌的藝術特點,早爲古人所注意,他們在論民歌時一般總或多或少地談到了民歌在藝術上的某些特點。

真實,是一切文學藝術的生命,也是創作的一條規律。民歌是勞動人民有感而發的作品,它毫不隱瞞地表現了自己的思想感情。因此,真實成了民歌重要的藝術特徵之一。

十五國風,出諸里巷婦女之口者,情詞婉曲自非後世詩人墨客,
捈觚染翰,刻骨流血,所能及者,以其真也。〔註1〕

謠諺皆天籟自鳴,直抒己志。〔註2〕

《孔雀東南飛》,質而不俚,詳而有體,五言之史也。而皆渾樸
自然,無一字造作,誠爲古今絕唱。〔註3〕

這三段論述,從不同的角度都談及了民歌真實性的問題。民歌是勞動者反映思想情操、理想感情的代言者,它無需迎合官方,爭奪名利,因此它是真誠的,發自內心的。這些真誠的聲音是有感於某件事物,非唱不可,而不是無病呻吟。我們查閱一下民歌創作及其歷史,就不難發現這一現象:民歌

〔註1〕李開先《一笑散》。
〔註2〕《古謠諺》劉毓崧序。
〔註3〕胡應麟《詩藪》。

來源於勞動人民的生產勞動實踐，它的作者憑借長期生產鬥爭的經驗，直抒胸懷，用歌表達自己的心聲。正因為如此，近人沈昌直也不禁讚嘆道：「閭巷歌謠，所陳者不出一鄉一里之間，而語本天眞，事皆徵信，寥寥短章，亦實為一方志乘之所自出。」再者，正是民歌的眞實，超過文人故意雕琢的作品，以《孔雀東南飛》為例，之所以會成為「古今絕唱」，主要的原因是：「渾樸自然」、眞實可信。

眞的對立面是假。民歌之眞與封建衛道士詩文之假，是一對矛盾的兩個方面。由於兩者的比較，明眼的人更可以看出它們之間差異來。馮夢龍以為世界上只有假詩文，而無假山歌，這並非信口開河，而是總結了這樣一條帶規律性的論點，特別是針對明朝封建社會末期更是這樣。詩文大都為文人雅士所撰著，由於種種緣故（其中根本的是個人因素）使他們不能抒發慾吐之言，因此就不得不偽作詩文，以牟利進爵。而山歌的作者毫不顧忌這些，隨編隨唱，隨唱隨傳，不需要在社會上爭名奪利，只消表現寄託抒發之意即可。所以馮夢龍說：「自楚騷唐律，爭妍竟暢，而民間性情之響，極不得列於詩壇，於是別之曰山歌，言田夫野豎矢口寄興之所為，荐紳學士家不道也。」又道：「有假詩文，無假山歌，則以山歌不與詩之名，故不屑假。」

與其實性相聯繫的民歌的第二個特點是質樸、自然。

胡應麟在《詩藪》中指出：「漢樂府雜詩，自《郊祀》、《饒歌》，李陵、蘇武外，犬率里巷歌謠，如上古《擊壤》、《南山》，矢口成言，絕無文飾，故渾樸眞至，獨擅古今。」採集入樂府的詩中，除一部分文人作品和祭祀性的作品外，很大部分是來自民間的「里巷歌謠」。這些歌謠還保持了質樸自然，清新純正的形態，故應麟從「矢口成言，絕無文飾」的民歌中，得出結論：「渾棋眞至，獨擅古今」，是不無道理的。

《擊壤歌》相傳是帝堯之世時的民歌，「日出而作，日入而息，鑿井而飲，耕田而食。帝力於我何有哉。」這樣的民歌看來似乎過於簡單，然而其中包含著質樸、自然，富有鄉土氣息，正因如此，把上古時代勞動的勞作情形和思想狀況坦率地表露在讀者面前，這樣的表現方法是很具特點的。另外，在藝術上也表現了一種質樸的美。

民歌的第三個特點是富有音樂性。

《全唐詩》將劉禹錫《竹枝詞》前面的小引節錄下來，做了一個《竹枝詞》的題解，現錄寫下來：

> 《竹枝》本出於巴、渝、唐貞元中，劉禹錫在沅湘，以俚歌鄙
> 陋，乃依騷人《九歌》，作《竹枝新辭》九章，教里中兒歌之，由是
> 盛於貞元、元和之間。其音協黃鐘羽末，如吳聲。含思婉轉，有淇
> 濮之艷。

這裡所說的，「其音協黃鐘羽末」，絕非只是指劉禹錫改作民歌的作品，其實應看做「竹枝詞」本身就富有音樂感，符合樂理的。因爲劉禹錫對流傳於沅、湘、巴、渝之間竹枝詞只作了稍稍的修飾而已，特別是民歌的曲調基本上保持了原來的風格和特點；如非這樣，我們很難想象竹枝詞被仿作之後，爲什麼還依然盛行民間？

《樂記》上說：「魏文侯問於子夏曰：『吾端冕而聽古樂，則唯恐臥；聽鄭衛之音，則不知倦，敢問古樂之如彼，何也？新樂之如此，何也？』……」魏文侯喜聽民歌，以致到了「不知倦」的程度，有內容方面的原因，也有藝術上的原因。在藝術上有個很重要的因素是民間音樂不僅新，而且有音樂性，否則，毫無樂感的噪音是不能引起生活在貴族音樂之中的魏文侯賞識的。這是民歌富有音樂感的一個佐証。

民歌富有樂感不僅體現的曲調，在文字上，或明確地說，在歌詞上也同樣有著這一特徵。

第四個特點是勇於創新。

勞動人民的民歌創作，不固守一格，而是根據各個地區、風俗習慣、思想情緒、職業愛好等不同，編製出各種民歌，以滿足各種審美要求。就地區而言，有青海花兒，陝北信天游，山東秧歌，湖南盤歌，江蘇吳歌，鄂西山歌等；就職業區分，有船歌、漁歌、樵歌、牧歌等。就是同一形式在不同地區也有種種變異，這正表現了民歌作者的創新精神。

明袁宏道曾說：「今閭閻婦人孺子所唱《擘破玉》《打草竿》之類，就是無聞無識眞人所作，故多眞聲，不效顰於漢、魏，不學步於盛唐，任性而發，尚能通於人之喜怒哀樂嗜好情慾，是可喜也……」明朝中期，「前七子」主張「文必秦漢，詩必盛唐」，袁宏道則以民歌爲例，駁斥了這種復古主義的主張。這一駁斥之所以有力，在於找到了有說服力的論據。民歌從國風開始遵循的是一條現實主義的創作原則，有感而發，不依據歷史上早有固定的陳式，正因如此，就能準確眞實地表現出人的各種感情。郭沫若在《屈原研究》裡曾指出：「大率古時白語詩的土俗歌謠是不遵守一定格律的，而一到詩人手裡，

要經意做起來的時候，更立地爲四言的格律所限定了。」此語頗有道理，道出了民歌不爲舊格律形式所禁錮善於依據當時當地的實際情景，「任情而發」的客觀現實，從本質上來說，表現了民歌的創作精神。

第五個特點是「言有盡而意無窮」。

劉毓崧在與杜文瀾《古謠諺》的序言裡說過：「謠諺皆天賴自鳴，直抒已志，如風行水上，自然成文，言有盡而意無窮。」我們隨手取來歷史上存在的民歌，都會發現這一特點，之所以造成這一特點，不是靠故意雕琢，而是「自然成文」，把繁複的生活現象，深刻的思想內容，點滴的感受體會，用眞實樸素的語言、獨特的構思和巧妙的聯想表達出來，從而成爲一種「言有盡而意無窮」的藝術境界。

徐文長《奉師季先生書》說道：「詩之興體，起句絕無意味，自古樂府亦已然。樂府蓋取民俗之謠正與古國風一類。今之南北東西懸殊，而婦女兒童耕夫舟子，塞曲征吟，市歌巷引，若所謂竹技詞，無不皆然。此眞天機自動，觸物發洱，以啓其下段慾寫之情，默會亦自有妙處，決不可以意義說者。」這裡所說「默會亦自有妙處，決不可以意義說者」，與「言有盡而意無窮」可謂是同義概念。雖然徐文長論及詩歌的起興句「絕無意味」的看法，我們不以爲然，但他認爲這是民歌作者「天機自動，觸物發聲」的唯物主義的看法，又是可取的。由於這種即興式創作方式，使民歌文字質樸、淺近、通俗，又非一攬無餘，毫無回味的。相反地通過簡樸的字面，可以沉浸到作品所造成的意境之中去，有時還將出現「只有意會不可言傳」的自我欣賞的現象。

關於民歌的藝術特徵，古人涉及的還有一些，在此不一一介紹了，但從上述五個方面來說，古人對民歌的認識雖不是全面的，但從某一角度講，達到了一定的水平，也爲後人從理論上總結民歌的藝術特點奠定了現實基礎。

三、民歌爲詩歌之母

我們通常稱民歌是詩歌之母，這是從詩歌的起源來說的。因爲人類早期的勞動歌，已具備詩歌的節奏、韻律等方面的雛形因素。但是，隨著社會進化和歷史發展，勞動歌逐漸分化爲詩人創作和勞動人民創作兩大部分，一是詩歌，二是民歌。這就提出一個問題，詩人創作還要不要向勞動人民的口頭創作——民歌學習，回答是不盡相同的。但是有一點是肯定的，凡是有一定成就的詩人，總是注意從人民群眾的民歌創作中吸取營養，借助民歌的形式

或詩句，創作新的詩歌形式，和充實提高詩人的詩歌創作。

　　《詩品》說曹植的詩歌：「其源出於國風。骨氣奇高，詞采華茂，情兼雅怨，體被文質，粲溢古今，卓爾不群。」〔註 4〕又說：「行卿少年，甚擅風謠之美。」〔註 5〕宋田錫在《貽宋小著書》中提及白居易作品時說：「樂天善於歌謠」〔註 6〕。曹植的詩被鐘嶸譽為「骨氣奇高，詞采華茂，情兼雅怨，體被文質」，而之所以產生如此強烈的藝術效果，與民歌有著淵源關係，這些評價是十分精闢的。從匯編成冊的作品來看，曹植的詩很多來源於樂府歌辭，他利用富有民間特色的相和歌、雜曲歌，寫下了許多著名詩篇，如《白馬篇》、《名都篇》、《姜女篇》、《泰山梁甫行》、《蝦鱔篇》等等。在詩歌創作中，曹植還吸收了民歌中的養料，充實和豐富自己的作品。在一首懷念他異母兄弟曹彪時寫的雜詩裡說道：「高臺多悲風，朝日照北林。」這裡的「北林」，見於《詩經・秦風・晨風》：「鳥穴彼晨風，鬱彼北林，未見君子，憂心欽欽。」借用「北林」，為了使人聯想得「未見」二句，含不盡眷念之情於未語之中，烘托懷人之情，加強藝術感染力。曹植還借用民歌句子，稍稍改變一下原來說法，造成新的詩句，與整篇詩混為一體。《美女篇》：「羅衣何飄飄，輕裾隨風還。顧盼遺光彩，長嘯氣若蘭。行徒用息駕，休者以忘餐。借問女安在？乃在城南端。」所謂「行徒用息駕，休者以忘餐。」這兩句是說休息和駕車的人因看到一位非常貌美的女子而忘了就餐停車不走了。類似這樣的描繪句子和方式在漢樂府《陌上桑》中也有，「行者見羅敷，下擔捋髭鬚。少年見羅敷，脫帽著帩頭。耕者忘其犁，鋤者忘其鋤。來歸相怨怒，但坐觀羅敷。」對於羅敷的美貌，不作任何直接的固定性的描寫，可以使讀者有充分想像的餘地。這種側面烘托、使人物的形象達到極致的寫法，就不能不影響文人創作。「偶有一點為文人所見，往往倒吃驚，吸入自己的作品中，作為新的養料。」〔註7〕的確，正如魯迅所說，歷史上曾有許多騷士學者為民間的藝術所驚嘆不已，並勇敢地吸收進自己的作品中來，曹植可謂是其中一員。另外，曹植還學習民歌的語言、風格等方面，這在作品中保留著明顯的迹象。

　　鮑照也是善於向民間歌謠學習、並取得一定成就的詩人。他經常善於利用樂府中的歌、行、吟和民間歌謠，進行擬作，創作了大量的作品。郭茂倩

〔註 4〕鐘嶸《詩品》。
〔註 5〕鐘嶸《詩品》。
〔註 6〕郭紹虞《中國文學批評史》，第 168 頁。
〔註 7〕魯迅《且介亭雜文・門外文談》。

說：「《樂府解題》曰：《行路難》備言世路艱難及離別悲傷之意……按《陳武別傳》曰：『武常牧羊，諸家牧竪有知歌謠者，武遂學《行路難》，則所起亦遠矣。』」〔註8〕可知，《行路難》原爲歌謠。鮑照《擬行路難》共製十八首，大多表現對封建士族社會種種不合理觀念的感憤和不平。在他的作品中，有創作性而對後代較有影響的，是那些吸收了民間營養的歌行。這類作品，以七言爲主，也雜用長短不齊的語句，語言較爲質樸，能變化自如，具有俊逸的風格，打破了當時詩壇只講雕藻淫艷、死氣沉沉的詩風。從曹丕以來，七言歌行在他的筆下，表現出一種新的藝術特質，對七言詩的發展，產生了很大的影響。鐘嶸說他「甚擅風謠之美」，是不爲過譽的。

白居易更是眾所周知的勇於向民歌學習的人。首先，他在理論上肯定了民歌的社會功能，因爲從不同的民歌中反映了不同時代人民的思想願望和社會精神面貌。「聞《北風》之言，則知威虐及人也；聞《碩鼠》之判，則知重斂於下也。聞『廣袖、高髻』之謠，則知風俗之奢蕩也；聞『誰其獲者婦與姑』之言，則知徵役之廢業也。」〔註9〕上面所舉《北風》、《碩鼠》都是《詩經》國風中的民歌，「廣袖、高髻」之謠和「誰其獲者婦與姑」之言，都是漢代的民謠，它們都反映了當時人民的思想和社會生活。正因民歌有如此的社會功能，白居易以爲要使詩歌達到「救濟人病、禪補時闕」的作用，就必須向樂府民歌學習，所以他大力提倡新樂府。在《新樂府序》中，他提出了詩歌不僅要真實地反映社會生活，而且還要做到像民歌民謠那樣語言通俗、流暢的藝術主張，這對他不能不產生深刻的影響。其次，白居易十分愛好民間樂府和歌辭，這爲他積極參加新詩體的創作實踐，提供了堅實的基礎，他的《揚柳枝詞》、《竹枝詞》、《浪淘沙詞》以及其新樂府詩，都是受有一定民樂、民歌的影響，清新自然，質樸生動，富有民間歌辭的風味。

從上面所舉的三個詩人的例子中，我們可以看到，這些詩人的成就直接與民歌有著親緣關係，他的善於發現民歌中閃光的東西，善於吸收民歌的營養，融合於自己的詩歌創作中，使之日臻完美。

這是從詩人創作與民歌的關係，來証明民歌是詩歌之母的，另外，我們亦可從詩歌新形式的產生，來說明這一點。

從我國詩歌發展史來看，凡是一種新詩體的出現，在此之前必然民間早

〔註8〕 轉引《魏晉南北朝文學史參考資料》，第 496 頁。
〔註9〕 《策林·樂詩》。

有這一形式（成熟的或雛型的）的存在，然後，爲文人所發現所利用，在實踐的過程，使這一形式逐步完善並加以固定下來，於是新的詩歌就確立了，被認爲是屈原、宋玉所創建的楚辭體，其實在古代南方民間歌謠中早就有這種形式了。現在被保存下來的《越人歌》即爲一例，「今夕何夕兮，搴洲中流。今日何日兮，得與王子同舟。蒙羞被好兮，不訾詬恥。心幾煩而不絕兮，得知王子。山有木兮木有枝，心說君兮君不知。」還有一首《滄浪歌》、《風兮》也是由長短不一的詩句所製作，歌中的「兮」相當於今日普通話中的「啊」字，是古漢語的原始語音，可見這些民歌對楚辭的形成和發展有著重要的承繼關係。所以王國維在《人間詞話》中說：「《滄浪》、《風兮》二歌，已開楚辭體格。」聞一多在他的《人民詩人──屈原》一文中曾這樣說過：「屈原最主要的作品──《離騷》的形式，是人民藝術形式，……至於他的次要的作品──《九歌》，是民歌，那更是明顯，而爲歷來多數的評論家所公認的。」〔註 10〕這兩位學者所論述的文字，均表明這一點，詩人屈原和宋玉正是吸取了人民群眾創作的民歌之精華，特別是在楚國民間歌謠的基礎上，加以提煉集中，才創造了這一獨具一格的詩歌形式。

五言詩產生於漢代，這也是爲學術界所認可的。中國經過五百年的歷史，到了東漢末期五言詩才達到了成熟的階段，其代表作是：「古詩十九首」這一類型的文人抒情短詩的發生和發展，並成爲一種受人注目的五言詩體，與吸收民間歌謠的養料、借鑒民間歌謠的形式是分不開的。

傳爲孔子編撰的《詩經》和其他一些更爲早期的歌謠中，就有了五言詩句的出現和運用，所以鐘嶸說：「夏歌曰『鬱陶乎予心。』楚謠曰：『名餘曰正則。』雖詩體未全，然是五言之濫觴也。」〔註 11〕到了西漢，民間歌謠中的五言詩更爲多了。例如漢武帝時，李延年兄妹入宮被幸，民間爲之作謠諷刺：「一雌復一雄，雙飛入紫宮。」〔註 12〕《漢書‧五行志》也載成帝時的五言民謠，「邪徑敗良田，讒口害善人；桂樹華不實，黃雀巢其顚。故爲人所羨，今爲人所憐。」另外，在被採入樂府的漢代民間歌謠，最多的也是五言句。劉勰的《文心雕龍》也說：「召南行露，始肇半章；孺子滄浪，亦有全曲。暇豫優歌，遠見春秋；邪經童謠，近在成世。閱時取証，則五言久矣」。

〔註 10〕《聞一多全集》甲集，上海開明書店，1948 年版，第 260 頁。
〔註 11〕《詩品‧總論》。
〔註 12〕《漢書‧五行志》。

　　然而西漢初期，文人中依然「繼軌周人」製作四言詩，因爲那時以四言詩爲主要形式的《詩經》被認爲是「聖人垂教萬世」的「經典」，因此，文人寫詩也爭相模仿，而對早已流行於民間的五言詩則不聞不問。藝術的規律是不可違背的，任何一種新興的詩歌形式，總是勞動人民創作出來，然後在民間廣爲實踐。在這種新型的形式得到逐步發展的情況下，就不能不影響當時的文人創作了。他們吸收民間清新樸素的五言民歌形式，進行模擬、改造，於是，被稱爲文人班固的第一首《詠史》詩出現了。風氣一開，這一新的富有表現力的五言詩形式逐漸取代了舊的表現內容受到局限的四言詩體，而在詩壇上成爲獨霸的地位。

　　再舉宋詞爲例。詞早在唐代就流傳於民間。《舊唐書·音樂志》上就曾說過：「自開元以來，歌者雜用胡夷里巷之曲」。據此記載，開元教坊雜曲大多來自民間的各種曲調。到了宋代，由於大都市的發展和繁榮，市民階層的出現，統治階級追求逍遙淫靡，需要精神上的享受，再則，詞對表現當時的現實生活有一定的長處，於是人們開始利用民間詞曲，雕章琢句，比聲協律，使之一躍成爲主要的詩歌形式。元代的散曲，是繼詞之後而起的新詩律，它也是根據民間已有的小曲小調，後經文人加工修繕而成的。故明騷隱居士《衡曲塵談》說：「自金元入主中國，所用胡樂，嘈雜緩急之間，詞不能按，乃更製新詞以媚之。」所謂胡樂乃是一種流行於蒙古族人民中間的音樂形式，用少數民族的民間形式，改造傳統的詞，更製新詞，以適新的音樂形式的需要，散曲就這樣應運而生了。

四、民歌之價值

　　民歌既然稱之爲詩歌之母，那麼如何看待和評價它的社會價值呢？

　　民歌的社會價值，主要是兩個方面：一是娛樂作用，二是反映民俗。（其他如審美作用，教育作用，認識作用等等，就不一一論述了。）

　　關於娛樂作用，恩格斯曾在《德意志人民故事書》中說：「人民作品有娛樂萬民的任務」，這不僅是對故事而言，也可指民歌。民歌的創作一方面是勞動人民心聲的必然反映，另一方面，民歌短小精悍，善於表現人民群眾的各種情緒，能與現實生活緊密聯繫起來，從而使民歌有娛樂群眾的作用。明代劉繼莊在《廣陽雜記》卷二曾寫道：「余觀世之小人未有不好唱歌看戲者，此性天中之詩與樂也。」劉繼莊這裡所說的「小人」應指生活底層的勞動階

級，反映了文人的思想局限，但縱觀全句，也說明了一個真理：勞動人民是十分愛好歌謠和觀戲的。沈德符的《野獲編》也說：「嘉隆間乃興鬧五更、寄生草、羅江怨、哭皇天、乾荷葉、粉紅蓮、桐城歌、銀紐絲之屬，自兩淮以至江南，漸與詞曲相遠，不過寫淫媟情態，略具抑揚而已。去年以來，又有打棗杆、桂枝兒二曲，其腔調約略相似，則不問南北，不問男女良賤，人人習之，亦人人喜聽之，以致刊布成帙，舉世傳誦，沁人心腑。」這是敘述喜靖、乾隆以及萬歷年間俗曲在民間流行的盛況，它產生「人人習之，亦人人喜聽之」的社會效果，就在於這些俗曲有娛樂百姓、陶冶心情的作用。

正因為如此，民歌在人民群眾的現實生活中就不能不占有一定的位置。「邊兵每得勝回，則連隊抗聲凱歌，乃古之遺音也。凱歌詞甚多，皆市井鄙俚之語。」〔註13〕這裡描述的是戍邊戰士勝利歸來、引亢高歌的情形，他們用「市井鄙俚之語」，表現自己勝利凱旋的愉快心情，以示慶賀。在少數民族中，別有一番風情，他們以聲代歌，寄託情誼，更是自我娛樂的常見手段。《蠻書》記載雲南一帶古代少數民族生活片斷時說：「少年子弟，暮夜遊行閭巷，吹葫蘆笙，或吹樹葉，聲韻之中，皆寄情言，用相呼召」。《新蠻書·南蠻傳》也說：「吹瓢笙，笙四管，酒至客前，以笙推盞勸釂」。可見，在古代少數民族中也是將民歌作為一種娛樂手段，穿插在整個生活之中。

民歌不僅受到人民群眾的喜愛，並廣為傳播，而且也是統治階級欣賞和娛樂的工具。早在戰國時期的史料中，就有記載當時統治者喜聽民樂的事。《呂氏春秋·遇合》篇曰：「客有以吹籟見越王者，羽、角、宮、徵、商不繆，越王不喜，為野音而反悅之。」野音可直譯為粗野的民間樂曲。從這個事例中，可以充分証明越王之所以不喜聽嚴格按照宮廷音樂編製的曲調，而願聽粗俗的清新活潑的民間樂曲，這是因為民間樂曲中有值得他欣賞和愛聽的因素。

作為統治階級的上層人物有的不僅欣賞愛好民間樂曲，甚至還模仿民間樂曲進行製作，或重新填詞。

《樂府詩集》卷四十六引《古今樂錄》稱：「《懊儂歌》，宋少帝更製新歌三十六曲。」這裡所說《懊儂歌》就是一首民歌。《宋書·樂志》曰：「《懊儂歌》，晉隆安初民間歌謠之曲。」又，《舊唐書·音樂志》：「《石頭城》者，宋臧質所作也。石城在竟陵。質嘗為竟陵郡，於城上眺矚，見群少年歌謠通

〔註13〕沈括《夢溪筆談》卷五。

暢，因作此曲。」從這兩個例子中，可以看到南北朝時期上層統治階級採擷、潤色、製作民歌的一個側畫。像這樣的事例，在文學史上眞可謂是數不勝數的。

爲什麼會產生兩個不同利益的對立階級對民歌都有一種特殊的愛好和興趣呢？因爲在民歌中反映了作爲一個民族一個社會的共同的審美情趣。因爲「民歌乃是一種民族的產物，它反映整個社會的情感和趣味，它隨時在溶解；它的創作永遠不會達到止境，在它的歷史任何階段中，它總同時生存在許多形式裡。」〔註14〕審美情趣是在這一民族特定的歷史、環境下形成、發展起來的，盡管由於階級的差異，存在著不同的審美要求和審美理想，這是主要的根本的一面；同時也應看到不同的階級又有著相同或相近的審美情趣；以上的事實作了肯定可靠的回答。

古人論及民歌的社會價值時的另一個較多的方面，是民歌反映了人民群眾的生活習慣、婚葬禮俗、宗教道德、衣食住行等等。概言之，民歌保存著大量豐富生動的民俗資料，從這裡可以了解廣大群眾的理想願望、思想感情。

因此，有遠見的統治階級總是從民歌中「考其俗尙之美惡，知其政治之得失」〔註15〕。從民歌中觀察民情民俗，最早的當推至唐堯時代。《列子·仲尼篇》說：「堯治天下五十年，不知天下治歟，不治歟？不知億兆之願載己歟？不願載己歟？顧問左右，左右不知。問外朝，外朝不知。問在野，在野不知。堯乃微服游於康衢，聞兒童謠曰：『立我蒸民，莫匪爾極。不識不知，順帝之則。』」聽了童謠後，堯便得知民心所向，因此把帝位禪讓給了舜。到了周代建立了採風獻詩的制度。《詩經》中的國風就是周代各國的民歌，是當時的採詩官員從民間搜集而來的。由各國諸侯獻給周天子，因此可知各國的風土人情、人民生活、政局治亂、國家盛衰等。朱熹在解釋國風時說：「國者，諸侯所封之域；而風者，民俗歌謠之詩也。」〔註16〕正說明民歌與人民群眾風俗習慣是密切相關的。

正因爲民歌可以「觀風俗，知薄厚」，所以從周開始的統治階級進行了一系列的採風活動。關於采風之說，古籍中有記載，我們姑且舉幾例：《禮記·

〔註14〕昊安·威廉士《民族音樂論》，第35頁。
〔註15〕朱熹《詩集傳》卷一。
〔註16〕朱熹《詩集傳》卷一。

王制》：「天子五年一巡守。歲二月東巡守，……命太師陳風以觀民俗。」《公羊傳・宣公十五年注》：「從十月盡正月止……男年六十，女年五十無子者，官衣食之，使之民間求詩，鄉移於邑，邑移於國，國以聞於天子。故王者不出牖戶，盡知天下所知。」《漢書・藝文志》：「自孝武立樂府而采歌謠，於是有代、趙之謳，奉楚之風，皆感於哀樂，緣事而發，亦可以觀風俗，知薄厚云。」

《漢書・食貨志》：「孟春之月，群居者將散，行人振木鐸，徇於路以采詩，獻之太師，比其音律，以聞天子。」周代以來的采詩制度，到了漢武帝時，設立樂府，大規模地採集歌謠，可謂到了登峰造極的地步。漢哀帝後這種大批搜集歌謠的制度逐漸被淘汰了被取消了，但就某一歷史時期某一地區某一個人而言，采風聽謠的事還是很多的。這種情況，我們從史書、筆記以及成冊的民歌集子中可以看到。

我們知道，一個民族的各種風俗習慣，與它的歷史、地理、生產方式等因素有關，是長期沿襲積久的結果。正因為這樣，從某一民族的各種民歌中，又可以考察出它的歷史狀況、社會生活以及人民群眾的思想、意識、道德等等。《呂氏春秋・先識覽》：「中山之俗，以晝為夜，以夜繼日，男女切倚，因無休息——淫昏，康樂，歌謠，好悲——其主弗知惡此——亡國之風也。」這裡所說的是中山國中之人任意婚配，極重享樂，容易傷感的風俗，這些風俗就不能不在歌謠中有所反映；另外，作者將歌謠並列於「淫昏，康樂」，實際上也把它當作中山國風俗之一了。

以下我們具體而談：

反映招魂之俗。楚國位於周王朝的南面，這與文化發達的中原地區相比，還更多地保存著上古時代的某種風俗。招魂是楚國民間流行的一種風俗，直至解放之前，在湖南、湖北一帶還能經常見到。朱熹在《招魂篇》注中，這樣寫道：招魂者，「古者人死，則使人以其上服升屋，履危北面而號曰：『皋！某復。』遂以其衣三招之，乃下以履尸，此《禮》所謂復。而說者以為招魂復魂，又以為盡愛之道而有禱祠之心也，蓋猶冀其復生也。」我們從這裡可以看到招魂乃是民間的一種風俗，以此推理，招魂對所謂的「履危北面而號」的招魂歌亦產生於民眾之中。現在所記載的「招魂篇」無論是屈原的作品，還是宋玉的作品，都是模擬民間風俗歌的產物，在這一點上，應該是無疑的。

　　反映巫覡之俗。民間風俗不僅影響文人創作，同時更重要的是在自己創作的民間歌謠中得到了真實的反映。我們同樣以戰國時期的楚國為例。「昔楚南郢之邑，沅、湘之間，其俗信鬼而好祀，其祀必使巫覡作樂，歌舞以娛神。」這裡很清楚地表明：當時楚國百姓「信息而好祀」的，祭祀時，巫覡所唱的娛神歌，其中很大成分是群眾創作的東西。關於這一點，我們可以滿族薩滿祭詞和納西族東巴經中看到這個跡象。

　　《詩經》陳風中有許多民歌是表現巫覡生活的，之所以出現這些作品，是因為當時陳地的確巫風盛行，這就不能不深深地印入人民群眾的藝術創作之中。

　　反映婚姻之俗。在表現愛情方面，民歌同樣保存豐富的民俗資料，一般來說，婚姻形式與當地的人民群眾的風俗習慣相聯繫的。孔子曾說：「鄭聲淫」〔註17〕這是偏激之詞，他沒有將鄭國民歌談情說愛多的原因，放在特定的歷史和環境中進行考察，所以得出了錯誤的判斷。「土峽而險，山居谷汲，男女亟聚會，故其俗淫。衛地有桑間濮上之阻，男女亦亟聚會，聲色生焉，故俗稱鄭、衛之音。」〔註18〕這段史料，把鄭、衛之民歌形成的地理原因和社會原因都交代了。所謂地理原因，即是交通不便，人們深居簡出，需要各種交往活動，因此聚會較多；所謂社會原因，即保存著男女自由戀愛的場所和習慣。所謂「桑間濮上」就是當時青年男女自願往來、集會，尋找愛人的地方。由於這些原因，所以鄭、衛民歌中戀歌和情歌就占據了很重的成分，是不足為怪的。

〔註17〕 《論語‧衛靈公》。
〔註18〕 《漢書‧地理志》。

目

次

第一章　歌謠的發生

對於歌謠的發生，曾引起許多關心這一問題的學者、專家的注意，他們撰文或專門研討，或互相探討，或熱烈爭鳴，出現了各種學術觀點。

第一節　中國各家的觀點

第一種觀點，歌謠產生於勞動。

魯迅認爲歌謠發生於勞動。他在《門外文談》一文中這樣說：「我們的祖先的原始人，原是連話也不會說的，爲了共同勞作，必需發表意見，才漸漸的練出複雜的聲音來，假如那時大家抬木頭，都覺得吃力了，卻想不到發表，其中有一個叫道『杭育杭育』，那麼，這就是創作；大家也要佩服，應用的，這就等於出版；倘若有什麼記號留存了下來，這就是文學；他當然就是作家，也是文學家，是『杭育杭育』派。」〔註1〕這裡所說的「杭育杭育」即是最早的歌謠。換句話說，歌謠產生於原始的體力勞動，這時的歌謠內容與歌謠節奏是一回事。因爲那時，人們的語言還很簡單，只能呼喊出簡單的聲音。這種聲音，既是歌謠的全部內容，而且也是節奏所表現的符號。兩者是難以明分的。

魯迅所認爲的這一歌謠發生於勞動的觀點，不是一種獨特的發見，而是借鑒了我國古人的傳統說法。漢劉安《淮南子・道應篇》就說過：「今夫舉大木者，前呼『邪許』，後亦應之，此舉重勸力之歌。」由此可見，古人早就注意到了歌謠與勞動的相互關係。應該說，這一觀點的提出，是很有歌謠學的

〔註1〕見《魯迅全集》第6卷，人民文學出版社，1978年版，第75頁。

價值的，它從社會發展史的角度，論述了歌謠產生的原因。

《論傣族詩歌》中亦有類似的論述：

> 有時為了抬老虎或抬樹，為了出力，大家一齊喊：「嘿喲！嘿喲！優！」於是，全身就有使不完的力氣，直到今天我們抬木料蓋房子，一路上都喊：「賽羅！優！」這是因為它是力量的聲音。這種悲哀和歡樂，發自人們的心田裡，這種「發自」是勞動產生思想的過程，思想則又產生語言。從心底出來的語言最美。天長日久，這種悲哀和歡樂的情調，自然地成了人們的口頭流傳語，逐步演變成了歌。以後在抬虎抬樹時，不僅肩抬的眾者喊，就是歡迎和隨從的老人、小孩、婦女都一起呼喊，成為全民性的音樂，於是就產生了歌謠。〔註2〕

這裡所說的歌謠產生的經濟發展時期，是在狩獵時期。在這個時期，打獵是重要的一個經濟活動。人們為了將獵物運回住處，就齊心協力地搬運龐大獵物（如虎、兔、象、鹿等），於是就產生了簡單呼喊聲。這簡單的呼喊聲，既是節拍，又是歌詞。其節拍和歌詞均與生產勞動的具體節奏相吻合相一致。這些都証明了，勞動是產生歌謠的有力依據。

持有這種觀點的研究者不在少數，解放後，我國民間文學界基本都承認了這一觀點，並以為這是馬克思主義的基本觀念，不容抹殺和篡改。北京師範學院中文系編寫的《中國詩歌史》，這樣寫道：「我們討論詩歌的起源，應該溯源到發音清晰的語言產生之前的時代。人類最初對自然的鬥爭是非常艱巨的，僅僅靠著集體的力量，勉強在大地上爭得一定生存的地位。人們在從事勞動的時候，幾乎是支付出全身的力量，於是很自然地就伴隨著勞動的節奏，喊出有節奏的聲音，這就是所謂『勞動呼聲』。這種呼聲不僅在生理上適應著勞動的節奏，調劑著勞動者的動作和呼吸，減輕他們的疲勞，而且也統一著集體勞動者的共同動作，使彼此配合，提高勞動效率。人們最初的詩歌，便是孕育在勞動呼聲中。」〔註3〕

第二種觀點，歌謠產生於自然。

還有一種觀點，認為歌謠產生於自然，不是人為的產物。哪裡有人居住，

〔註2〕 祜巴勐《論傣族詩歌》，岩溫編譯，中國民間文學出版社（雲南），1981 年版，第 22 頁。

〔註3〕 見《中國詩歌史》第 1 冊，中華書局，1960 年版，第 1 頁。

哪裡就有歌謠。這些歌謠是自然流露，並無特殊或別的含義。

羅香林認爲：「歌謠本爲一種自然的產物。隨便什麼地方，只要有人在那裡居住，便都有歌謠的發生。」〔註4〕羅根澤也認爲：「一般的學者都說原始的人民已有詩歌，但就流傳至今者而論，中國方面，莫早於周初編輯的商代歌謠集──《周易·卦爻辭》。這些歌謠都是天種天籟，都是很自然的唱出來的。至於歌唱的意義，他們不惟沒有說過，而且沒有想過。」〔註5〕

羅香林、羅根澤在對歌謠起源的敘述上，文字不盡相同，但其觀點基本一致的，那就是歌謠發生於自然。這是一種歌謠發生自然論的典型說法。

第三種觀點，歌謠發生於模仿。

董每戡認爲：「許之衡在《戲曲史》中說：『上古之時，即有歌舞。』這話很對；不過，許氏接下說：『《帝王世紀》云：黃帝使伶倫爲渡漳之歌，伶倫氏乃司樂之官。』似乎也有問題，姑無論《帝王世本》所云是否有此事實，僅就歌出於樂官一點，不大可靠！我以爲歌舞之生自生民始，因人類原有一種普遍的特性──模仿慾，現在我們在兒童身上就可發現這一種本能，原始人就基於這一種模仿慾及事實上須以噪音或手勢表情意的需要，於是產生了歌和舞，譬如歌字，在古文歌從可，可字從口從丂，這個丂便是呼號的號，當然是吁嗟詠嘆之類的音聲表現，也就是原始最單純樸素的歌；至於舞讓在下詳，姑不談及。」〔註6〕

在這裡，董每戡所發議論不是僅就歌謠談其起源的，而是在談戲劇起源時談到歌謠的。在某種意義上來說，歌謠是一切文學藝術的母胎，也就是說有了歌謠才有了其他的文藝形式和內容。董每戡卓有見地看到了這一點，不過在闡述歌謠之起源時，試圖用人類學的觀點加以解釋，與眾不同，有獨到之處。但是模仿說只談了外在表面的一些現象，似還不夠深入。

第四種觀點，歌謠產生於巫術。

巫術是一種原始宗教，是早期人類對自然現象複雜心理的表現，有敬畏，有崇拜，有恐懼，有喜愛。凡此種種心理，均表現爲一種與神鬼相聯繫的使者──巫覡所施行的巫術，而巫覡通神鬼，是用手舞足蹈及口中念念有詞來表達的。這就是人類早期的歌舞，或者說巫術產生了歌舞。

〔註4〕羅香林編《粵東之風》，上海北新書局，1936年版，第9頁。
〔註5〕羅根澤編著《周秦兩漢文學批評史》，商務印書館，1944年版，第40頁。
〔註6〕董每戡《中國戲劇簡史》，商務印書館，1949年版，第1～2頁。

鄭玄《詩譜》：「巫以歌舞爲職，以樂神人者也。」

《說文解字》：「巫，祝也。女能事無形以舞降神者也。象人兩褒舞形，與工同意。」

王國維《宋元戲曲史》：「歌舞之興，其始於古之巫乎？巫之興也，蓋在上古之世。《楚語》：古者民神不雜，民之精爽不携貳者，而又齊肅正中；如此，則神明降之。在男曰覡，在女曰巫。……及少皞之衰，九黎亂德，民神雜糅，不可方物，夫人作享，家爲巫史。然則巫覡之興，在少皞以前，蓋此事與文化俱古矣。巫之事神，必用歌舞。」

持這種歌舞與巫術相關的觀點，另還有人。蔣祖怡也認爲：「最早的歌舞，和祀神與巫術有關係，這是世界上各個民族的共通現象。……其實，巫術的目的倒不是『以樂神人』，最初的目的，舞，只是行施巫術時的一種儀式，例如巫術要加害於人，先要舉行儀式，有恨怒的表情；執行戀愛巫術的時候，執行者要裝出迷戀的姿態；戰爭巫術要表演憤怒、鬥爭；被禳禍患的巫術，要表演恐怖與掙扎。而且，原始社會中，一切表演，大抵是集體舉行的，巫覡大概是一個領導者。」〔註7〕

以上所引的文字，均有一個比較鮮明的觀點，那就是歌謠的發生與巫術相關。應該說，巫覡在原始社會及封建社會中是某一部落，某一氏族，某一地區，某一村寨的文化保存者和文化創造者。他們由於宗教職業的需要，勢必要繼承前人的豐富的文化遺產，而且還要創作出新的祝詞、禱語、頌語等，這些就成了早期歌謠的一個重要組成部分。在卜辭中，有這樣一首歌謠，就是巫覡在施行巫術時所唱的：

癸卯卜：今日雨？其自西來雨？其自東來雨？其自北來雨？其自南來雨？〔註8〕這是一首求雨的巫術歌謠。很顯然，它是巫覡在施法求雨時的咒語。在意義上來說，歌謠發生於巫覡，亦不爲錯。但是，如果解釋原始歌謠的產生，又難說通。因爲最早人類生活中是沒有宗教的，即使到了有宗教意識的時代，也未必有專職的或分工明確的巫覡的出現，因此嚴格地說，最初的原始歌謠與宗教是無關的，也就是說原始歌謠不發生於巫覡。巫覡只創作那些宗教性的或具有原始宗教意識的歌謠，這時的人類已經有了較高的文化，以及相當豐富的文明沉積了。

〔註7〕蔣祖怡《中國人民文學史》，北新書局，1950年版，第105頁。
〔註8〕載郭沫若《卜辭通纂》，第375頁。

第五種觀點，歌謠的產生與心理有關。

朱光潛在《詩的起源》一文中，很清楚地表現了這種觀點：

> 詩的起源實在不是一個歷史的問題，而是一個心理學的問題。

> 要明白詩的起源，我們首先要問：「人類何以要唱歌做詩？」

> 對於這個問題，眾口同聲地回答：「詩歌是表現情感的。」

> 這句話也是中國歷代論詩者的共同信條。《虞書》說：「詩言志，歌永言。」《史記・滑稽列傳》引孔子語：「書以道事，詩以達意。」所謂「志」與「意」就含有近代語所謂「情感」（就心理學觀點看，意志與情感原來不易分開），所謂「言」與「達」就是近代語所謂「表現」。〔註9〕

朱光潛還說：「人生來就有情感，情感天然需要表現，而表現情感最適當的方式是詩歌，因爲語言節奏與內在節奏相契合，是自然的，『不能已』的。」〔註10〕

這裡所說詩亦包括歌謠。在談詩之起源，朱光潛亦指歌謠之起源，因爲「在詩的進化階段上，現代民歌反在《商頌》、《周頌》之前。所以我們研究詩的起源，與其拿荷馬史詩或《商頌》、《周頌》做根據，倒不如拿現代未開化民族或已開化民族中未受教育的民眾的歌謠做根據。從前學者討論詩的起源，只努力搜羅在歷史記載中最古的詩，把民間歌謠都忽略過去，實在是大錯誤。」〔註11〕

由此可知，朱光潛十分重視民間歌謠，並且用心理學的基本理論來解釋詩歌的起源，樹了一家之言。

關於歌謠發生學的觀點，大致以上述五種主要觀點作爲代表，如果細分，還可以列舉出一些，但基本不會跳出以上五種觀點的範圍。

歌謠發生學的討論，主要集中在二、三十年代。當時的著名學者、專家、教授、作家都提出各種觀點，試圖來解釋歌謠之起源這一許多人較爲關心的理論問題。

之所以人們對歌謠發生學有如此高的興趣，是有其背景的。

第一是由於歌謠運動的掀起。五四運動，西方先進的社會科學和自然科

〔註 9〕 《朱光潛美學文集》，上海文藝出版社，1983 年版，第 11、12、10 頁。
〔註 10〕 《朱光潛美學文集》，上海文藝出版社，1983 年版，第 11、12、10 頁。
〔註 11〕 《朱光潛美學文集》，上海文藝出版社，1983 年版，第 11、12、10 頁。

學思想衝破了我國幾千年來的封建、家族社會的束縛，滲透進了死氣沉沉的中國學術界，使人們在黑夜中看到了黎明的曙光。在這其中，西方的歌謠學作為民俗學的一個組成部分同樣也來到了中國大地上。北京大學率先發出了「徵求全國近世歌謠簡章」，到了 1922 年正式成立歌謠研究會，並刊行了《歌謠》周刊。一些著名的專家加入了研究的行列，如劉半農、顧頡剛、周作人、董作賓、鍾敬文、容肇祖、常惠等。另外，在徵求歌謠通知發出之後，收到了大量的歌謠。面對這種情形，人們勢必會對歌謠的起源產生興趣，於是很多人著書立說來探究其中的因由。

第二，這一時期，大量的國外社會學科，如社會學、人類學等與民俗學相關的學科被介紹到我國，搞文學的人同時也接受了國外的某些觀點，並運用於自己原來的學科，有的則乾脆研究起與自己本行不相干的對象來了。了解了這種背景，對當時人們熱衷研究歌謠的起源並產生濃厚興趣，就不難理解了。因為研究歌謠的起源需要有各種知識，美學的，民族學的，人類學的，考古學的，等等，有了這些知識，就能更清楚地理解歌謠發生的各種因素。而當時各種社會科學的傳入，為歌謠發生學的研究提供了可靠的基礎。

解放以後，歌謠發生學的研究，不像過去那麼熱鬧了，大家都以為這是一個再清楚不過的常識了，沒有人再肯花力氣，繼續這方面的研究了。現在我們的各種教科書，以及其他各種研究詩歌史，研究歌謠史的專著，無不都認為歌謠的發生，與人類早期的勞動生產有關，進而僵化地認為沒有勞動生產就沒有歌謠。

劉大杰認為：「文學也是起源於生產勞動的實踐。勞動韻律的再現和生產行為的模擬，是歌舞產生的主要根據。在文學部門裡，歌謠產生最早。文字產生以前，就有了歌謠。」〔註 12〕劉大杰的《中國文學發展史》修訂多次，但這一觀點基本未變。

鄭孟彤在談到詩歌的起源時，亦以為勞動創造了歌謠。他說：「文學藝術是從勞動中直接產生的。最早的文學——詩歌，就是產生於勞動中的勞動韻律。人類在勞動過程中，由於筋肉的弛張和工具的運用，都有其一定的間歇和一定的強弱，這樣的循環往復就形成一種自然的節奏，這種帶有節奏的勞動，往往使人不自覺地發出一種與勞動節奏相適應的聲音，當人們發現這種聲音可以減輕疲勞，便自覺地用它。這種帶有節奏的聲音就是最原始的詩

〔註12〕劉大杰《中國文學發展史》，上海人民出版社，1973 年版，第 1 頁。

歌。」〔註 13〕這段文字之後，即引用了魯迅在《門外文談》中說的那段「杭育杭育」的由來，由此可見，鄭孟彤亦主張勞動創造歌謠說。

此外，徐北文亦同樣以魯迅「杭育杭育」觀點為依據，形象地引証說：「勞動創造產品，更重要的是創造了人類本身，語言應生產的需要而產生，詩歌自然也不例外。一群人共同拖大樹前進時，為了齊一勞動的動作，大家一齊唱起了『杭育杭育』（普通話是『咳唷咳唷』）這富有節奏的『詩歌』，因而提高了勞動效率。」〔註 14〕

江明惇認為：「漢族民歌同一切民族的文化一樣，都是產生於人們的社會和勞動之中的。」此雖說歌謠產生於社會和勞動，實際主要是指生產勞動，還舉劉安在《淮南子·道應訓》中談到古代的《邪許歌》為例：「今夫舉大木者，前呼『邪許』，後亦應之。此舉重勸力之歌也。」「這『邪許』雖可能還只是一種呼聲，可是它是適應集體勞動時為協調動作、減輕勞累而發生的有節奏、有音調的聲音，這就是我們最早的民歌——勞動號子的雛型。」〔註 15〕

宋大能認為：「勞動創造了一切。民間歌曲起源於勞動。在原始社會裡，我們的祖先伴隨著勞動生產這個最基本的實踐活動，創造了音樂，唱出了最早的民間歌曲——勞動號子，用它來反映勞動者的思想感情，並直接為生產勞動服務。」〔註 16〕

朱宜初、李子賢主編的《少數民族民間文學概論》第二章開始有這樣一段話：「探究古老的文藝，可以印証文藝主要起源於勞動。特別是少數民族的文藝，能更生動、有力地印証文藝主要起源於勞動。」在第六章談到少數民族歌謠時，認為：「最古老的歌謠，純粹是從功利觀點出發的，是完全依賴於勞動的。原始先民在勞動中發出有節奏的呼喊，或是為了協調人們的勞動，或是簡單地概括勞動經驗，……詩歌和勞動生產緊密結合這個傳統，一直貫穿於各族詩歌發展的過程之中。直到現在，在朝鮮族、傈僳族、怒族、白族、彝族、苗族、哈尼族、納西族、佤族、拉祜族等少數民族中，仍流傳著許多反映生產勞動的歌。」〔註 17〕

〔註 13〕鄭孟彤《中國詩歌發展史略》，黑龍江出版社，1981 年版，第 1 頁。
〔註 14〕徐北文《先秦文學史》，齊魯書社，1981 年版，第 25 頁。
〔註 15〕《漢族民歌概論》，上海文藝出版社，1982 年版，第 1 頁。
〔註 16〕《民間歌曲概論》，人民音樂出版社，1979 年版，第 1 頁。
〔註 17〕朱宜初、李子賢主編《少數民族民間文學概論》，雲南人民出版社，1983 年

以上我們僅舉數家之言，就足以可見關於歌謠起源勞動說，持此觀點者，何其之多。

近幾年，民間文學研究有了長足的發展，對歌謠發生的認識也有了新的發展，出現了一些新的觀點。

鍾敬文主編的《民間文學概論》認為：「民間歌謠是人類歷史上產生最早的語言藝術之一。我們的祖先，在創造了語言之後，就逐步創造了歌謠。原始的歌謠，同人們的生存鬥爭密切相關：或表達征服自然的願望，或再現獵獲野獸的歡快，或祈禱萬物神靈的保佑。」〔註18〕

烏丙安認為：「我國現代的民間歌謠研究者認為：民間歌謠是各個民族的勞動人民在社會實踐（生產勞動與社會鬥爭等）過程中，集體創作的口頭文學韻文形式；更確切地說：民間歌謠是廣大人民的生活、思想感情在富有音樂性的語言形式中的真實反映。」〔註19〕

上述兩種觀點比較接近，是近年來對歌謠研究的一個新成果。它一方面認為歌謠是勞動生產的體現，同時又是民眾心理的反映。這種觀點較之過去將歌謠的起源純粹來自於勞動生產的觀點，有了較大的進步。

第二節　國外名家的觀點

關於歌謠的起源問題，不僅在中國學者中產生強烈的影響，而且早在世界各國有關學者中得到研究，並形成了多種觀點。

朱自清曾將外國關於歌謠起源的學說總結成四種觀點：一是民眾與個人合作說，二是集體創作說，三是散文先起說，四是個人創作說。

將這四種觀點具體說來，所謂民眾與個人合作說，是指「敘事歌起於凡民，乃原始社會生活的一種特質；那時人家裡，村人的聚會裡，都唱著這種敘事歌。那時的詩人不能寫，那時的民眾不能讀；詩人得唱給他們聽，或念給他們聽。」〔註20〕所謂集體創作說，是筆者概括的。「假定一群民眾，為一件有關公益的事，舉行典禮，大家在歌舞，這時候，各人一個跟一個，都做一節歌；合起來就是一首歌。大家都尊敬這首歌，沒有一個人敢改變它。」

版，第23～24、115頁。

〔註18〕《民間文學概論》，上海文藝出版社，1980年版，第239頁。

〔註19〕烏丙安《民間文學概論》，春風文藝出版社，1980年版，第140頁。

〔註20〕朱自清《中國歌謠》，作家出版社，1957年版，第9～14頁。

〔註21〕所謂散文先起說,「這一派說 Crimm 所謂民眾,並不常跳舞而出口成歌,也並不要求所有故事,必用韻語傳述。他們愛用散文談說他們今昔的豐功偉業;有敘有議,有頭有尾;有些地方便找他們中善歌的人來插唱一回。自然而然地,這所唱的歌容易記得,便流傳下來了。」〔註22〕所謂個人創作說,是指「無論實質方面,形式方面,都是某一歌工(Minstrel)的製作;民眾呢,先只聽著,後來學著歌工唱。」〔註23〕

除了這些觀點之處,關於歌謠起源的學說,在國外還有不少,茲介紹於下:

一、模仿說

最早提出這一觀點的,是古希臘人,他們的詩的定義就是「模仿的藝術」。這裡的「詩」,除了指其他的一些藝術樣式,同時亦包括歌謠在內。亞里士多德在他的《詩學》說:「詩的普通起源由於兩個原因,每個都根於人類天性。人從嬰孩時期起,就自然會模仿。他比低等動物強,就因為他是世間最善於模仿的動物,從頭就用模仿來求知。大家都歡喜模仿出來的作品。這也是很自然的。」由此可見,歌謠的起源來自模仿,這是亞里士多德的一個重要主張。

二、散文說

持這一觀點的,當以格羅塞為代表。他說:「人們常說詩的發展,起源於敘事詩。這是實在的,歐洲文明國的文學史,是以敘事詩開始的,但是和荷馬史詩中英雄的銅鎧和寶劍不是原始武器一樣,荷馬的敘事詩,也不是原始的詩。敘事詩是用審美的觀點為著審美的目的的一種事實的陳述。詩的敘述並不是絕對需要用韻律的形式表現的。一件用絕對正確的韻律,和毫無瑕疵的韻腳所述敘的事實,不一定是合於詩的;同時,另一種用沒有拘束和樸素的散文所敘述的故事,也許是合於詩的。澳洲人、明科彼人、布須曼人的敘事詩,除了少數韻律的句語外,其他的全是散文。只有埃斯基摩人的童話才大部分是用正確合律的朗誦法講說的。詩人作品的特性,在於它的主意是要影響感情,也只要影響感情。含有外表目的的任何故事,不論是要教訓聽眾,

〔註21〕朱自清《中國歌謠》,作家出版社,1957 年版,第 9～14 頁。
〔註22〕朱自清《中國歌謠》,作家出版社,1957 年版,第 9～14 頁。
〔註23〕朱自清《中國歌謠》,作家出版社,1957 年版,第 9～14 頁。

或者是要使聽眾受刺激而動作的故事，不問它是裝成散文，或納入詩的形式之中，都同樣的不是詩的作品。」〔註24〕

這段話，還提到了西方有人認爲詩起源於敘事詩的觀點，格羅塞批駁了這一觀點，並運用原始民族中的有關材料，說明散文產生於歌謠之前，換言之，歌謠由散文體的原始作品發展而來。

三、群衆合作說

群衆合作說，即朱自清所說的集體創作說。這是一種近代民俗學者的觀點。

持群衆合作說的以德國格林兄弟（J. and W. Grimm）爲最力，美國查爾德（Child）和加默黑（Gummere）把它加以發揮修正。依這派的意見，每個群衆都有一種「集團的心」，如德國心理學家馮特（Wundt）所主張的。這種「集團的心」常能自由流露於節奏。例如在原始舞蹈中，大家進退俯仰、輕重疾徐，自然應節合拍，決非先由某個人將舞蹈的節奏姿態在心裡起一個草稿，然後傳授於同群的舞者，好像先經過一番導演和預習，然後才正式表演。節奏既可自然地表現於舞蹈，也就可以自由地表現於歌唱，因爲歌唱原來就與舞蹈是不分的。這種觀點在十九世紀曾盛行一時，成爲一種重要學說。〔註25〕

四、個人創作說

這種觀點與群衆合作說相反，以爲歌謠最先是由一人創作的，然後才傳播到其他人中間去的。據人類學、社會學和語言學的實証，一切社會的制度習俗，如語言、宗教、詩歌、舞蹈之類，都先由一人創作，而後輾轉傳授於同群。人類最善模仿，一人有所發明，眾人愛好，互相傳習，於是遂成爲社會公有物。〔註26〕

五、雙重創作說

雙重創作說，即爲把民歌的完成說成是雙重創作的結果。第一重創作是個人的，第二重創作是群衆的。在原始社會中，一首歌經個人作成之後，便

〔註24〕 格羅塞《藝術的起源》，商務印書館，1937 年版，第 266～267 頁。
〔註25〕 轉引自《朱光潛美學文集》第 2 卷，第 19 頁。
〔註26〕 轉引自《朱光潛美學文集》第 2 卷，上海文藝出版社，1983 年版，第 20 頁。

傳給社會的其他人，經過大家不斷地修改、潤色、增刪，到後來漸漸失去原有面目。我們可以說，民歌的作者首先是個人，其次是群眾；個人草創，群眾完成。

　　關於這一觀點，美國基特里奇（Kittredge）教授在查爾德《英蘇民歌集緒論》中解釋得最透闢：

　　　　一段民歌很少有，或絕對沒有可確定的年月日。它的確定的創作年月日並不像一首賦體詩或十四行詩的那麼重要。一首藝術的詩在創作時即已經作者予以最後的形式。這形式是固定的，有權威的，沒有人有權去更改它。更改便是一種犯罪行為，一種損害；批評家的責任就在把原文校勘精確，使我們見到它的本來面目。所以一首賦體詩或十四行詩的創作只是一回就了事的創造活動。這種創造一旦完成，賬就算結清了。詩就算是成了形，不復再有發展了。民歌則不然。單是創作（無論是口占或筆寫）並未了事，不過是一種開始。作品出於作者之手之後，立即交給群眾去用口頭傳播，不能再受作者的支配了。如果群眾接受它，它就不復是作者的私物，就變成民眾的公物。這麼一來，一種新進程，即口頭傳誦，就起始了，其重要並不減於原來作者的創造活動。歌既由歌者甲傳到歌者乙，輾轉傳下去，就輾轉改變下去。舊章句丟掉，新章句加入，韻也改了，人物姓名也更換了，旁的歌謠零篇斷簡也混入了，收場的悲喜也許完全倒過來了，如果傳誦到二三百年──這是常事──全篇語言結構也許因為它本來所用的語言本身發展而改變。這麼一來，如果原來作者聽到旁人歌唱的作品，也一定覺得全不是那麼一回事了。這些傳誦所起的變化，總而言之，簡直就是第二重創作。它的性質很複雜，許多人在許久時期和廣大地域中，都或有意或無意地參加第二重創作。它對於歌的完成，重要並不亞於原來個人作者的第一重創作。〔註27〕

六、自發說

　　這種觀點即認為歌謠的發生出於自然，而不是人為的故意之作，當然，

〔註27〕轉引自《朱光潛美學文集》第2卷，上海文藝出版社，1983年版，第21～22頁。

這種自發亦是受到外界的作用和影響才產生的。

拉法格持此觀點，他說：「民間詩歌是自發的，天眞的。人民只是在受激情的直接的和立時的打動之下才歌唱。他們並不依靠任何巧飾；相反，他們追求確切地表現感受到的印象。因此格林兄弟可以肯定說，在民歌中他們沒有發現一句謊話；維克多‧雨果可以宣稱，在《伊利亞特》中沒有一個虛僞的形象。由於這種眞實性和確切性，民歌獲得了任何個人作品所不可能具有的歷史的價值。」〔註28〕

七、節奏說

節奏產生歌謠，有人說這是勞動創造歌謠說的翻版，亦不無道理。其實，這裡的節奏除了指勞動中產生的節奏外，還指一種人類特有的心理和生理本性。

普列漢諾夫在考察了原始民族的歌唱之後，發現節奏對於這些民族十分重要，在藝術史上曾經起過重大的作用。另外，人具備對節奏的敏感能力，同時又善於欣賞節奏。這樣，就「使原始社會的生產者在自己勞動的過程中樂意服從一定的拍子，並且在生產性的身體運動上伴以均勻的唱的聲音和掛在身上的各種東西發生的有節奏的響聲。」〔註29〕

當然，這種心理和生理中所具有節奏能力，與勞動生產分不開，「決定於一定生產的技術」〔註30〕。「在原始部落那裡，每種勞動有自己的歌，歌的拍子總是十分精確地適應於這種勞動所特有的生產動作的節奏。」〔註31〕普列漢諾夫在他另一篇文章中，明確地說道：「原始人在勞動時總是伴著歌唱。音調和歌詞完全是次要的。主要的是節奏。歌的節奏恰恰再現著工作的節奏，——音樂起源於勞動。」〔註32〕

從這裡，我們知道，歌謠的發生除了勞動這一根本性的因素之外，內在

〔註28〕拉法格《文論集》，人民文學出版社，1979年版，第11頁。

〔註29〕普列漢諾夫《論藝術（沒有地址的信）》，生活‧讀書‧新知三聯書店，1974年版，第35、36頁。

〔註30〕普列漢諾夫《論藝術（沒有地址的信）》，生活‧讀書‧新知三聯書店，1974年版，第35、36頁。

〔註31〕普列漢諾夫《論藝術（沒有地址的信）》，生活‧讀書‧新知三聯書店，1974年版，第35、36頁。

〔註32〕《普列漢諾夫哲學著作選集》第2卷，生活‧讀書‧新知三聯書店，1961年版，第755頁。

的人的心理和生理對節奏的欣賞、接受能力，亦非常重要。如果沒有兩者的緊密配合，歌謠的發生就得不到良好的土壤，最後可能導致歌謠的先天不足而導致失敗。

八、勞動主體說

畢歇爾說：「我的研究使我得出這樣的結論，即勞動、音樂和詩歌三者有著密不可分的聯繫。因此可以自問：這三個要素是一開始就彼此獨立的，抑或三者一起誕生而只是經過長期分化之後才彼此分離？如果是這樣，那末這三個要素之中哪一個是後來其他要素附加其上的核心？答案：勞動是那個構成核心的要素，而另外兩個要素——音樂和詩歌——是後來附加於它的。」〔註33〕

在這段話中，有兩層意思：一是勞動、音樂、詩歌三位一體，二是勞動是這三者之中最重要的構成要素；換言之，沒有勞動的出現，也就沒有音樂和詩歌的出現。從歌謠發生學角度來考察，畢歇爾的說法不無可取之處。

但是，如果光有勞動，而無人對節奏的覺察能力和欣賞能力，也不能直接產生歌謠的。人對節奏的欣賞能力，是產生歌謠的中間環節；缺少這一中間環節，歌謠是難以產生的。當然這一中間環節，是取決於生產勞動的。普列漢諾夫認為：「如果畢歇爾的這些出色的結論是正確的，那末我們就有權利說，人的本性（他的神經系統的生理本性）給了他以覺察節奏的音樂性和欣賞它的能力，而他的生產技術決定了這種能力後來的命運。」〔註34〕由此可見，普列漢諾夫不完全贊同畢歇爾的觀點，這是因為畢歇爾基本不談歌謠產生時的人的本性的作用。畢歇爾的歌謠發生學的觀點，即勞動主體說。他認為，勞動、音樂和詩歌（這裡實際上就是歌謠）雖是三位一體的，但勞動卻為主體，音樂和詩歌則為附屬體。

九、歌詞先於音樂說

歌謠說到底，亦由兩部分組成，一是歌詞，一是音樂。國外有人主張歌謠的產生，是先有歌詞，然後才有音樂的。英國人 Vougham Williams 說：「在

〔註33〕轉引自《普列漢諾夫哲學著作選集》第 2 卷，生活・讀書・新知三聯書店，1961 年版，第 755 頁。

〔註34〕普列漢諾夫《論藝術（沒有地址的信）》，生活・讀書・新知三聯出版社，1974 年版，第 37 頁。

原始時代，人類沒有報紙傳播新聞，沒有歷史記述往事，也沒有小說觸發想像力；這些事就由唱傳奇曲者（Ballad singer）一手包辦，他自然必須全靠記憶力了。為了容易記憶起見，他便將所講的話編成有韻律的形式，於是傳奇詩律就產生了。他又配上了音樂，這就給記憶力一個更大的幫助，並且增加語言的情感上的價值。因此，平常四句格式的民歌調子也就產生了。」〔註35〕

十、性慾說

性慾說是弗洛依德關於歌謠起源的重要學說。在原始社會，歌謠是與神話和宗教相聯繫的。據弗洛依德心理學解釋，這三件事的心理起源都相同，都是原始慾望的「升華」。人類本能中以性慾為最強，性慾最初的對象是自己的父母。原始人類中男子，都有殺父娶母的慾望，對於父親都存有幾分妒忌和畏懼。圖騰制度就是這種忌妒和畏懼的表現。每個圖騰社會都有一這禁令，最普遍的是不宰食圖騰所尊奉的動物。這種圖騰動物就是象徵原始人類所共惡的父親，犧牲圖勝動物是殺父的象徵，分食祭肉是慶祝成功的宴會。後由於社會前進，道德觀漸起，人們認識到亂倫是一種罪惡，並相約成習：一不宰殺象徵父親的圖騰動物，二不允許在同一圖騰之內通婚，以免侵占了父親的婦人。這就是宗教倫理的起源，文藝的起源也就在此。歌謠作為文藝的最早出現的一種藝術形式，其起源當然亦與性慾相關了。

達爾文也持這種觀點，他說：「詩歌的原始功用全在引誘導性。鳥獸的聲音都是以雄類的為最宏觀和諧，它們的羽毛顏色也以雄類的為最鮮明華麗。詩歌和羽毛都同樣地是『性的特徵』。」〔註36〕

因此可見，「佛洛德（即弗洛依德）和達爾文都著重詩歌與性慾的關係，所不同者達爾文以為詩歌是慾的工具，是引誘異性的餌；佛洛德以為詩歌是性慾的化裝的表現，是心的力量由性慾轉注到藝術。」〔註37〕

朱光潛認為，歌謠產生於性慾說，有值得商榷的地方。他說：「性慾的表現雖是一般民歌的特色，但是說民歌起源於性慾的表現，也還有商酌的餘地。凡是慾望都起於缺乏。對於一件事物有需要而不能得到手，才起思念。在原始社會中，男女本著自然的衝動而自由結合，『失戀』，『爭風』，『性的煩

〔註35〕 Vougham Williams《民族音樂論》，沈敦行譯，海燕出版社，1948年版，第37頁。
〔註36〕 朱光潛《性戀『母題』在原始詩歌中的位置》，載《歌謠》第2卷第26期。
〔註37〕 朱光潛《性戀『母題』在原始詩歌中的位置》，載《歌謠》第2卷第26期。

惱』，『性的失常』等等文明社會所常遇的事件所以不常發生。不但如此，原始人對於性愛的觀念也比較簡單粗率，狠（很）少帶有近代戀愛觀的浪漫色彩。」〔註38〕

十一、歌、舞、樂同源說

洛謝夫說「在荷馬對待藝術的階段，我們僅僅在特殊的情況下能夠相互區分的形式中發現音樂和歌詠，而音樂和歌詠本身同舞蹈則常常是不可分割的。這裡，所有這些藝術都處於同原始混合性十分接近的階段，雖然在荷馬這裡一般來說沒有任何『原始的』東西，這是十分發達的文化。」

歌、舞、樂同源的現象，在原始民族中很爲常見。例如印第安人的狩獵舞，在表演時每一個印第安人都從自己的住處取出一個專門爲此用水牛皮製作的面具，前面有角，後面有尾巴，然後大家就跳起「水牛」舞來。十個或十五個跳舞者圍成一個圓圈，一邊敲鼓一邊打呱噠板，邊歌邊嗥叫。當一個印第安人跳累了，他就開始表演啞劇，似乎他中箭身亡。於是他被剝了皮，然後被切成一塊塊。這時頭戴水牛面具的另一個人就來接替他。〔註39〕

古代希臘的詩歌、音樂、舞蹈三種藝術起源於酒神祭典。酒神（Dionysus）是繁殖的象徵，在他的祭典中，主祭者和信徒們披戴葡萄及各種植物枝葉，狂歌曼舞，助以豎琴（lyre）等樂器。從這祭典的歌舞中後來演出抒情詩，再後來演爲悲劇及喜劇（原爲扮酒神的主祭官和與祭者的對唱）。這是歌、樂、舞同源的最早証據（參見亞里士多德《詩學》、歐里庇得斯《酒神的伴侶》、尼采《悲劇的誕生》諸書。）另外，對土著的研究，所得到的歌、樂、舞同源的証據就更多了。

第三節　歌謠發生的心理機制

上述中外學者關於歌謠起源的觀點，都有某種可取之處，都談到了與歌謠發生相關的某種因素，亦有一定的道理。

但是，這些觀點都有不足，就是缺少對人的深入研究。首先，歌謠是人類的產物，離開了人這一前題，就不存在什麼歌謠，動物的嗥叫，雖是內心

〔註38〕　朱光潛《性戀『母題』在原始詩歌中的位置》，載《歌謠》第 2 卷第 26 期。
〔註39〕　〔蘇〕莫·卡岡《藝術形態學》，凌繼堯、金亞娜譯，生活·讀書·新知三聯書店，1986 年版，第 199 頁。

世界的顯示，但並不是歌謠，因爲它離開了人這一根本性的大前題。其次，我們說勞動創造了世界，勞動創造了一切，從歷史唯物主義的觀點來看，這無疑是正確的，也是無懈可擊的。但是，我們假如用這一觀點來套在歌謠發生學的研究上，未免有偏頗之處。因爲勞動創造了世界，勞動創造了一切，這主要指一種世界觀，一種認識論。離開了這種世界觀和認識論，歌謠發生學的研究就可能走向唯心主義的思想方法和認識論的死胡同中，反之，只有正確堅持這種世界觀和認識論，歌謠發生學的研究才能有真正的堅實的基礎。不過，這種勞動創造一切的觀點用以替代某一具體學科的研究，就未必達到認識真理的境地，同樣，對歌詩發生學的研究，僅僅停留在勞動創造一切的觀點之上，也不能解決這一特定的人民群眾口頭創作發生的真正原因。

我們以爲，勞動及其他社會實踐是歌謠發生的大前提，人的心理機制才是歌謠產生的真正動力。簡言之，歌謠乃是勞動及其他社會實踐作用於人的思想感情之後的有節奏韻味的自然表達。實際上，人的思想情感是一個中介體，是勞動及其他社會實踐和歌謠之間的媒介，沒有這樣一種媒介，要產生歌謠是不可能的。

在我國古代詩論中，其中談到歌謠與心情的文字，絕不在少數，由此我們亦可以看到古代詩歌批評家大都注意到了歌謠創作中的情感作用，這可以說是古人無意識地運用了現代的心理學理論敘述了歌謠發生的心理機制。

《詩·大序》：

> 詩者，志之所之也，在心爲志，發言爲詩。情動於中而形於言，言之不足，故嗟嘆之；嗟嘆之不足，故永歌之；永歌之不足，不知手之舞之，足之蹈之也。情發於聲，聲成文，謂之音。

在這裡，「志」、「情」均爲心理學中的情感。人們由於情感的作用，開口表現的言語，就是民間歌謠。如果歌謠不足以表達內心的情感，就借助手足舞蹈來表達，因此，歌謠和舞均是內心情感的外化形式。在歌謠和舞蹈二者之中，首先出現的是歌謠，其次才是舞蹈。這些都是《詩·大序》闡述的重要觀點。

在我國古代，談及歌謠和音樂起源時，人們首先注意到聲音的起動是因人的內心的驅使。沒有內心的驅使，聲音就不可能產生；有了聲音，才有歌謠，才有音樂。

《史記‧樂書》記載：

> 樂者，音之所由生也，其本在人心感於物也。是故，其哀心感
> 者，其聲噍以殺；其樂心感者，其聲嘽以緩；其喜心感者，其聲發
> 以散；其怒心感者，其聲粗以厲：其敬心感者，其聲直以廉；其愛
> 心感者，其聲和以柔：六者非性也，感於物而後動。

在這一段文字中，很有唯物主義的成分。它認為，音樂是由聲音產生，聲音
是由人心促動而產生的，而人心的促動是由大自然某一物體或事件產生的。
這是一段樸素的心理學解釋音樂起源的敘述，其立本之點，在於人的感情的
變化來自外界客觀事物的影響，而人的喜怒哀樂又決定了音樂的節奏和聲調
的變化。文中例舉了六種心理狀態：哀心、樂心、喜心、怒心、敬心、愛心，
以及由此心理狀態影響下的不同音樂的聲調變化。這些都充分說明了人的思
想情感對音樂的產生的重要作用。

這裡所說「樂」，並非僅指音樂而言，更主要的是指歌謠。因為歌謠對心
理的反映，更直接，更無掩飾，所以人們毫無顧忌的思想感情自由自在地流
露在歌謠之中。

> 歌德說這些歌謠的特色就是這些歌的感興是直接自然來的，不
> 是硬弄出來的，是自然流出來的。他又以為質樸的人比起受過正式
> 的文藝教育的人更能夠用少數的詞句作直截，有力的敘述。歌謠完
> 全滿足了「多材料，少技巧」的要求。在下面兩行歌裡許多的情感
> 可怕的擁擠到一起：
>
> 　「我把他砍成一小塊兒一小塊兒的
> 　因為她的原故為我死了。」
>
> 歌人所唱的那些情感，他自己實際感受著。若是定喜歡獵狐，
> 他就唱這種歌，他認為這是高尚的遊戲。當他唱耕田的樂趣的時候，
> 他真有這種感覺。一個少女，甚至於老婦，若是唱——
>
> 　「我的心已是碎了，
> 　全都是為愛他的原故。」

的時候，我們可以斷定她是腦裡真有這種情感或這種記憶。〔註40〕

這是一段譯文，但也和中國歌謠一樣，外國歌謠的發生同樣與情感直接
相關，並且這種情感自由、坦蕩、大膽地流露在歌謠的字裡行間，絲毫用不

_____

〔註40〕鍾敬文編《歌謠論集》，北新書局，1927年版，第4～5頁。

著掩掩蓋蓋的，這充分說明創作者的創作心理和歌謠中反映的心理狀況，是完全一致的。

歌謠中的心理是創入屠的心理的真誠直率的表露，這兩者之間存在著一種必然的聯繫。

《史記‧樂書》說：「夫樂者樂也，人情之所不能免也。樂必發諸聲音，形於動靜，人道也；聲音動靜，性述之變，盡於此矣。」這裡說明了兩層意思：一、歌謠的出現，是人的感情的不可避免的產物；二、聲音的起伏變化，也與「性術」的變化相聯繫。所謂「性術」，即為內心之情感。由此可見，心與理歌謠是相互依賴的，歌謠的產生離不開心理基礎，人的心理又是歌謠發生的重要因素，兩者缺一，都是不可能成立的。

唐孔穎達《詩大序正義》說：「詩者，人志意之所之適也。雖有所適，猶未發口，蘊藏在心，謂之為志。發見於言，乃名為詩。言作詩者，所以舒心志憤懑，而卒成於歌詠。故《虞書》謂之『詩言志』也。包管萬慮，其名曰心；感物而動，乃呼為志。志之所適，外物感焉。言悅豫之志則和樂興而頌聲作，憂愁之志則哀傷起而怨刺生。《藝文志》云：『哀樂之情感，歌詠之聲發』，此之謂也。」

古代詩論一貫主張詩、歌屬於兩種不同的藝術形式，發生於不同的心理結構。詩是內在的含蓄的藝術，是蘊藏在心中的「志」的外化表現，而歌是內心情感呼聲的外化，是一種「言」的表現藝術。從心理結構上來看，詩是封閉性的心理結構，歌是開放性的心理結構。這兩者的區別就在於：前者比較內向，注意用適當的言詞，表現自己的思想感情。後者則比較外露，直抒胸懷。有何思想和要求，直接用歌的形式加以大聲疾呼。詩、歌的發生之心理，並非無意識的，而是由外界觸動而造成的，故謂「感物而動」。但是由於詩、歌的心理結構、心理層次的不同，造就了不同韻文形式。後漢班固《漢書‧藝文志》對此則說得更清楚：「《書》曰：『詩言志，歌詠言。』故哀樂之心感，而歌詠之聲發。誦其言謂之詩，詠其聲謂之歌。」誦者，即有節奏的不緊不慢的朗讀。詠者，即一種大聲的有韻律的歌唱。如以情感而言，前者表現的心理比較平和，緩慢，而後者表現的心理就較強烈、急促。這裡，我們又一次窺見歌，詩發生之心理的區別所在了。

綜上所述，我們可以看到歌謠發生之心理機制，表現之一，是外物所驅使，非自然而然、無緣無故地產生的。表現之二，是情感意識強化，到了不

渲泄不行的地步，才有歌謠的出現的。從發生學的觀點來看，歌謠產生的最直接的原因，無怪於人的心理意識和思想感情的外化所致。

第二章　人們心目中的神創造了
最早的歌謠

　　在普遍人的眼裡和心中，神是創造一切的主宰。過去，這種思想曾長期統治了人們的頭腦，使他們篤信不移地認爲，神亦是民間歌謠的創始者。

　　之所以人們會有這種心理，是由於原始思維影響的結果。原始思維是一種低級的不發達的思維方式，屬於初民社會中人的一種認識社會的辦法。以後，隨著人類的進化，歷史的推移，人們頭腦中的原始思維越來越少。但作爲一種思想卻有其相對的保守性和穩定性，不會輕易地一下子退出歷史舞臺，總要在適當的地方或時機表現一陣。原始思維也是這樣。人們雖然早已脫離了原始社會那種自然的社會環境，但原始思維卻或多或少地保留在人們頭腦中。周作人曾經在一篇序言中這樣說道：「英國弗來剛（今譯作弗雷澤）博士說，現代文明國的民俗大都即是古代蠻風之遺留，也即是現今野蠻風俗的變相，因爲大多數文明衣冠的人物在心裡還依舊是個野蠻。他說，『在文明國裡最有教育的人，平常幾乎不知道有多少這樣野蠻的遺風餘留在他們門口。到了上世紀這才有人發見，特別因了德國格林兄弟的努力。自此以後就歐洲農民階級進行系統的研究，遂發見驚人的事實，各文明國的一部分人民，其智力仍在野蠻狀態之中，即文化社會的表面已爲迷信所毀壞。』這意見豈不近於反動了麼？我想這或者也不足怪，因爲事實與科學決不是怎樣樂觀的。」〔註1〕弗雷澤所說，雖有些過分，但不無道理。正由於這樣，在民間傳

〔註1〕　見〔英〕瑞愛德《現代英吉利謠俗及謠俗學》，江紹原編譯，中華書局，1932
　　　　年版。

說中，關於神創造了歌謠的說法甚為普遍，並被人們津津樂道地傳頌著，這本身就是人們殘存的原始思維的一種強烈的表現。

第一節　黃帝創造歌謠

黃帝是神話傳說中的一位重要神祇，是作為中央天帝而統四方天神的。關於他創造歌謠的記載，史不絕書：

> 《北堂書鈔》卷十七：黃帝作樂曰咸池。

> 《唐宋白孔六帖》卷六十一：漢禮樂志云黃帝作咸池。

另外在《莊子》、《玉海》、《周禮》、《樂記》、《呂氏春秋》中都有黃帝作樂的記載。除了作樂，黃帝還令人製作拍板。《記纂淵海》卷七十八記載：「黃帝令黃幡綽撰拍板譜，幡綽乃於紙上畫一耳進之。問其故。對曰但有耳道則無失其節奏也。」所謂拍板，即節奏，是歌謠發生時基本構成要素。通過對原始民族的調查，發現越是原始的歌謠，其節奏越是強烈。

普列漢諾夫說：在「非洲黑人那裡，音樂的聽覺發展得很差，但是他們對於節奏卻敏感得令人吃驚：『劃槳人配合劃著槳的運動歌唱，挑夫一面走一面唱，主婦一面舂米一面唱。』卡沙裡對於他作了很好研究的巴蘇陀部落的卡斐爾人也是這樣說的。『這個部落的婦女手上戴著一動就響的金屬環子。她們往往聚集在一起用手磨磨自己的麥子，隨著手臂的有規律的運動唱起歌來，這些歌聲是同她們的環子的有節奏的響聲十分諧和的』。『這個部落的男子們，在鞣皮革的時候，』卡沙里說，『每一個動作都發出一種我弄不明白其意義的古怪的聲音』。這個部落特別喜歡音樂中的節奏，而且節奏愈強烈的調子，他們愈喜歡。在跳舞的時候，巴蘇陀人用手和腳打拍子，而且為了加強這樣發出的聲音，在身上掛著一些特殊的鈴鐺。在巴西的印第安人音樂中，節奏的感覺也表現得很強烈，可是他們在旋律上卻很弱，看起來沒有一點和聲的概念。關於澳洲的土人，也不能不這樣說。一句話，對於一切原始民族，節奏具有真正巨大的意義。對節奏的敏感，正如一般音樂能力一樣，顯然是人類心理和生理本性的基本特質之一。」〔註2〕

在我國少數民族的原始歌謠中，其節奏之強烈，亦為常見的事。曹樹翹

〔註2〕《論藝術》，〈沒有地址的信〉，生活·讀書·新知三聯書店，1974 年版，第34～35 頁。

《滇南雜志》卷十八記載：「按滇黔夷歌，俱以一人捧蘆笙吹於前，而男婦拍手頓足，倚笙而和之，蓋古聯袂踏歌之遺也。」在純節奏伴奏器樂出現之前，手足往往是造成節奏的最重要工具。在原始民族那裡，拍手頓足的頻率是相當高的，這是由於歌中情緒的需要，也是節奏的需要。踏歌是一種古代群眾中的歌舞形式，人們大多於節日集會時，在郊外、街頭成群結隊，手拉手，以腳踏地，邊歌邊舞。晉葛洪《西京雜記》載：漢宮女「以十月十五日，……相與聯臂踏地為節，歌《赤鳳凰來》。」唐劉禹錫《踏歌詞》：「春江月出大堤平，堤上女郎連袂行。」宋人畫有《踏歌圖》。所有這些都說明，踏歌是一種古老的藝術形式，節奏很強，雖最早見書於晉代，實際上是早期人類歌謠的基本表現形式，是一個民族在一定歷史和時代裡的產物。今天在雲南、廣西、貴州的少數民族民歌中，具有強節奏的民間歌謠俯手可拾，滿目皆是。如彝族的阿細跳月，哈尼族的木搓搓舞，藏族的鍋莊等等，都是屬於這種性質。在北方信仰薩滿宗教的民族中，他們的舞蹈也十分講究節奏。滿族薩滿跳神時，身穿神衣，腰間繫著一圈小銅鈴，叫腰鈴，手裡拿著鑲有銅錢的「文圖文」（即手鼓），邊擊鼓邊舞邊唱。每請一個神唱一個調，鼓點也時鬆時緊。跳神時，常有許多觀眾與薩滿隨唱。薩滿調一般採自民歌，其節奏多為講究，或慢或急，或熱烈或平緩。由此可見，節奏在早期歌謠中，是十分重要而且不可缺少的機制。

　　黃帝令人製作節奏的說法，是一種附會，因為音樂節奏的產生，不是某一個人的創造，而是人在表達內心活動時自然流露出來的。這種人的內心活動和心理狀態的表現，與社會生產活動緊密地聯繫在一起的。原始初民主要以狩獵活動為主，當他們一旦取得野獸，立刻會歡騰雀躍，手舞足蹈。這種手足並舉的情景，是收獲後喜悅心情的流露，又由於人們有意識地將此心情保留得更長久一些，於是這種歡呼與雀躍變得有一定的不規則的節拍了，就成了節奏的濫觴。當然，民以食為天，人類一天也離不開食物而生存，因此，食就成了人類至關重要的生存競爭的一部分。人們為了獲得食物，獲得獸類，會重溫從前獲得獵物時的情形，並重新表演那時的動作和場景，借此想再獲得獸物。這是一種最初出現祈禱式巫術，是節奏出現的最早環境。我們通過對原始歌謠和原始舞蹈的考察，不難發現製造節奏的最初工具是足，不是手。所謂用手拍出節奏或用其他物體發出有節奏的聲響，那是後來的事，較之用足踏出節奏來，顯然要更晚一些了。

《呂氏春秋·古樂》記載：

> 昔葛天氏之樂，三人操牛尾，投足以歌八闋：一曰《載民》，二曰《玄鳥》，三曰《遂草木》，四曰《奮五穀》，五曰《敬天常》，六曰《達帝功》，七曰《依地德》，八曰《總萬物之極》。

這裡值得注意的是「投足」一詞，即以足為節拍來表節奏。換句話說，引文中所說的八闋之歌，有的表現人類祖先，有的歌頌部落或氏族圖騰，有的反映了人們希望得到大自然恩賜和五穀豐登的願望和心理，等等，凡此八篇樂歌均與節奏緊密聯繫，構成一個完整的統一體。由此可見，節奏在原始歌謠中其地位是何等的重要。

第二節　堯創造歌謠

除了黃帝外，堯可以說是一位十分重視民間歌謠的人。他不僅能自己唱歌，而且還專門設置管理音樂的機構。

《太平御覽》卷五七一《樂部》九記載：「堯郊天地祭，神在座上有響，誨堯曰，水方至為宮命子救之。堯乃作歌。」又，「堯之世，民樂無事，擊壤之歡，慶雲之瑞，因以作歌。」堯在民間傳說中是一位聖賢、勤勞、善於治國的君主，這是一位神化了的歷史人物。正因為他有如此豐功偉績，因此人們盡可能地美化他，使之富有神性，成為人們理想中的人物。《述異記》上記載：「堯為仁君，一日十瑞。」何為「十瑞」？《述異記》又云：「宮中蒭化為禾，鳳凰止於庭，神龍見於宮沼，歷草生階，宮禽五色，鳥化白神，木生蓮，蓂莆生廚，景星耀於天，甘露降於地，是為十瑞。」此處雖有無稽之語，但不乏有民眾對堯的讚美之心。對堯的美化，不僅表現於此，還表現在他對民歌的重視。

《說苑·君道》記載：「當堯之時，夔為樂正。」這裡的「樂正」，是個官名，掌管音樂。夔原是東海流波山的一只形狀像牛的獨足獸。到堯時，夔又作為樂官出現了。這時的官和民之間還沒有十分明顯的區分，因此，夔一方面作為堯的官員，另一方面又是十分懂行的音樂家。《韓非子·外儲說》云：「夔曰：於，予擊石拊石，百獸率舞。」所謂「百獸率舞」，即可視為人們披著各種獸皮，來表現圖騰舞蹈。夔原亦為某一動物圖騰氏族中的一位成員，正值看到如此壯觀的百獸頻顏起舞的情形，如何按捺得住激動的心情，再說

他本很懂音樂，於是就用石敲出陣陣節奏，以協調步伐，增加歡快的氣氛，這就是很自然的事了。

堯知人善任，還常常深入民間，了解民風民情，以察得失。《藝文類聚》卷十九引《列子》一段話說：「堯微服游康衢。童兒謠曰：立我蒸民，莫匪爾極，不識不知，順帝之則。」這裡，沒有將事情的來龍去脈說清楚，一時很難分析，我們只要完整地看到了這段文字後，就不難理解其中的含意了。

《列子·仲尼》記載：

> 堯治天下五十年，不知天下治歟，不治歟，不知億兆之願戴己歟，不願戴己歟？顧問左右，左右不知。問外朝，外朝不知。問在野，在野不知。堯乃微服游於康衢。聞兒童謠曰，立我蒸民，莫匪爾極，不識不知，順帝之則。堯喜問曰：誰教爾爲此言？童兒曰：我聞之大夫，問大夫，大夫曰：古詩也。堯還宮，召舜，因禪以天下。舜不辭而受之。

從這裡，我們就可以清楚地看出堯禪讓舜當國君，其根本的觸動力，在於堯微服私訪時聽到那首童謠。其謠大意爲：立我爲國君，這是你最大的造化；我雖沒有許多治國的經驗，但你也必須順從上帝的意志。蒸，即烝。《詩經》中有《大雅·烝民》一詩。《詩序》說是尹吉甫所作，讚美周宣王任賢使能，使周室中興。

有人曾懷疑《列子》是本僞書，可能爲晉人作品，其中童謠所說的「蒸民」，是否早於《詩經》之前，還是從《大雅·烝民》中借用而來，已不得而知，但有一點可以肯定的，無論童謠還是《大雅》，對烝民一詞的含義的解釋，基本一致的。

堯得知這首童謠的內容，將國君之位禪讓於受人擁護的舜，是明智的舉動。什麼使堯在掌權五十年後會有如此一舉？這是因爲堯知道，童謠非一般兒童隨口說說的臆語，而是一定社會民眾心理的眞實流露，反映了民心的背向。

《呂氏春秋·音初》說：「凡音者，產乎人心者也。感於心則蕩乎音，音成於外而化乎內，是故聞其聲而知其風，察其風而知其志，觀其志而知其德。盛衰、賢不肖、君子小人皆形於樂，不可隱匿。」這裡，很清楚地說明了歌謠與心理活動的關係。凡人的歌唱都是一種心理的反映，因此歌謠中可以察覺許多民風民情。我們知道，歌謠是一般群眾的藝術才能借以發揮、表

現的心理機制，毫無矯飾打扮，因此其中反映的對社會對政治的看法也是不加掩飾的。有見識的明君聖主往往從歌謠中找到政治之得失，治國之好壞，隨之而來的，是官府采風機構的設立。采風機構為統治階級提供各種歌謠，實際上，這些歌謠就是統治階級政績的晴雨表。

第三節　舜創造歌謠

堯在微服私訪之後，發現自己部落另有人材，就將自己的王位禪讓於受人尊敬、愛戴的舜。堯作出如此之明智的行動，就在於聽信於童謠，從中找到了真正信賴的接班人

民間傳說中的舜，雖說多半已經歷史化了，但是舜仍可算作神話中的一位帝王。舜，姓姚，名重華，〔註3〕曾耕作歷山，是個著名的孝子。《琴操‧思親操》云：「舜耕歷山，思慕父母，見鳩與母俱飛相哺食，益以感思，因而作歌。」舜作歌是因為看到鳩鳥相互哺食，觸到了他思念父母的心靈深外，使他覺得飛禽尚有憐子愛母之舉，更何況有血肉的人怎能沒有思慕父母之心呢？正是這種心情，促使舜創作了一首歌謠。這首歌謠何名，文中未加說明，但我們通過全文，可以看出它是以「感思」為內容的，借以表示對父母的敬重之心。

舜會作歌，也還會唱歌。《繹史》卷十引《尸子》記載：「帝舜彈五弦之琴，以歌《南風》。其詩曰：『南風之薰兮，可以解吾民之慍兮；南風之時兮，可以阜吾民之財兮。』」這裡不僅說了舜會唱歌，同時還會自我伴奏。《南風》為何人所作，尚難下定論，很可能為舜的傑作。因為從歌辭的內容和口吻來看，完全是一國之君對其臣民的訓示和教誨。不過，從形式來看，《南風》可能是舜套用了民間歌謠的形式而創作出來的。

現在我們要討論的是《南風》一詩的內容，此詩譯成現代話，就是南風之傳播開來，可以解除百姓之心中的憤怒；南風之興盛起來，可以增加百姓之家中的財產。這短短的四句詩。揭示了一個真理：一首真正好的歌謠能解除人們心中的痛苦，可以消除人們對世道的憤懣和不安。舜對此是十分理解的，因此他在詩中自然地流露了這種情感。當然，舜的這點認識，不是天生的，而是歌謠本身所具有的心理機制對人們的影響。舜不僅很理解這一點，

〔註3〕《帝王世紀集校》第二：「愛，姚姓也，目重睡，故名重華。」

自然地將它運用於歌謠創作中，而且有意識地令人創作新樂來影響民眾的心理。《呂氏春秋‧古樂篇》記載：「舜立，仰延乃拌瞽叟之所爲瑟，益之八弦，以爲二十三弦之瑟。帝舜乃令質修《九招》、《六列》、《六英》，以明帝德。」質，即夔，是堯時的樂官。舜令夔修編《九招》等歌頌上帝的歌樂，用以昭示上帝之美德。舜用歌樂來歌頌上帝，亦是用歌樂來打動百姓的心靈，否則又如何起到「以明帝德」的目的呢？

《路史》後記一一注引《朝鮮記》說：「舜有子八人，始歌舞。」這就是說，歌舞乃是從舜帝開始的。此說法未必正確，但古籍多處見載。《太平御覽》卷五七二《樂部》一〇亦云：「帝俊八子是始爲歌。」這裡的帝俊即帝舜。

我們知道，歌與舞的產生幾乎是同時的，是內心活動的外表化。普列漢諾夫認爲：「在沒有階級劃分的原始社會裡，人的生產活動直接影響著他的世界觀和他的審美趣味。裝飾術的動機來自技術，而舞蹈──在原始社會中幾乎是最重要的藝術──常常只是生產過程的簡單的重演。這在處於我們所能觀察的所有經濟發展階段中的最低階級上的狩獵部落中間尤其明顯。所以，當我們講到始人的心理是以原始人的經濟活動爲轉移的時候，我們主要就是引証狩獵部落。但在已經劃分爲階級的社會裡面，這種活動對於思想體系的直接影響就不大顯著了。這是可以理解的。如果說澳大利亞土著婦人的舞蹈方式之一是重演她們採集樹根的勞動，那末，不消說，十八世紀法國世俗美人所迷惑的優美的舞蹈就沒有一個能成爲這些太太們的生產勞動的形象，因爲她們主要委身於『愛情科學』，是什麼生產勞動也不幹的。要了解澳洲土人的舞蹈，只要知道婦女採集野生植物根莖在澳洲部落生活中間起了怎樣的作用就夠了。但是要了解『米努哀脫』舞，單是知道十八世紀法國的經濟是完全不夠的。這裡我們要研究的是表現非生產階級的心理的舞蹈。所謂正規社會的大多數『習慣和禮儀』就是用這種心理學來說明的。因此，在這裡經濟的『因素』就讓位給心理的因素了。」〔註4〕

在這裡，普列漢諾夫用唯物主義的觀點，既論述了原始舞蹈產生的經濟基礎，也同時肯定了心理作用對原始舞蹈產生的影響。在某種特定的情況下，心理因素對藝術的影響，遠比經濟因素來得更重要些。

與原始舞蹈同時產生的歌謠，也是一種心理活動的表現。「斯賓塞這樣說

〔註4〕《普列漢諾夫哲學著作選集》第 3 卷，生活‧讀書‧新知三聯書店，1962 年版，第 185～186 頁。

歌謠以及和它一類的音樂，都是情緒激動的語言之進展得比較有特徵並且比較豐富的摹仿——在實質上是除了度波所主張的以外，再沒有什麼東西。」

〔註5〕「音樂在文化的最低階段上顯見得跟跳舞、跟詩歌結連得極密切。沒有樂音伴奏的跳舞，在原始部落間的很少見，也和在文明民族中一樣。」

由此我們可以得知，在原始人那裡，歌舞是合二為一的。古籍所載，帝舜八子創製了歌舞，純屬神話。這是人們理想化了的文化英雄。在藝術尚未明確分工之前，歌舞同時出現，這是無疑的。但是，歌舞的產生不是某一英雄的個人行為，而是整個部落共同的社會要求和心理願望；離開這後一個條件，歌舞的出現幾乎是不可能的。另外，舜是傳說中較後的一位神祇，原始歌舞出現在他這一時代，可能太晚了。從發生學的角度來看，歌舞應得更早一些，早在人類獵狩早期就出現了歌舞。這裡歌舞，不是人們交流情感，豐富生活所必須的東西，而是純粹表現人們在獲取食物時歡樂心情和動人情景。

有了食物，人類才得以生存。原始社會時期，由於工具的落後，獲取食物往往得不到保証，因此，人們極切地關心他們的食物。有了食物，人們可以在一起歡歌，然而一旦失去了可食用的東西，則陷於極端痛苦之中。關於這一點，我們的祖先早就認識到「民以食為天」的重要意義。《山海經‧大荒南經》記載：「帝舜生無淫，無淫降載處，是謂巫載民。巫載民盼姓，食穀，不績不經，服也；不稼不穡，食也。爰有歌舞之鳥，鸞鳥自歌，鳳鳥自舞。爰有百獸，相群爰處。百穀所聚。」巫載民是帝舜之後裔，他們過著無憂無慮的生活，因為得天獨厚，既不績麻，又不織布，可是一樣有衣穿；既不耕種，又不收獲，可是一樣有飯吃。正是這樣，引來了歌舞之鳥。這歌舞之鳥，實際上是化裝後的巫載民，他們「自歌」、「自舞」，主要有了強大的經濟實力在作後盾。由此可見，歌謠發生之基礎在於心理因素，心理因素發生之基礎，又在於經濟因素的作用。

第四節　禹創造歌謠

禹是舜之後的一位傳說中的最高酋長，他因治水有方，而聞名於天下。《史記‧河渠書》說：「禹抑洪水，十三年過家不入。」《鹽鐵論‧相刺篇》

〔註 5〕 格羅塞《藝術的起源》，商務印書館，1937 年版，第 305 頁。

亦記載：「禹治洪水，身被其勞，澤行野宿，過門不入，當是時也。夏禹墜簪不顧。」《屍子‧廣澤篇》更詳細地說明了治水的來龍去脈：「古時龍門未闢，呂梁未鑿，河出於孟門之上，大溢橫流，無復丘陵，高阜滅之，名曰洪水。禹於是疏河決江，十年不窺其家，足無爪，脛無毛，偏苦之病，步不能過，名曰禹步。」

從以上記載來看，大禹治水之事已確爲歷史所認可，其治水功績亦是不容忽視的。正因爲如此，禹也毫不謙虛將這一歷史功績，請人譜曲作歌，用以傳之後人。《呂氏春秋‧古音》記載：「禹立，勤勞天下，日夜不懈，通大川，決壅塞，鑿龍門，降通漻水以導河，疏三江五湖，注之東海，以利黔首。於是命皋陶作爲《夏籥》九成，以昭其功。」

傳說，大禹治水離家時，正值其新婚第二天，以致使其妻情感切切，思念不斷，派人專候路邊，鼓歌盼望其歸來。《呂氏春秋‧音初》就記載了這件事：「禹行功，見塗山之女。禹未之遇而巡省南土，塗山氏之女乃令其妾，候禹于塗山之陽。女乃作歌，歌曰：候人兮猗。實始作爲南音。周公及召公取風焉，以爲《周南》、《召南》。」在另一記載中，則說禹因聽到涂山氏唱歌而娶之。《太平御覽》卷五七一《樂部》九：「禹年三十未娶，有行涂山，恐時日暮，吾娶必有應也。乃有白狐九尾而造禹。禹曰：白者吾服也。九尾，其証也。涂山人歌曰：綏綏白狐，九尾龐龐；成家成室，我都彼昌。禹因娶涂山女。」

這兩則材料，誰前誰後，因年代久遠，已無法查考，但從內容來分析，似可以將後一材料提至前一材料之首，這樣更順理順章。首先禹聽得人歌而娶涂山氏，又因治水離家，與妻子分手。妻子悲切痛苦，令人作歌，表達了深沉懷念的情感。在這則材料中，均提到了民歌，這說明禹是懂音樂的，沒有音樂細胞，他不可能娶涂山氏，也不可能理解別人歌聲中的凄涼悲婉的心情了。

前引的《太平御覽》中的關於「禹年三十未娶」的記載，亦早出現於《吳越春秋‧越王無余外傳》一書，文字稍有出入。不過，從引文中的神話機制來分析，《呂氏春秋》裡的關於禹的史料更珍貴些。袁珂先生認爲：其「所記敘的涂山氏女命其妾候禹於涂山之陽因而作歌的故事就比較近於傳說的初相。從這個故事可以見到兩人起初是怎樣的彼此傾慕，涂山氏姑娘候禹不至又是怎樣的情意纏綿。這種感情完全是正常的、健康的，無論如何也說不上

『通淫』或『淫泆』。即使是《吳越春秋・越王無余外傳》所記敘的禹因有九尾白狐的瑞應便娶了涂山氏姑娘的故事，也還是表現得正正當當，並不涉及於『淫』之一字，雖然是又打上了一些別的封建思想的烙印。」〔註6〕袁珂先生這一段話不無道理。這是從文學描寫的角度來闡述其觀點的。如果我們從歌謠發生學的角度來看，亦可以很快發現《呂氏春秋》中的大禹娶涂山氏女的故事較之其他典籍記載，都要早一些。在《呂氏春秋》中，禹妾所歌，只此一句，「候人兮猗」，然而在《太平御覽》中，涂山人所歌，已發展到四字四句，十分工整、對仗，顯然是後人加工而成。

從歌謠史來研究，歌謠最早出現的形式是單句為多，比較短促，其中襯詞，感嘆語較多些，與生產勞動緊密結合在一起。而後的歌謠從其發生之時起，就強於前者，好像先天就很富足。這時的歌謠形式比較固定，有一定的格律，整齊劃一。由此相比，我們就不難理解《呂氏春秋》中那首單句歌謠的價值，它反映了我國民間歌謠的最原始的藝術樣像。

第五節　顓頊創造歌謠

《呂氏春秋・古樂》還記載了顓頊製樂作歌的事跡。其云：

> 帝顓頊生自若水，實處空桑，乃登為帝。惟天之合，正風乃行，其音若熙熙淒淒鏘鏘。帝顓頊好其音，乃令飛龍，作效八風之音，命之曰《承雲》，以祭上帝。乃令鱓先為樂倡。鱓乃偃寢，以其尾鼓其腹，其音英英。

這裡有一層重要的內容，那就是顓頊創造新樂的根據，來自於民歌，所謂「八風」，按《呂氏春秋・有始》介紹：「東北曰炎風，東方曰滔風，東南曰熏風，南方曰巨風，西南曰淒風，西方曰飂風，西北曰厲風，北方曰寒風。」其實，說到底，風即民歌，八風即各地的民歌。顓頊因為喜歡這些民歌，故令人仿效，以祭祀上帝之神。

顓頊為什麼會喜歡各地的民歌呢？這與他的族屬和經歷有著密切關係。《大戴禮・五帝德》云：「顓頊乘龍而至四海。」作為上帝的顓頊曾四處游弋，了解民情，因此他可以聽到各地各部落的民間謠曲。另外，顓頊的所屬集團，也使他有機會更多地接觸各種民歌。徐旭生認為：「我們現在的看法是他（指

〔註6〕《古神話選譯》，人民文學出版社，1979年版，第313～314頁。

顓頊——筆者）屬於華夏集團，但是受東夷集團的影響很大。大約華夏集團從陝西、甘肅一帶的黃土原上，陸續東遷，走到現在河南、山東、河北連界的大平原上，首先同土著的東夷集團相接觸。始而相爭，繼而相安，血統與文化逐漸交互錯雜。高陽氏所住的地方最東，所以互相影響的情形也最多。因爲它所住的地方交通方便，所以它的文化也較別處同集團的氏族爲高。將來的有虞氏及商人所居的地方全不很遠。他們的文化全是一種混合而較高的文化。有虞氏祖祭顓頊，商人禘祭舜，已經可以証明他們的氏族全是一脈相承。」〔註7〕從這裡，我們可以看出，顓頊原屬華夏集團，後受東夷文化的影響，成爲新的集團群體。在這種集團群體中，原有集團文化和後來加入的外族文化相互交融，相互影響，又成爲一種新文化。顓頊看到了這種現象，並十分喜愛這些組成新文化的民歌，因此令人仿製。由此可見，所謂「八風」，即是在新文化融化下，變成的一種新的民歌樣式，而不再是簡單的來自各地的民歌了。

顓頊對民歌的熱愛和鑒賞才能，也影響了他的後代。《山海經·大荒西經》記載：「西北海之外，有搖山，其上有人，號曰太子長琴。顓頊生老童，老童生祝融，祝融生太子長琴，是處搖山，始作樂風。」很顯然，太子長琴是顓頊的玄孫，從他開始製作音樂及民歌，很可能受其曾祖父之影響所致。

第六節　餘　語

此外，神話中的人物創作民歌的說法還有一些，有些神話人物在此之前就未列舉過，如帝嚳命咸黑作歌，就是一個例子。

帝嚳除了作歌外，還製作了各種各樣的樂器。帝嚳曾命手下人倕製作「鼙、鼓、鐘、磬、吹苓管、壎、箎、鼗、椎、鍾，帝嚳乃令人抃，或鼓鼙，擊鐘磬，吹苓展管箎，因令鳳鳥、天翟舞之。」（《呂氏春秋·古樂》）

《太平御覽》卷五六六《樂部》四：「帝系譜曰：女媧命娥陵氏製都良管以一天下之音，又命聖氏爲班管合日月星辰，名曰充樂。樂既成，天下幽微無不得理樂。」

還有黃帝、禹、堯等神物人物，在他們的豐碑上都刻有發明樂器的記載。這些記載都說明了基本相同幾個方面：

〔註7〕《中國古代傳說時代》，文物出版社，1985年版，第86頁。

1. 發明樂器的神話人物，都是文化英雄，是創造精神財富的開山之祖。

2. 樂器的出現，肯定在民歌發明以後若干年。古今中外的音樂史告訴我們，民歌是直接抒發情懷的一種有效辦法，然而口唱的民歌亦有其一定的局限，當人們情感要衝破歌唱的束縛時，樂器的誕生已迫在眉睫了。因此我們可以看出，樂器的試製成功，是人們心理情感達到十分高潮時的產物。

3. 人們又多了一種表現感情的方式，除了用嗓子歌唱外，還創造了各種樂器。從神話中的有關材料，我們不難發現這些樂器，大多是打擊樂器，最早的音樂伴奏形式。

羅庸在《歌謠的襯字與泛聲》一文中，指出了歌謠和樂器的關係，很有一番道理，我們就用此引文作爲結束語：

> 一切歌謠和樂詩的發展，都是跟了樂器走的，樂器的發明和應用決定了詩歌型式的變遷，由口語到歌謠第一步便是節拍的應用，由投足拍手（這時手足便是樂器）到擊石拊石，由擊石拊石到考鐘伐鼓，歌調和舞容祇受節拍的限制，這是幼齡的歌謠。到後來發明了葦籥匏竽，在人聲以外有了和聲的樂具，於是音調漸漸有了抑揚，竽籥也漸漸代替了歌末的「和聲」，這便是幼年的樂詩了。再後應用了琴瑟，可以弦歌，於是分章，分解，有艷，有趨，成套的樂詩或樂府成立了，也就到了壯歲。再後大套的樂府被割裂了，成了「三婦艷」，「吳趨行」，或大曲中的「摘偏」，樂詩便到了「夕陽無限好，只是近黃昏」的境界了。最後，詩離開「樂」成了孤立的東西，被學士大夫們拿去說教，發議論：於是樂詩宣告了死亡。〔註8〕

〔註 8〕 見《歌謠》第 2 卷第 7 期。

第三章　歌謠創作的心理機制

　　歌謠創作與人民群眾的心理機制是分不開的。假如沒有人的內心激情的勃發，要創作一首歌謠來，那是不可想像的。因此，心理機制乃是歌謠創作的首要前提，缺之則不行。

　　宋代朱熹在談到心理機制與詩歌創作時，有這樣一段話：

　　　　或有問於余曰：詩何謂而作也？余應之曰：人生而靜，天之性
　　也；感於物而動，性之慾也。夫既有慾矣，則不能無思；既有思矣，
　　則不能無言；既有言矣，則言之所不能盡而發於咨嗟詠嘆之余者，
　　必有自然之音響節奏，而不已焉。此詩之所以作也。〔註1〕

這裡所引文字相當精彩，它將詩歌（亦包括歌謠在內）創作的心理機制分析得十分透徹。首先說明人的情感的出產是在感觸外界的基礎之上的；其次有了感情之後，才有思維活動，第三言語的表達是思維活動的必然反映；第四這種言語是有節奏的、一詠三嘆的，因此它就是詩歌。朱熹將詩歌創作的心理機制分成四個層次，是有一定道理的。概言之，古人早就觀察到心理機制對詩歌創作的影響，並且嚴格地用「性」、「慾」、「思」等這些我國特有心理學概念對詩歌創作進行分析、研究，是卓有遠識的。

　　英國浪漫主義詩人華茲華斯在《抒情歌謠集》1800年版序言中說：「詩是強烈情感的自然流露。它起源於在平靜中回憶起來的情感。詩人沉思這種情感直到一種反應使平靜逐漸消逝，就有一種與詩人所沉思的情感相似的情感逐漸發生，確實存在於詩人的心中。一篇成功的詩作一般都從這種情形開

〔註 1〕 朱熹《詩集傳序》。

始，而且在相似的情形下向前展開；然而不管是什麼一種情緒，不管這種情緒達到什麼程度，它既然從各種原因產生，總帶有各種的愉快；所以我們不管描寫什麼情緒，只要我們自願地描寫，我們的心靈總是在一種享受的狀態中。」〔註2〕

這裡，華茲華斯所說的詩歌的創作是情感的強烈的反映，無疑是正確的，但把詩歌創作的情緒都歸於一種，即愉快之情緒，未免有之偏頗處。因為詩歌的創作並非都起源於一種愉快的情緒，一種情緒可以產生一種或一類詩歌，但不能產生所有不同內容的詩歌。我們知道，人是一種有情感的高等動物，這種情感不是單一的，而是多元的，有些只能意會而不能言傳的。所有這些多元的、複雜的情感，才構成了人的各種思想感情。

歌謠的創作中，可以知道人之情感的複雜和深邃。換句話說，這種人的複雜、多元、深邃的思想感情創造了各種各樣內容和形式的歌謠來。

第一節　心理與節奏

節奏是歌謠的第一要素，沒有節奏也就沒有歌謠。

格羅塞曾說過：

原始民族用以詠嘆他們的悲傷和喜悅的歌謠，通常也不過是用節奏的規律和重複等等最簡直的審美的形式作這種簡單的表現而已。挨楞李希（Ehrenreich）曾經告訴我們一些菩托庫多人在黃昏以後將日間所遇的事情信口詠唱的歌謠。

「今天我們有過一次好狩獵；

我們打死了一隻野獸；

我們現在有吃的了；

肉的味兒好，

濃酒的味兒也好。」

或者

「年輕的女郎不偷東西，

我，我也，不偷竊東西。」

我有一首頌揚酋長的歌，更加簡潔了：僅僅言簡意賅地敘述了

〔註 2〕伍蠡甫主編《西方文論選》，上海譯文出版社，1979 年版，第 17～18 頁。

一句：「這位酋長是不怕什麼的！」他們把這些短短的歌辭，每句吟

成節奏，反覆吟詠不止。〔註3〕

這段引文中，所錄歌謠三首，長短不一，都反映了心理和情緒上的變化。第一首表現了狩到獵物後的興奮心情，第二首從女子的不偷東西唱起，表現了男子熱戀異性的掩飾不住的激動心情，第三反映了對部落酋長的敬佩和崇拜的感情。而這些情感又都是用鮮明強烈的節奏和反覆不止的詠嘆來加以表示的。

在我國歌謠中，類似的例子俯身可拾。

相傳保存於《吳越春秋》中的黃帝時代的原始歌謠——《彈歌》，文字凝煉，節奏短促，猶如一幅緊張而又驚險的狩獵追蹤圖。其文如下：斷竹，續竹，飛土，逐　。此歌兩字一節，鏗鏘有力，帶有原始歌謠的濃重意味。

另外，在《詩經》中的《周南・芣苢》，其節奏亦十分鮮明：

采采芣苢，
薄言采之。
采采芣苢，
薄言有之。
采采芣苢，
薄言掇之。
采采芣苢，
薄言捋之。
采采芣苢，
薄言袺之。
采采芣苢，
薄言襭之。

這裡「芣苢」，學術界基本一致認爲是車前草。歌中表現的是婦女們在採摘車前草的情景。全詩三章，共十二句，只更換了六個動詞，即「采」、「有」、「掇」、「捋」、「袺」、「襭」，其他文字基本相同，造成了一種內在的節奏結構。歌中的「采采」，既是動詞，又是節奏詞。在先秦時代，利用疊詞，造就節奏的現象，頗不鮮見，並成了一種特有的時代特徵。有人以爲，這首歌謠中的文字

〔註3〕　〔德〕格羅塞《藝術的起源》，蔡慕暉譯，商務印書館，1987 年版，第 176～
　　　　177 頁。

變化不多，「從字面看，雖然顯得單調，但是，我們要知道這是勞動的歌聲，集體的歌聲，像我們常聽見的打夯歌、船夫曲一樣，呼聲和節奏的意義比字的意義重要得多，她們在藉著這首歌的聲音節奏抵抗烈日，減除腰酸腿痛的痛苦。她們藉著歌聲節奏的加快，不自覺地在比賽誰採得多，用讀一般抒情詩的眼光來欣賞它，就很難體會這首歌的力量。」〔註4〕

在少數民族歌謠中，節奏亦是常見的，其與心理因素同樣聯繫緊密。

彝族有首反映狩獵的《攆山歌》：

> 追麀子，
>
> 扑麀子。
>
> 敲石子，
>
> 燒麀子。
>
> 圍攏來，
>
> 作作作。〔註5〕

這首歌是表現彝族攆山追捕獵物的短小歌謠，音律短暫，節奏急促。之所以造成這種情形，與狩獵者的熱切想要捕捉到獵物的心情是分不開的。在古代，狩獵是彝族人重要的經濟活動之一，獵物的捕捉，關係到人的生存。因此，人們狩獵攆山並不像後人把打獵作爲一種遊藝活動那樣輕鬆自在，而是十分緊張的，即是發現一點蛛絲馬跡，也就竭盡全力追蹤；如果一旦發現獵物出現，則將全力以赴圍追阻擊，拼命砍殺。這種迫切想捕捉到獵物的心情，反映到歌謠中就變成急劇、短促的節奏。由此可見，人的心理因素決定了歌謠的節奏。快慢緩急之節奏，不光反映的是歌謠的內在機制，同時亦是歌謠創作者的心理、情緒變化之表現。

還有一首傣族古歌《歡樂歌》，著重描寫了打獵時情景，彌補了彝族《攆山歌》的不足。後者表現的是某一種打獵時的情緒，前者則表現的是打獵的過程和歡樂的心理。

現將《歡樂歌》錄寫於下：

> 太陽紅，天空藍
>
> 風吹樹葉綠枝搖
>
> 起得早呀起得快

〔註4〕北京師範學院中文系編寫《中國詩歌史》，中華書局，1960年版，第39頁。
〔註5〕見《雲南彝族歌謠集成》，雲南民族出版社，1986年版，第43頁。

起來就進山

男的走在前
女的走在後
好像眾螞蟻
出窩去抬蟲

人們多歡樂
人們多高興
唱的唱，哼的哼
唱唱跳跳去打獵

森林裡
野獸多
有麂子
有馬鹿
有老虎
有黑熊
還有野貓和刺豬

繞著山坡走
順著山梁行
到了打獵處
大家就分開
男的列成隊
分兵把路口
女的排成行
進林去叫吼

「唔唔唔，哇哇哇
嘘嘘嘘，吵吵吵」
花鹿跑出來
麂子跑出來
虎豹衝出來
人們齊吼叫

舉棒打過去

打死虎，打死鹿

活捉小麂子

隊伍真歡騰

人心真興奮

分手扯野藤

動手砍扁擔

捆住野獸腳

抬著往回走

走走又停停

停停又走走

男的喊「嗨唷，嗨唷」

女的合「啾啾啾」

高興了，一齊唱：

「吉日裡去打獵

人心齊

棍棒多

打死虎

打死鹿

回到家

就分肉

分骨頭

分腸肚

飽飽吃

啾啾啾」〔註6〕

從這首歌謠中，我們可以清楚地了解到古代傣族先民打獵時的生動情景，為我們提供了早期人類經濟活動的真實樣像。同時，這首古歌謠又反映了人們狩獵前後的不同心理和情緒的變化。狩獵前，人們不僅需要物質準備，也需要精神準備。這時人們的心情是高興的，「唱的唱，哼的哼」，表現一種情緒

〔註 6〕見《傣族古歌謠》，中國民間文藝出版社（雲南），1981 年版。

高漲前的不平靜的心理，屬於準備階段時期的心理狀態。狩獵時，人們的心情趨於高潮，這種高潮的到來是伴隨著撐山圍獵的開始而出現的。由於人們熱切地想獵取到野獸，竭力喊叫，以趕出獵物來，這時人的心情不斷高漲起來。隨著獵物不時地被哄出，人的情緒達到了高峰。最後，人們打到獵物後，「歡騰」、「興奮」起來，「走走又停停」，「停停又走走」，那種高興的勁兒，我們從字裡行間可以親切地感受到。所有這些外在的人激動情緒的表現，是客觀事物的主觀映象。一般來說，情緒總帶有情境性的，不太穩定，容易隨著情境改變而改變。然而一旦情境出現，人的情緒隨之出現，由弱轉向強，由強轉向激烈。由於情緒的強度不斷增大，人的全部精神狀態被完全卷入，達到一種忘我的境地。傣族這首《歡樂歌》則用韻文的形式，充分展示了人的情緒變化的不同階段；同時也說明人的情緒受到社會歷史的制約的。

這種人的情緒用韻文加以表現，那就是節奏；換句話說，節奏是人的情緒激動時的產物，沒有情緒作催化劑，節奏是不可能產生的。在某種程度上，節奏可以稱得上是歌手內心世界的集中反映。

節奏的出現，有人以為與摹擬自然密不可分。

英國雪萊在他的理論著作《為詩辯護》一書中說：

> 在上古時代，人們跳舞，唱歌，摹擬自然的事物，在這類動作中，正如在其它動作中那樣，遵守著某種節奏或規則。然而，在跳舞的動作，唱歌的調子，語言的配合，以及許多自然事物的摹擬等方面，人人所遵守的規則雖然是相似的，卻絕不是完全相同的。因為每一種摹擬的表現總有其獨特的規則或節奏，使聽者和觀者從這一規則比從任何其它規則感受到更強烈、更純粹的快感：近代作家把接近這規則的感覺能力稱為趣味或鑒賞力。〔註7〕

這段文字，雪萊從美學的角度，提出了民歌的節奏來源於自然事物本身所有的節奏的觀點，也就是說歌謠節奏是對自然節奏的摹擬，而這種摹擬非機械的、故意的、人為的，是對自然節奏的再加工、再創作，因此較之原摹擬對象所具有的節奏來得更藝術化，可以造成強烈、純粹的快感。這種快感正是作用於人們心理之後的產物。

關於民歌中的節奏，是否是為了審美的需要而產生的？眾說不一。雪萊

〔註 7〕見《西方美學家論美和美感》，商務印書館，1980 年版，第 218 頁。

的觀點可以作爲一家之言。然而人類學者、民俗學者均不這麼認爲，他們以爲歌謠中的節奏是勞動的再現，其目的原非爲了審美，而是爲了某種巫術的需要。

　　我們完全熟悉原始部落的習慣，即在舞劇中以重複發出聲音或呼喊，作爲一種加強節奏的表現方法。非洲人旅行時，負重者不斷背誦重複的句子，也是同樣有效的。例如

　　「此處來了白人，

　　在許多事情上自以爲了不起。

　　他有一把鬍鬚和一個鋼盔，

　　他的臉是紅的，

　　而他的腳是軟的。

　　哈哈哈！」

　　這樣的句子不斷重複，竟把每天勞動的苦役變成了一種固定的「演出」。屬於這一類的還有夏威夷人唱的歌：

　　「科——科——杭納，男人，

　　奧拉——庫——杭納，女人；

　　庫莫——杭納，男人，

　　拉諾——杭納，女人。」

　　這是一對對出席表演的名字，就這樣一次又一次地重複著。

〔註8〕

在這裡，我們可以看到三層意思：一是句子的不斷重複演唱，能夠造成節奏。二是節奏能夠減輕疲勞。三是節奏再現了勞動的各種場景。這三者中間，均離不開心理因素的制約和影響。

　　在我國少數民族中，民歌中的節奏與舞蹈是分不開的。在原始藝術中，民歌和舞蹈是一個綜合體，節奏雖是民歌的組成部分，但在某種程度上，節奏也離不開舞蹈。爲了適應舞蹈步伐，節奏往往要配合，甚至改變原節奏的長短或快慢。

　　有人以爲：「民歌都是純粹旋律的，歐洲的民歌總是如此，我相信凡是眞實的民歌都是如此。這些限制也並不是沒有相當的便利。（甲）唱民歌者是不

〔註8〕〔德〕利普斯《事物的起源》，汪寧生譯，四川民族出版社，1982年版，第293頁。

學無術的，又不會故意造作，所以他不受偏見和音樂規矩的拘束，他的節拍也可以絕對自由。……倘若他伴奏跳舞，他有時為了遷就闊的舞步就將音延長，他也不管搜集民間音樂者將他那些漫不經意，放浪不羈的歌舞劃分節拍，用音符記錄下來，是椿多麼煩心的事。」〔註9〕由此，我們得知民歌的旋律（即節奏）是根據實際情況而有所改變的。

筆者在貴州南部進行采風時，發現一種古瓠舞，這是十分古老的舞蹈。據說有上千年的歷史。因為人們從古瓠這一特定的原始樂器的測定上，發現了這一古老舞蹈的歷史背景。這種舞蹈，參加人數不限，一般由男、女兩方組成。男子執古瓠琴，琴弦兩根，琴身像半個葫蘆，拉法和放置位置與小提琴相似。女人邊跳邊做撫摸肚皮的動作，雙手不斷地和著節奏在肚前來回摸動。據一個苗族學者告訴說，此動作的原始形態是性交動作，現在已看不出來了。男女邊唱邊舞，圍成圈子，和著低低的琴聲，跳起有節奏的舞蹈來。在這個舞蹈中，其節奏是緩慢的輕鬆的。

然而，在彝族的打歌中，其節奏激烈，情緒激動，呈現出與古瓠舞迥然不同的風格特徵來。

打歌，又稱踏歌、跳歌、打跳等。從這些名稱中，我們可以想像歌中的節奏何等強烈，何等重要。凡是婚喪喜嫁，逢年過節，以及農閒時刻，彝族人民都要舉行定期的打歌會。打歌是一種地區性的歌舞活動。打歌時不管老人、青年和小孩都可以上場。打歌以葫蘆笙為主要伴奏樂器，吹蘆笙的都是有經驗的老手。葫蘆笙是打歌場的指揮，歌舞者都以蘆笙的旋律改變歌舞的曲調和節奏。打歌開始前，眾人先圍一圈，吹蘆笙者站在中心，蘆笙一響，打歌者便開始移動腳步，待蘆笙吹完一個《前奏》曲調，大家便集體唱起來。在巍山境內，馬鞍山區青雲鄉的打歌奔放、熱烈，節奏感強。打歌過程中有要大刀內容，戰鬥氣氛濃烈。五印區白池鄉的打歌優美、典雅、熱情。大倉區東山小三家打歌古樸大方、緩慢悠揚。廟街區雲碧大隊小河打歌活潑明快。青華區中堯鄉的打歌，伴奏用笛子和大三弦，女的一手持折疊好的羊皮，一手在羊皮上拍出節奏。〔註10〕

打歌是歌、舞、樂三位一體的群眾性的藝術形式。然而由於地區的不同

〔註 9〕　〔英〕Voughom Williams《民族音樂論》，海燕書店，1948 年版，第 40 頁。
〔註10〕　《關於巍山縣彝族打歌的考察》，載《雲南彝族社會歷史調查》，雲南人民出版社，1986 年版。

和表現情緒的不同，其節奏都是有差別的。不過，總的來說，彝族打歌的節奏是歡快的、熱烈的，具有跳躍性的。「舞步重在腳下功夫，有踏、跺、跳、抬、踢、甩、蹉、轉等動作，上身隨腳下舞步，或雙手前後左右擺動；或拍腿、擊掌合拍，作半翻半轉、全翻全轉，前進三步、後退三步、向左、向右、前仰後合各種舞步動作；或手搭肩膀，踏地頓足、扭轉擺動；或互相穿插、強烈踏跳、甩腳；或作「八腳穿花」、「十字開花」、「蒼蠅搓腳」、「公雞擺尾」、「喜鵲登枝」、「老鷹展翅」、「老牛擦背」等舞蹈動作，邊舞邊歌，自左向右移動的舞圈不停地旋轉，舞姿奔放洒脫、變化舒疾有致。快速時，樂曲節奏有力，歌舞熱烈、粗獷，情感奔放。」〔註11〕

應該說，打歌主要屬於原始舞蹈的範疇。其表現形態集中為舞蹈動作，而歌和樂只是輔導的手段。因此歌和樂的節奏要配合舞蹈的節奏。久而久之，三者節奏相互協調、相互配合，成為一種打歌的特有藝術內涵。另外，打歌的節奏除了受舞蹈動作的制約外，更主要的要受到跳舞者情緒和心理的控制。如果是高興的心情，跳出的舞蹈的節奏勢必歡快、熱烈；如果是哀傷的情緒，跳出的舞蹈的節奏必然緩慢、平和。

由此，我們可以看出民歌中的節奏與心理相關。節奏的產生，除了外界的因素（如勞動）外，還與人的情感、心理有直接關係，是人的思想情感的外在表現形態。

為什麼會出現這種情況呢？因為歌謠是直接反映人的心理和情緒的。即使是表現外界的生產勞動的場面，也要通過人的思想、心理這一中介的改造。在改造過程中，過濾其中與表現內容無關的部分，對其中所要表現的部分烙上人的主觀意識的各種印記。然後，通過人的歌唱，將直接表現人們喜怒哀樂的情感抒發出來。這樣就完成了歌謠從緣起到誕生的全部過程。在這一過程中，人的內在思想感情就成了歌謠的秘密製作者。有時，人們往往忽略了這一層意思，抹殺了歌謠創作者的心理要素，把歌變成一種完全無意識的產物，實在是個誤解。

第二節　心理與藝術手法

過去，我們在談藝術手法時，往往沒有重視心理因素對藝術手法形成的

〔註11〕《雲南民間文藝源流新探》，雲南民族出版社，1986年版，第60頁。

影響，這不能不說是一種失誤。其實，在藝術手法形成過程中，心理的作用是應該得以充分注意的。可以這樣說，如果沒有心理意識的內在作用，有些手法的產生也是不可能的。

在此，我們只對賦、比、興作一分析。

天鷹認為：

> 說到風詩的表現手法，當然首先就會使人想起「賦、比、興」。「賦、比、興」是詩的表現手法，但古人是同詩歌的體裁「風、雅、頌」並提的，總稱為六義。可見「賦、比、興」作為詩的表現手法，是一種很固定和顯著的特色。而六義的次序，又把「賦、比、興」緊排在「風」之下，可見「賦、比、興」又特別是風詩的表現手法上的固有的特色。照毛詩所注，在一百六十首風詩中，下注「興也」的有七十二處之多，下注「賦也」和「比也」的也不在少數，雖然毛詩所注不盡允當，但由此也可見「賦、比、興」與風詩的重要關係了。在後世的歌謠中，「賦、比、興」，特別是「比、興」，仍然是表現手法上一個基本特徵。〔註12〕

朱自清認為：

> 賦比興的意義，說數最多。大約這三個名字原都含有政治和教化的意味。賦本是唱詩給人聽，但在《大序》裡，也許是「直鋪陳今之政教善惡」的意思。比興都是《大序》所謂「主文而譎諫」：不直陳而用譬喻叫「主文」，委婉諷刺叫「譎諫」。說的人無罪；聽的人卻可警誡自己。《詩經》裡許多譬喻就在比興的看法下，斷章斷句的硬派作政教的意義了。比興都是政教的譬喻，但在詩篇發端的叫做興。《毛傳》只在有興的地方標出，不標賦比；想來賦義是易見的，比興雖都是曲折成義，但興在發端，往往關係全詩，比較更重要些，所以便特別標出了。〔註13〕

我們先來談賦這一歌謠的表現手法。

賦，指鋪陳直敘之意。鄭玄注《周禮·大師》說：「賦之言鋪，直鋪陳今之政教善惡。」劉熙《釋名》亦云：「敷布其義謂之賦。」用一句更明確的話來說，賦是歌謠中一種直接抒發內心情感的藝術手段。如：

〔註12〕《中國古代歌謠散論》，古典文學出版社，1957年版，第14頁。
〔註13〕朱自清《經典常談》，三聯書店，1980年版，第34～35頁。

《歸妹》上六：

女承筐，

先實。

士刲羊，

無血。

這是一首描寫夫妻合作剪羊毛的情景。女的拿著筐子，男的在剪羊毛，其技術相當高超，絲毫沒有碰破羊的肉皮。這首民歌所用的手法是舖陳直敘的賦，它通過夫妻剪羊毛時的具體動作的描寫，反映了他們愉快歡樂的心情。這種藝術手法樸實、莊重，絲毫沒有那種矯作姿態的感覺，能一下子進入描寫的特定場景，造成讀者與歌謠之間的直接的情感交流。

應該說，賦是歌謠中最早產生的一種藝術手法。如果說歌謠是最早的一種文藝樣式的話，那麼，賦則可稱得上是最早出現的一種藝術手法。賦的出現，與原始人低級的思維方式有關，他們看到的自然界中的一切，直接攝入腦海，這些表象在原始人看來都是具有神秘性的。列維·布留爾認為：「原始人的集體表象與我們的表象或者概念是有極深刻差別的，這兩者之間也不是勢均力敵的。一方面，我們很快會見到，它們沒有邏輯的特徵。另方面，它們不是真正的表象，它們表現著，或者更正確地說，它們暗示著原始人在所與時刻中不僅擁有客體的映象並認為它是實在的，而且還希望著或者害怕著與這客體相聯繫的什麼東西，它們暗示著從這個東西裡發出了某種確定的影響，或者這個東西受到了這種影響的作用。這個影響時而是力量，時而是神秘的威力，視客體和環境而定，但這影響始終被原始人認為是一種實在，並構成他的表象的一個主要部分。」〔註14〕從這裡我們可以看出，原始人由於對客體的敬畏，就不敢對自然事物亂加發揮，只能老老實實地反映內心的各種思想感情。因此這一時期所產生的民間歌謠，一般都是以直接敘述為主，其藝術手法亦大都用賦來表現的。

賦雖是一種十分古老的藝術手法，然而其功用並未消亡，乃被歌謠所運用。不僅如此，賦還在賦體詩中運用，並對賦體詩的形成和發展起到積極作用。由於此事與本研究課題無關，故不贅。下面我們引一首用賦來表現的藏族民間情歌：

我心愛的人兒騎著白馬去了，

〔註14〕見《原始思維》，商務印書館，1985年版，第27～28頁。

> 我心愛的人兒穿著白衣服去了，
>
> 願他的白馬別被人搶了，
>
> 願他的白衣服別被人弄髒了。〔註15〕

這是一首表現姑娘與情人告別時的複雜心理。第一、二句表現了姑娘無可奈何、戀戀不捨與所愛的男子分手後的情緒：一方面，姑娘十分不捨得男子離開自己，然而又不得不告別。也許男子要去放牧，也許男子要去經商，也許男子要去會另一個娘娘……總之，在這位情真意切的姑娘看來，心愛的人走了，是件非常惋惜的事，但希望老天保佑這位男子，第三、四句則用質樸的語言表達了這種心理。

整首民歌沒有多餘的話，緊緊抓住「白馬」、「白衣服」這兩個有個性特徵的事物，進行反覆喧染，製造出一種悲劇的氣氛，表達了姑娘的痛楚心情。

這裡，歌中用的是賦這一藝術手法，它用簡潔、凝煉的筆調，刻畫了人物的內心世界。這些內心世界的表露不是通過外加的詞語，而是用「願」這一表現內心情感的詞兒，反映她對愛人的深厚的篤一不一的真摯愛情。

比，是歌謠的另一個藝術手法，它是賦之後的表現方法。比，質言之，就是比喻。鄭玄《周禮‧大師》注「比者，比方於物也。」《藝文類聚》卷五十六引晉摯虞《文章流別論》說：「比者，喻類之言也。」朱熹《詩集傳》說：「比者，以彼物比此物也。」

比有多種表現形式：

一取類似的相比喻，如將姑娘比喻為花等。我們舉土家族民歌為例：

> 六月天氣熱又熱，
>
> 把哥曬得墨墨黑，
>
> 人說我郎是黑鬼，
>
> 我愛情郎賽張飛。
>
> ——《六月天氣熱又熱》〔註16〕

> 姐有十七郎十八，
>
> 石榴正對牡丹花，
>
> 姐是石榴才張口，

〔註15〕蘇嵐編《藏族民歌》，新文藝出版社，1954年版，第46頁。

〔註16〕吳恭儉《土家族情歌集》，四川民族出版社，1981年版，第17頁。

郎是牡丹才包芽。

———《姐有十七郎十八》〔註17〕

這兩首都是情歌，它們所比的內涵卻不盡相同：前一首情歌是將皮黑的情郎比喻成「黑鬼」和「張飛」。眾所周知，在文學作品中張飛的形象，以粗、黑為主要特徵。然而姑娘並不以爲情哥生得黑就不喜歡他，相反的，姑娘喜歡情哥的主要依據就在於他黑得可愛。這樣就大大增強了此首歌謠的感染力，使姑娘的內心世界升華到一個新的境地。後一首情歌是比喻姑娘和小伙子的年齡，說他們的年齡，一個像石榴剛剛成熟，一個像牡丹剛剛涉世。十七、八歲的年齡是人生最值得紀念的，也是年輕人情竇初開的時刻，男女之間的蜜蜜濃情尚處欲開欲閉的羞澀的心理狀態中，歌裡用「石榴才張口」，「牡丹才包芽」的字句來表示快要成熟的年齡，不能不說是一種愛欲心理的眞實的寫照。

取類似的相比喻，一般都是明比，另外還有一種暗比。所謂暗比，就是在歌裡一般不直接將欲比和被比兩者相比，而是巧妙地通過暗示來將這兩者有機地聯繫起來。這種比喻方式，比較含蓄、深沉，能引起讀者的想像和回味。

白族民歌《一隻手拿兩雙筷》：

小哥採花黑心眼，

一隻蜂採兩朵花，

腳踏兩只船，

一隻手拿兩雙筷，

一隻腳穿兩隻鞋，

有了五穀想六穀，

有銀還想錢。〔註18〕

這是一首較爲典型的暗比歌謠。其暗比有二個方面：一是將小哥比作蜜蜂，二是將小哥的貪婪心情一比再比，反映了姑娘對曾經愛過她的小伙子的憎恨。

天上星多月不明，

〔註17〕吳恭儉《土家族情歌集》，四川民族出版社，1981年版，第17頁。

〔註18〕楊亮才、陶陽記錄整理《白族民歌集》，人民文學出版社，1959年版，第142頁。

地上坑多路不平，

河裡魚多水不清，

官多事不成，

和尚多了經念錯，

木匠多了房子斜，

採花路上對伴多，

愛情不長久。〔註19〕

這又是一首用暗比的白族民歌。歌中用六個暗比，說明了一個道理，即愛情需要專一，對象多了，容易挑花眼，造成愛情的悲劇。

所引這兩首白族民歌有一個共同點，就是暗比強烈。與明比相比，暗比較為隱蔽，特別是在口頭傳唱中，如果不加以仔細推敲，很可能不被人們注意，甚至還以為歌手的心情和思想就沒有表達清楚。為了達到客觀效果和主觀意願相吻合，就必須加強暗比的實際效果。達到這一效果的唯一辦法，就是增加暗示的排比，反覆強調，從各個比喻中使聽者清楚歌者的用心和含意。

暗比，是歌者根據一種內向的低沉的心理感覺創作出來的意術手法。我們知道，人在情緒低沉時，生理機能會產生變化，如淚腺分泌加強；面部表情也有變化，頭部低垂，雙眉緊鎖，雙目無光，嘴角下撇，等等。此時，言語表情也隨著情緒的變化，而變得緩慢，有氣無力，節奏不明顯。如表現在歌謠上，感嘆的成分增強。為了表達這種情緒的變化，加重悲傷的心理氣氛，暗比隨之出現。這就是說暗示是心理情緒變化的產生。當然，暗比不純粹是心情不快時的專利品。心情愉快時，歌手用暗比來表達自己心情的事亦常見到。由此，我們可以看到，暗比是反覆加強人物心理活動的一種重要的藝術手段。換句話，暗比是歌手的創造；這種創造的現實基礎，就在於它能比較成功地表達了歌手的心情。

興，這是又一種歌謠的藝術手法。但與比又有一定的聯繫。劉勰就有「比顯而興隱」的說法，其意於在「比」是明喻，「興」為暗喻。事實上，比興亦為人常聯用，在詩歌中有時亦不易區別的。例如：

紅雀雀，空窠窠，

爹娘不給我娶老婆；

〔註19〕見前書，第137～138頁。

娶了個老婆二不楞，

不頂我打光棍。〔註20〕

這是一首《探家》的陝北民歌，其第一句是起興句，也是比喻句。因為看到
了紅雀雀歡跳不停，卻只有一個空窩，歌中的「我」十分愁悵，想起了自己
沒有老婆，與紅雀雀的命運相似，不禁心緒萬分。

此外，興與賦亦有難以區分之處。《詩經・魏風・園有桃》云：「園有桃，
其實之殽。心之憂矣，我歌且謠。」殽，即肴。詩的大意為：園子裡有桃樹，
桃子成熟了可以填充肚子。我的心啊真憂傷，只好唱歌來排除愁悶。關於園
有桃，其實之殽，是比是興，各家說法不一。「此詩毛以為興，鄭則以為賦，
易《傳》者，應《序》『儉以嗇』句。《詩本義》云：『詩意刺魏君不知為國者
用有常度，其取於民有道，而過自儉嗇爾，非謂其不取於民，但食桃也。其
曰『園有桃，其實之殽』，謂園有桃尚可取而食，況國有人民，反不能取之以
道，至使國用不足而為儉嗇乎？毛說為是。」〔註21〕

由此可見，興這種藝術手法與其他藝術手法有相似之處，其所起到的效
果亦有共同的地方。然而，興作為客觀存在的為人們公認的藝術手法畢竟還
有自己存在的必要，也就是說興的作用是其他藝術手法無法替代的，它所產
生的藝術效果是其他藝術手法沒有的。

《詩經・唐風・綢繆》：

綢繆束薪，

三星在天。

今夕何夕？

見此良人，

子兮子兮，

如此良人何。

綢繆束芻，

三星在隅。

今夕何夕？

見此邂逅，

子兮子兮，

〔註20〕何其芳選輯《陝北民歌選》，海燕書店，1951 年版，第 101 頁。

〔註21〕黃焯《毛詩鄭箋平議》，上海古籍出版社，1985 年版，第 103 頁。

　　如此邂逅何。

　　綢繆束楚，
　　三星在戶。
　　今夕何夕？
　　見此粲者，
　　子兮子兮，
　　如此粲者何。

這是一首以參星和柴草作起興句的歌謠，反映了新婚夫婦情稠意濃的蜜蜜情感。歌謠中爲何以「薪」、「芻」、「楚」這樣的柴草作爲起興句，其中有其奧秘的。馬瑞辰在《毛詩傳箋通釋》中釋《綢繆》時說：「詩人多以析薪喻婚姻。《漢廣》『翹翹錯薪』以興『子之於歸』，《南山》詩『析薪如之何』以喻取妻，此詩『束薪』、『束芻』、『束楚』，《傳》謂以喻男女待禮而成是也。」這裡，馬瑞辰不自覺地運用了民俗學的材料，對《綢繆》的起興句進行了考証，有獨到之處。在民俗學未成爲單獨一門學科之前，古人就用民俗材料來對興句分析研究，這不能不是一種超前的思想認識。

　　過去，人們以爲起興句在歌謠中不很重要，僅僅是因爲看到自然景物而產生的聯想，甚至以爲起興句可有可無，離開它，歌謠亦可以獨立存在。這是一種誤解。我們只有仔細看看，分析一下，就不難發現，起興句是整首歌謠的一個完整的有機的組成部分：可以進一步地說，沒有起興句，就沒有歌謠的存在。如果我們離開起興句來談歌謠，總有失之偏頗之感，或者未能深刻地剖析歌謠其中的實質性的內涵。

　　《詩經‧邶風‧谷風》：

　　習習谷風，
　　以陰以雨。
　　黽勉同心，
　　不宜有怒。
　　采葑采菲，
　　無以下體。
　　德音莫違，
　　及爾同死。

這首詩《序》以爲「刺夫婦失道」，朱熹《詩集傳》以爲「婦人爲夫所棄，故

作此詩，以敘其悲怨之情。」近代研究《研經》的學者也都認定這是棄婦詩。吳闓生《詩義會通》於「以陰以雨」句下作注云：「陰陽和雨澤降，喻夫婦和而家道成。」他已接觸到本詩以谷風陰雨起興的眞實意見。但是他依傳統舊說，認爲谷風爲和風，所以說得並不準確。聞一多經過反覆考釋，認爲谷風實際上是大風，也就是《詩經》中一再出現的飄風（《詩經通義‧邶風》）。細揣詩意，其說自不可易。飄風是一種不大常見的自然景象，而且有一定的破壞力。用以起興，正暗示夫妻關係的極不正常。〔註22〕

從上，我們可以看到起興句以歌者的心理十分有關。歌者在選擇起興句時，不是隨手撿來，而是有選擇地尋找與自己心理狀態相一致的各種自然景物中的一種。這一種爲起興句與整首歌謠相舖相成，相得益彰，構成了完整的藝術作品。當然，民歌和其他文藝作品一樣，也有許多低劣之作。這些低劣之作中的起興句，有些是生搬硬套，有些是故弄玄虛，均沒有美學意義上的價值。如果從心理學上來說，這些歌謠也都不是發自肺腑之作，不是有感而發，均失去了其存在的價值，更無研究的價值。《呂氏春秋‧季夏紀》說：「凡音者產乎人心者，感於心則蕩乎音，音成於外而化乎內。」這裡均指歌謠而言，講歌謠是產生於心理之上的，是心緒情感外化的表現；沒有心理因素作爲基礎，歌謠是無從生長的。於此，我們可見心理和歌謠關係之密切。同樣，歌謠的起興句也離不開心理意識的作用。在這裡，我們還要聲明一下，在歌謠中，起興句確有套用現象。這種套用，有的與歌謠的情感是協調的，有的則與歌謠內容無太多關係，僅爲一般借用而已。總的來說，這種套用是和諧的、是渾然一體的。

關於興，劉大白有一段話說得較爲深刻：

> 至於興，似乎比較地費解了。其實，簡單地講，興就是起一個頭，借著合詩人底眼耳鼻舌身意相接構的色聲香味觸法起一個頭。換句話講，就是把看到聽到嗅到嘗到想到的事物借來起一個頭。這個起頭，也許和下文似乎有關係，也許完全沒有關係。總之，這個借來起頭的事物，是詩人底一個實感，而曾經打動詩人的心靈的。因爲是實感，所以有時候有點像賦；因爲曾經打動詩人的心靈，而詩人的情緒或思想，受到它的影響，所以有時候有點像比。〔註23〕

〔註22〕《古典文學論文選》，湖南人民出版社，1984年版，第17頁。
〔註23〕劉大白《白屋說詩》，作家出版社，1958年版，第1～2頁。

從上我們知道興是與詩人的情感有密切關係的，這一事實已逐漸被人們所認識，劉大白那一段文字就充分說明了這一點

興，在我國歌謠史上出現之後，得到了廣泛的重視和認可，特別是唐代以後，更側重於這一藝術手法。牟世金認為：「重內容的發展趨勢，唐代以後出現又一新的傾向：更側重於『興』。在古代詩論中，有時只說『興』，實為『比興』的省稱；有時雖講『比興』而實指『興』。為什麼不用『比』來代『比興』、不用『比興』來代『比』呢？這就和『興』的特點有關。從賦比興整個發展變化的歷史來看，其所以有它的發展變化，不外兩個原因：一是基於詩歌創作的不斷發展，一是談詩歌理論的人對詩歌藝術的認識逐步提高加深。賦比興由表現技巧到重內容，再由重內容到側重『興』，就是這兩個原因的折射。」〔註24〕在唐代，有一種將『興』說成為內容的傾向，而否認了『興』是一種藝術手法。陳子昂《修竹篇序》云：「齊梁間詩，采麗競繁，而興寄都絕。」白居易在《與元九書》中亦說：「詩之豪者，世稱李、杜。李之作，才矣奇矣，人不逮矣，索其風雅比興，十無一焉。」這裡，陳子昂、白居易均否定了作為藝術手法的「興」，而將其視為一種與思想內容緊密相關的代名詞了。

到了宋代，興作為一種藝術手法又重新被人們所重視。

李頎《古今詩話》：

　　　　自古工詩未嘗無興也，睹物有感焉則有興。

梅堯臣《答韓三子華韓五持國韓六玉汝贈述詩》：

　　　　聖人於詩言，曾不專其中；因事有所激，因物興以通。

南宋羅大經《鶴林玉露·詩興》更具體地闡明了興的長處：「詩莫尚乎興。……蓋興者，因物感觸，言在於此，而意寄於彼，玩味乃可識，非若賦、比之直陳其事也。故興多兼比、賦，比、賦不兼興，古詩皆然。」

以上幾家宋人觀點，都有共同之處，詩歌（包括歌謠）創作必須由感物起興而產生。興都因感物的關係，觸景生情，順口唱來，這樣的歌謠，感情真實，內容充裕，情物相通，情景交融。所以宋楊萬里亦大為感嘆道：

　　　　大氐詩之作也，興上也，賦次之，賡和，不得已也。〔註25〕

為什麼興為上呢？我們以為有三個方面的內容：一是興可以寓意其中，而不直接道破，使人玩味。二是興較為靈活，不拘泥某物某景，而將心、景融為

〔註24〕見《古代文學理論研究》第 1 輯，上海古籍出版社，1979 年版，第 44 頁。

〔註25〕楊萬里《答建康府大軍庫監門徐達書》，《誠齋集》卷六十七。

一體，容易造成藝術感染力。三是興兼有賦、比的藝術特點，因此能達到其他藝術手法難以達到的效果。

　　下面，我們來看看興在藝術構思中的幾個特色。

　　第一，興在藝術構思中，強調含蓄。

　　詩貴含蓄，是我國詩歌的傳統。葉燮《原詩》內篇下說：「詩之至處，妙在含蓄無垠。」在歌謠創作中，同樣也講究含蓄，只不過歌謠的含蓄和詩人創作的詩歌有所不同。一般來說，歌謠較之文人詩歌來得淺顯、外露一些，而興則可掩飾許多外露的情感，從而使歌中所要表達的思想變得隱蔽，使人可以回味。

> 　　苦瓜生在苦棟根，
> 　　黃蓮苦水泡半生；
> 　　人說黃蓮苦到尾，
> 　　我比黃蓮苦萬分。〔註26〕

這是一首流傳於廣西金秀瑤族自治縣的民歌，它用形象的語言表達了瑤族人民在舊時代裡所飽受的痛苦和折磨。歌中的起興句，亦是比喻句。不過這裡的比喻，則為暗比。其起興句包藏了兩層意思：一是瓜長在棟樹根旁，二是瓜和棟樹都為苦味的。在這裡，我們可以從中體會到其中的苦澀之情。雖然，起興句並未一再強調，然而卻給人一種強烈的印象，這種效果是如何產生的呢？與起興句選擇和構思是分不開的。從字面上看，這一起興句也十分外露，但它與整首歌謠連成一體，又顯得含蓄多了。因此，我們可見詩貴含蓄，並非吞吞吐吐就好，主要是把歌謠寫得合情合理又有餘味。一句好的含蓄的起興句，對於整個歌謠的感染力能起到畫龍點睛的作用。

　　第二，興在藝術構思中，強調象徵。

　　象徵是我國歌謠起興句的一個特徵。歌謠中的起興句（除了套用傳統的）一般都有所選擇的。這種選擇大都表現為拈取與歌謠內容相關或相聯繫的某一景物，取其象徵意義，借以表現歌著的思想情感。

　　陝北民歌《禿子尿床》開頭兩句：

> 　　豌豆開花麥穗穗長，
> 　　奴媽媽賣奴不商量。〔註27〕

〔註26〕《瑤族民歌選》，上海文藝出版社，1982年版，第56頁。
〔註27〕何其芳選輯《陝北民歌選》，海燕書店，1951年版，第72頁。

在這裡，第一句爲起興句，初一看，好像與第二句奴媽賣奴不相干。然而，只要細細一想，就會發現此起興句是有象徵意味的。其象徵意就在於：如今事已遲了，媽把奴嫁給了一個不懂事的稚童。豌豆開花麥穗穗長，在新寧探錄時爲「扁豆子開花麥梢子黃」。這裡，起興句雖有些不同，其基本象徵意未改變，均說明後悔晚矣，就像豌豆（扁豆）開了花，麥子黃了，尤如常言所說生米煮成了熟飯。

關於起興句的象徵意識，早在《詩經》的國風中就曾出現過。《王風‧葛藟》這樣唱道：

綿綿葛藟，在河之滸。終遠兄弟，謂他人父。謂他人父，亦莫我顧。

綿綿葛藟，在河之涘。終遠兄弟，謂他人母。謂他人母，亦莫我有。

綿綿葛藟，在河之漘。終遠兄弟，謂他人民。謂他人昆，亦莫我聞。

很明顯，這首歌謠是以四處蔓延的蔓生植物葛藟，作爲起興句的。爲什麼作者以葛藟起興呢？我們了解了歌謠的內容，就不難發現其中的象徵之意了。朱熹《詩集傳》云：「世衰民散，有去其鄉里家族，而流離失所者，作此詩以自嘆。」這種解釋，帶有後世人的意識。其實，此詩表現的是入贅女婿的苦惱，他雖然將老婆的父母、兄弟看成是自己親生的父母、兄弟，然而這家人卻不把他當成自己家的人，反映了母權制殘餘影響。在母權制社會裡，丈夫到妻子家落戶，卻毫無權力，只能俯首貼耳地順從家庭主婦的指使。如有差錯，女家可以打罰這位丈夫；再不聽從使喚，女家則可以將其趕出家門，使之生計無著落。由於《詩經》那個時代去古未遠，母權制的影響還嚴重存在。《葛藟》的作者表現的就是這樣一種時代背景和思想感情。鄭振鐸《湯禱篇》將此詩視爲贅婿詩，是很有見地的。

葛藟是一種蔓生植物，四處攀爬，綿綿不斷，歌者看到這種情形，再聯想到自己身世，不能不大有感觸。葛藟四下攀緣，象徵著家族的血緣關係。作者一方面表示對現實的強烈不滿，一方面又十分羨慕葛藟能枝葉蔓生，傳宗接代。用葛藟、瓜藤來表示家族繁衍的例子，在《詩經》中還可以找到。《大雅‧旱麓》：「莫莫葛藟，施于條枚。豈弟君子，求福不回。」《大雅‧綿》：「綿綿瓜瓞，民之初生，自土沮漆。古公亶父，陶復陶穴，未有家室。」由此，

我們可以看到用蔓生植物作為起興句，來象徵人口興旺和家族的繁衍，不是沒有道理的。

第三，興在藝術構思中，強調隱寓。

隱寓在起興句中的表現為字面所說的與實際寓意並非一致。關於這一點，聞一多先生曾有專文進行討論。隱寓，亦可稱隱喻。「隱語應用的範圍，在古人生活中，幾乎是難以想像的廣泛，那是因為它有著一種選擇作用的社會功能，在外交場中（尤其是青年男女間的社交），它就是智力測驗的尺度。」〔註28〕在民間歌謠中，起興的隱寓也十分廣泛的。

現在我們舉幾首聞一多《神話與詩·說魚》中的幾首民歌為例：

河裡有魚郎來尋，
河裡無魚郎無影，
有魚之時郎來赴，
無魚之時郎費心。

——《會澤民歌》

大河漲水水登坡，
鯉魚銜花順水梭，
青年時候不玩嫊，
臘月梅花枉自多。

——《仲家情歌》

新來秧雀奔大山，
新來鯉魚奔龍潭，
新來小妹無奔處，
奔給小郎做靠山。

——《尋甸民歌》

這三首民歌的起興，都與魚相關。然而歌以魚作為起興，不是沒有緣故的，是取魚象徵女性（或配偶）來作為心理依據的。「為什麼用魚來象徵配偶呢？這除了它的蕃殖功能，似乎沒有更好的解釋，大家都知道，在原始人類的觀念裡，婚姻是人生第一大事，而傳種是婚姻的唯一目的，這在我國古代的禮俗中，表現得非常清楚，不必贅述。種族的蕃殖既如此被重視，而魚是蕃殖

〔註28〕見《聞一多全集》，上海開明書店，1948年版，第118頁。

力最強的一種生物，所以在古代，把一個人比作魚，在某一意義上，差不多就等於恭維他是最好的人，而在青年男女間，若稱其對方爲魚，那就等於說：『你是我最理想的配偶！』現在浙東婚俗，新婦出轎門時，以銅錢撒地，謂之『鯉魚撒子』，便是這觀念最好的說明，上引《尋甸民歌》『只見鯉魚來擺子』也暴露了同樣的意識。」〔註29〕

〔註29〕見《聞一多全集》，上海開明書店，1948 年版，第 134～135 頁。

第四章　歌謠形式與心理基礎

在歷史上，曾產生過各種各樣的歌謠形式。究其根源，除了文化的、歷史的、社會的等種種原因外，人們的心理因素，對歌謠形式的影響不能不說有關鍵性的作用。

第一節　感嘆詞使歌謠形式發生變化

歌謠是發自內心的藝術作品，它不必拘泥於某種形式的束縛，因此，可以在歌詞中人為地添加許多感嘆詞。這些具有感情色彩的詠嘆詞句，可以改變原來的歌謠形式，使之更能充分表現歌者的思想內容。

我們知道，《詩經》是四言詩的代表作品。在這一時期，四言詩已經到了比較成熟的階段，充分體現了這一詩歌形式的優點，較好地將形式和內容完美地結合起來了。到了楚辭同世後，形式較之《詩經》的四言體有了大的變化，其表現之一，就是大量的感嘆詞「兮」被選用於歌體中。目前學術界一致的觀點，認為楚辭原來就是民間的東西，屈原只是利用了這一形式而已。因此，我們可以斷定，「兮」這一感嘆詞原在民間歌謠就已經存在了，它是發展四言詩體的重要手段。

「兮」，據考証，即與今天之「啊」同，係感嘆詞。這一個詞不僅在改變歌謠形式上有重要作用，而且在歌謠起源上，亦不可忽視其應有的作用。聞一多對此有過精湛論述：

> 想像原始人最初因情感的激蕩而發出有如「啊」「哦」「唉」或「嗚呼」「嘻嘻」一類的聲音，那便是音樂的萌芽，也是孕而未化的

語言。聲音可以拉得很長，在聲調上也有相當的變化，所以是音樂
的萌芽。那不是一個詞句，甚至不是一個字，然而代表一種頗複雜
的涵義，所以是孕而未化的語言。這樣界乎音樂與語言之間的一聲
「啊」便是歌的起源。〔註1〕

到了後來的歌謠中，「啊」這樣一類詞，不僅沒有消失，而且依然保留歌謠裡。

《孺子歌》：

滄浪之水清兮，

可以濯我纓。

滄浪之水濁兮，

可以濯我足。

陸侃如、馮沅君認為：「此處雖未明言在楚所聞，但這四句與《漁夫》所記完
全一樣，則為楚國產品無疑。」〔註2〕由此，我們知道楚辭中的「兮」源於歌
謠，確鑿無疑；也正由於「兮」這一類感嘆詞用於詩中，改變了原來的詩體
結構，為新的詩體的誕生，起到了催化作用。

我們還應該看到，感嘆詞是作為歌謠的襯字出現的，是為了適應曲調的
需要而加上。朱光潛說：「『襯字』在文義上為不必要，樂調漫長而歌詞簡短，
歌詞必須加上『襯字』才能與樂調合拍，如《詩經》、《楚辭》中的『兮』字，
現代歌謠中的『咦』『呀』、『唔』等字。歌本為『長言』，『長言』就是把字音
拖長。中國字獨立母音字少，單音拖長最難，所以於必須拖長時『襯』上類
似母音的字如『啊』『咦』『啊』『唔』等以湊足音節。這種『襯字』格是中國
詩歌所特有的。」〔註3〕

說到底，襯字與歌者的心理有關。為了表現豐富的情感，人們感到用四
平八穩的詞句來加以歌唱，遠不能將內心世界表達出來，於是用上襯字，即
使用原來的歌謠形式來表現，亦大不相同了。這樣人們通過實踐，終於找到
了一條抒發情懷的方法，久而久之，襯字這一既省事又經濟的辦法，被人們
接受了，用於歌謠創作中，客觀上打破了傳統的歌謠形式，為新形式的出現
奠定了基礎。

總的來說，歌謠中加上了襯字，擴大了句子，增強了表現力。例如陝西

〔註 1〕 見《聞一多全集》第 1 集，上海開明書局，1948 年版，第 181 頁。

〔註 2〕 《中國詩史》（上），第 97 頁。

〔註 3〕 《朱光潛美學文集》，上海文藝出版社，1983 年版，第 17 頁。

信天游《臘月梅花香》開頭有這樣兩句：「七歲的孩兒喲八歲的郎，十七十八配呀配成雙。」這裡的「喲」和「呀」就含藏著歌者無限憐惜的情感，如果不用這兩個襯字，在演唱時就要失去不少的韻味。梁啟超說：「詩和歌謠最顯著的分別，歌謠的字句音節是新定的，或多或少，或長或短，都是隨一時情感所至，盡量發泄，發泄完便戛然而止。詩呢，無論四言五言七言乃至楚騷體，最少也是略固定的字數句法和調法，所以詞勝於意的地方多少總不能免。簡單說，好歌謠純屬自然美，好詩便要加上人功的美。」〔註4〕這裡，梁啟超雖未談及襯字的作用，但卻說明了歌謠字句的長短與人的心理因素相關，是非常正確的。

第二節　心理因素是歌謠形式產生的基礎

歌謠形式的產生與人的心理因素相關，我們可以例舉大量的材料說明這一點。

不過，話又要說回來，不是任何心理因素都能產生新的歌謠形式的，它還有必要的先決條件：一是心理感覺在接受外界刺激以後，產生極度的條件下，才可能出現感人腑肺的歌謠。二是這類歌謠要得到社會的承認，並得以廣泛的流傳，才有可能固定下來，變成一種新的歌謠形態。如果沒有這兩個基本條件，新的歌謠形態是無法出現的。

歌謠新形式產生的心理因素，一般有兩個：一個是悲痛欲絕，一個是高興歡快。關於這兩種心態情形產生歌謠新形式的記載，不乏其例。

《中華古今注》有這樣二首歌謠，反映了悲哀心情對歌謠形式的影響。現在一一介紹如下：

《薤露蒿里歌》是一首在出喪時唱的歌，據說其來源為：

　　　　並喪歌也，出田橫門人。橫自殺，門人傷之，為悲歌，言人命如上之露，易晞滅也。亦謂人死魂精歸於蒿里，故有二章。其一章曰：薤上朝露何易晞，露晞明朝更復落，人死一去何時歸！其二章曰：蒿里誰家地，聚斂精魄無賢愚，鬼伯一何相催促，人命不得少踟躕。至孝武帝時，李延年乃分二章為二曲，薤露送公卿貴人，蒿里送士夫庶人，使挽柩者歌之。世亦呼挽歌。

〔註 4〕梁啟超《中國之美文及其歷史》，中華書局，1936年版，第1頁。

這裡所說的《薤露》、《蒿里》兩首挽歌形式，是否產生於田橫自殺身亡的春秋時代，現已無材料可作佐証，不管怎樣，這兩首挽歌的形式保留下來，並成爲士大夫、貴族及平民百姓的喪歌了。

從記載來看，挽歌好像起源於春秋時代，關於這一點，我們可以在《詩經・秦風・黃鳥》裡看到。《黃鳥》一詩，是秦人爲秦穆公陪葬的子車氏三人所作的喪歌，這已爲學術界所公認。然而此詩非挽歌之始，只是挽歌形式之襲用。眞正挽歌的起源，應該早於春秋這樣一個奴隸制即將崩潰的時機，確切地說，原始社會裡就已經出現了挽歌。十九世紀一位英國人類學家海頓曾到南洋群島的原始部落那裡，就聽到挽歌：

「塔馬」過後，我勸誘伊諾千和另一個人唱歌給我聽。他們兩
入都屬於「薩迦刺布」的集團，這個集團的成員，從前慣常在儀式
上打鼓歌唱；實際上他們可說是島上的彈唱詩人。有一首十分美麗
的悲哀的雙韻是爲已死的馬魯加入者所唱的挽歌。〔註5〕

由此，我們知道挽歌產生的年代是很久遠的。原始人由於不懂生老病死這些自然現象，還以爲死是人生的另一種形態，是死者到另外一個世界上去生活。因此，在原始人看來，這是件高興的事情，所以大家擊鼓唱歌，表示歡迎。最早挽歌中的哀傷情緒是不多見的，以後，人們的認識逐漸提高了，認爲人死後只是靈魂升天，於是人們傷心了，哭泣了。挽歌中加進了濃重的悲哀成份，於是挽歌演進成爲哀歌，成爲喪葬習俗中加重哀痛氣氛的一種歌謠的形式了。

傈僳族的喪歌可分成三種形式：哭歌、送靈歌和挽歌。哭歌是死者的家屬、近親、知友等一邊痛哭一邊詠唱，內容大多表達對死者的深厚懷念。送靈歌是下葬前，死者的親友、鄰人唱的。這種歌是以男女對唱、對答的形式，一邊以活著的鄉鄰的口吻，一邊以死者的口吻。以活著的鄉鄰的口吻唱歌，多是沉痛的語言，鼓勵死者的靈魂回到祖先的住地，不要作傲遊的精靈擾害活人等。以死者的口吻的唱詞，是表示怎樣踏上遠行的長途，不避行途如何艱難，表示一定要返回遠祖的住地。挽歌也是死者的知友、近鄰或情人唱的，唱詞也多是表達對死者的深切懷念之情。

這種傈僳族喪歌平時是禁止唱的，是世代相傳的長歌，已經固定化、程

〔註 5〕A. C. Haddon《南洋獵頭民族考察記》，呂一舟譯，商務印書館，1937 年版，
第 84 頁。

式化了，說明在這一民族中喪歌已經相當發達。

哈尼族的挽歌近似漢族的送葬歌，是專在死人或送葬時唱的歌。按照傳統規矩，只有老年人或有兒有女並當了家的人死了才配唱，而且只能由小輩人或同輩人才能對死者唱。它表達了人們對死者的尊敬、懷念。小輩人（或小孩）死了，即使悲痛欲絕，也不能唱挽歌，只能哭泣。唱挽歌前，要給死者洗過澡、換過衣才行。由婦女團團圍在死者四周，哭聲夾著歌聲，頗為悲切感人。唱了幾句以後並配以「嗯哼」一聲，恰如老年人拖長的咳嗽聲。據說這一聲「嗯哼」可使全部動人的唱詞內容打進死者的心坎，否則，乾哭無功。凡出嫁的姑娘或姐妹，一旦進入「丈口勤阿」（意即除過鬼神）的範圍，就要開始哭唱進來，一直哭唱到唱光為止。肚才高的挽歌可以唱到幾小時以上，甚至通宵達旦，內容則從天上到地上，天南海北，雞豬鵝鴨，鍋盆碗盞都一一唱過來。唱詞的內容因吟唱者的輩份不同而各異，抒情、敘事均可，但基本格調是一致的。挽歌唱詞音節分明，抑揚頓挫，而且音樂格調悲切動人，很能感動人的情腸。

我們之所以舉傈僳族、哈尼族這兩個雲南少數民族的挽歌為例，旨在於說明挽歌詞真意切，音樂動人情懷，這是人的悲哀感情達到了極點後才有的一種藝術效果；正由於有這樣一種心理情感作為基礎，挽歌才成為世代相傳的固定形式。人們一旦遇到喪事，都會自然地利用這種形式，表達真摯的痛楚感情。因為挽歌已經得到社會的普遍承認，並且成為生者對死者表達悲哀心情的最理想的辦法了。

《中華古今注》裡另一首悲哀欲絕的歌謠《杞梁妻歌》：

> 杞植妻妹朝日之所作也。杞植戰死，妻曰：上無考，中無夫，下無子，人之苦至矣！乃抗聲長哭，長城感之頹，遂投水而死。其妹悲姊之賢貞操，乃為作歌，名曰《杞梁妻賢》，杞梁，植字也。

> 據顧頡剛考証，杞梁即范喜良、范希郎、萬喜良的原型，杞梁妻即為孟姜女。〔註6〕

有關杞梁妻記載，是早見於《左傳》襄公二十三年：

> 齊侯還自晉，不入，遂襲莒，門於且於，傷股而退。明日，將復戰，期於壽舒。杞殖、華還載甲夜入且於之隧，宿於莒郊。明日，先遇莒子於蒲侯氏。莒子重賂之，使無死，曰：「請有盟。」華周對

〔註6〕 《孟姜女故事研究集》，上海古籍出版社，1984年版，第1頁。

曰：「食貨棄命，亦君所惡也。昏而受命，日中而棄之，何以事君？」
莒子親鼓之，從而伐之，獲杞梁。莒人行成。齊侯歸，遇杞梁之妻
於郊，使吊之。辭曰：「殖之有罪，何辱命焉？若免於罪，猶有先人
之敝廬在，下妾不得與郊吊。」齊侯吊諸其室。

在這裡，杞梁妻還屬一位謹守禮法的人，她雖在哀痛之時，猶不忘以禮處事，實可佩服。雖為如此，她畢竟不是哭倒長城的那一婦人形象。以後像《檀弓》、《孟子》、《淮南子》、《列子》、《韓詩外傳》等書均說及她善哭，然而還未說到其哭倒長城。只是到了西漢後期，這個故事的中心從悲歌轉變成為「崩城」了。

劉向《說苑》記載：

杞梁、華舟……進鬥，殺二十七人而死。其妻聞之而哭，城為
之阤，而隅為之崩。（《立節篇》）

昔華舟、杞梁戰而死，其妻悲之，向城而哭，隅為之崩，城為
之阤。（《善說篇》）

如果說，有誰見過人的哭泣會使城牆倒塌，那一定會被人認為是荒誕不經的。然而作為一種藝術的想像或誇張，則無人可指責、挑剔了。這是因為藝術不同於現實，藝術的想像與現實之間可以有十萬八千里的距離，但不會造成虛假的感覺。其原因在於藝術的想像符合人的心理、情緒上的變化。心理學告訴我們，人的激情是猛烈的、突發性的，是具有強大的暴發力的。一般說，引起激情的原因，大都與一個人生活中的重大事件有關。據有關實驗證明，在人的激烈情緒的狀態下，全部的神經系統、生物系統都極度地興奮起來，這時人的力量可以超過平時的十倍、幾十倍。因此，我們可以想像，當孟姜女失去丈夫後這是多麼沉重的精神打擊，那種悲痛心情是無法用語言來表達的。民間創作用合理的推想，來加重孟姜女沉痛的悲哀心情，使之哭聲震塌城牆，其藝術想像何等大膽，何等真實啊！

《杞梁妻歌》被說成是孟姜女之妹朝日所創作，顯然是後人附會。其意在於說明這首歌謠的基調是低沉、悲哀的，它與孟姜女吊夫有關。可惜我們至今無法知曉這首歌的音樂了，但從所表現的內容和歌名中，我們可以推斷出其中的一二來。

顧頡剛在《歌謠周刊》上發表了《孟姜女故事的轉變》後，有位學生給顧先生寫了一信，有一段關於孟姜女音樂的文字：「現在吳中兒女（尤其是歌

伎）通行一種歌曲，即所謂『江蘇調』者，中有一詞，叫做『唱春調』。這種詞裡，有一個叫做《孟姜女哭夫》的，詞中事實，是述孟姜女之夫為築長城而死，和先生做這個文章的材料不無一點關係。」〔註7〕春調不僅在江蘇流傳，全國都可以聽得到。春調在有的地區叫做「唱春」或「送春」。每到春節期間或立春前後三天內，唱春者手持春鑼扁鼓，邊打節奏邊唱的一種曲調流暢、結構完整的小曲子。據悉，春調流行的歷史比較悠久，通過民間歌手甚至是職業藝人的演唱逐漸流傳開來。春調曲調優美，結構均衡，符合廣大群眾的欣賞習慣。比如傳說故事《孟姜女》有的要唱十二個月，群眾從來都不覺得它曲調單調，歌詞太長，聽熟了還要聽，甚至有的婦女為孟姜女的悲慘遭遇而感動得灑下了同情的淚水。〔註8〕春調孟姜女的歌詞：

> 春季裡來是新春，
> 家家戶戶點紅燈，
> 別人家夫妻團圓，
> 孟姜女丈夫去造長城。

這是根據民間歌手演唱的記錄，還特別標明其演唱速度為「慢速」。通過這慢速的演唱，和催人淚下的旋律，彷彿見到孟姜女千里送寒衣的悲傷情景。

雖然我們不能斷定春調《孟姜女》就是《杞梁妻歌》，或許兩者根本沒有聯繫，然而孟姜女這特定的悲劇故事，決定了民間歌謠的基本曲調。這也就是說孟姜女故事感動了人們的心靈，因此，他們所演唱的孟姜女歌謠亦是悲哀、傷感、低沉、緩慢的。從這裡，我們不難看出，人們的心理因素對形成某一特定的歌謠形式，是有決定性影響的。如果沒有對孟姜女不幸遭遇的同情心理，要產生那種感動得使人流下淚水的歌謠形式肯定是不可能的。

除了悲痛的心情能唱出悲痛的謠歌外，興高采烈的心情亦能唱出歡快的歌謠，同樣這些歌謠能成為一種固定的藝術形式，得以在民間長期流傳。

苗族的跳月，是求偶及娛樂的一種歌舞形式，其節奏歡快，載歌載舞，並有蘆笙伴奏。清人陸次雲《峒溪纖誌》中的《苗人跳月記》記載了歌舞時的具體情景。

> 跳月者，及春而跳舞求偶也。載陽展候，杏花柳梯。庶蟄蠕蠕，
> 菁居穴處者蒸然蠢動。其父母各率子女，擇佳地兩為跳月之會。父

〔註7〕《孟姜女故事研究集》，上海古籍出版社，1984年版，第183頁。
〔註8〕《中國民歌》第3集，上海文藝出版社，1982年版，第422頁。

母群處於平原之上。子與子左，女與女右，分列於原隰之下。原之上，相喜宴樂：燒生獸而啖驚，操操不以箸也；漉咂而飲焉，吸管不以杯也。原之下，男則椎髻當前，纏以苗悅，襖不迨腰，褲不蔽膝；褲襖之際，錦帶束焉。植雞羽於髻顛，飄飄然，當風而顫。執蘆笙，笙六管，長尺有二，蓋有六律無六憫者焉。女亦植雞羽於髻，如男；尺箸寸環，衫襟袖領，悉錦爲緣。其錦藻繪遜中國而古文異致，無近態焉。聯珠以爲纓，珠累累繞兩鬢，綴貝以爲絡，貝搖搖翻兩肩。裙細褶如蝶版。男反褲不裙，女反裙不褲。裙衫之際，亦錦帶束焉。執繡籠。繡筆者，編竹爲之，飾以繪，即彩毬是也。而妍與，雜然於其中矣。女並執籠，未歌也。原上者語之歌；而無不歌。男執笙，未吹也；原上者語之吹，而無不吹。其歌哀艷，每盡一韻，三疊曼音以繚繞之；而笙節參差，與爲漂渺而相赴。吹且歌，手則翔矣，足則揚矣，睞轉肢回，首旋神蕩矣。初則欲接還離，少則酣飛暢舞，交馳迅速矣。是時也，有男近女而女出之者，有女近男而男去者之，有數女爭近一男而男不知所擇者；有數男竟近一女而女不知所避者。有相近復相會，相捨仍相盼者。目許心成，籠來笙往，忽焉挽結。於是妍者負妍者，媸者負媸者，媸與媸不爲人負，不得已而後相負者，媸復見媸，終無所負，涕泣而歸，羞愧於得負者。彼負而去者，渡澗越溪，選幽而合，解錦帶而在繫焉。相攜以還於跳月之所，各隨父母以返，而後議聘。

以上陸次雲所說是苗族跳月的情景，其實跳月活動還流行於彝族等民族中，例如雲南的阿細跳月則是比較有代表性的形式，其音樂活潑，舞蹈歡快，歌詞動人，構成了一幅色彩斑斕的民俗畫面。

跳月是一種男女求愛的活動，沒有熾熱的情感，沒有歡樂的曲調，是難以打動對方的。特別是在一些歷史進程發展緩慢的民族中，男女表達情感的主要媒介，是音樂，是舞蹈，是歌謠。這種藝術手段能夠比較有效地在很短的時間裡，激起年輕人的性欲，以達到相互了解的作用。從族內婚制破壞之後，男女青年都不能在自己部落或氏族中尋找對象，這已成爲一條不可逾越的規定。因此，他們要到外村寨去尋找意中人，由於村寨與村寨之間路途遙遠，時間對他們來說就顯十分寶貴。爲了盡快地找到意中人，他們來到傳統的尋偶地點，舉行歌舞活動，以加速雙方理解的進程。這樣，跳月就作爲一

種求偶的固定歌舞形式被固定下來，傳承下來，成爲一個民族或一種文化的象徵。

廣東人有一種以歌爲娛樂的風俗。

清人屈大均《廣東新語》卷十二記載：

> 粵俗好歌。凡有吉慶，必唱歌以爲歡樂。以不露題中一字，語多雙關，而中有掛折者爲善。掛折者，掛一人名於中，字相連而意不相連也。其歌也，辭不必全雅，平仄不必全叶，以俚言土音襯貼之。唱一句或延年刻，曼節長聲，自回自覆，不肯一往而盡。辭必極其艷，情必極其至，使人喜悅悲酸而不能已已，此其爲善之大端也。故嘗有歌試，以第高下，高者受上賞，號爲歌伯。

在這裡，我們看到了另一種歌謠形式——掛折。它有點像謎歌，是人們在閒暇之餘，相互遊戲的產物。這種歌謠形式的出現，是與人們喜悅心情相關連的；試想，一個心緒低沉消極的人會做出使人競相爭猜的謎歌，那是不可能的。正由於人們在謎歌中傾注了不少的心思，亦使這種歌謠形式產生了「辭必極其艷，情必極其至」的藝術效果。

據研究，「維吾爾情歌多屬俚俗小調，或傾吐一種願望，或抒發一種情緒，或表現一種情景交融的感觸。因此，大多比較短小，抒情的情歌多，敘事的情歌少。像《古蘭木汗》、《青牡丹》、《娜祖古姆》、《阿娜爾汗》那樣的套曲就是比較少見的。」〔註9〕

我們知道，情歌是情感最爲充沛的一種歌謠形式。一般來說，情歌除了表現思念的苦情之外，大都是表現熱烈追求和大膽嚮往的思想感情。因此，熱戀時，青年男女唱相互熟知的傳統情歌，這是一種共同的要求和願望；然而，有時傳統的情歌束縛了情感的發揮，於是，有才華的歌手即景生情，借題發揮，唱出自己的心聲，以求得對方的愛情。這裡，就出現兩種情歌形式：一是傳統的，一是現編的。上面引文中所說「維吾爾情歌多屬俚俗小調」、還有如《古蘭木汗》、《青牡丹》等套曲都是傳統的情歌形式，有一定的韻腳和格律。現編的情歌大多爲情感熱烈奔放，歌詞娓娓動聽，然而不太講究外在的形式之美，因此往往不易流傳開來，傳承下去。而傳統情歌，因有一定的形式，有動人的旋律，有火熱的歌詞，經久不衰，眞正在民間紮下了根。

〔註 9〕《新疆民族民間文學研究》，新疆人民出版社，1986年版，第372頁。

　　蒙古族的讚歌音調簡潔有力，節奏較整齊鮮明，缺少華彩性裝飾音，旋律的起伏也不如牧歌大。在調試上讚歌則大量運用徵調式和宮調式，這同讚歌表現豪放、雄壯的氣質相聯繫的。讚歌擅長刻畫人們熱情奔放、莊嚴肅穆的思想感情。換言之，則可以說人們熱烈摯著的思想感情通過讚歌這一特定的謠歌形式，得到了充分的展現。讚歌是蒙古族人民群眾在那達慕大會或其他公共集會、慶典活動等場合上演唱的一種民歌體裁。讚歌按其內容大致劃分為兩類：一是歌頌蒙古歷史上著名的英雄人物，如《成吉思汗頌歌》，二是歌頌蒙古各地的名山大川、湖泊溫泉、古剎寺廟等，如《西遼河頌》。這類讚歌用莊嚴的歌詞、高昂的音調，表達了對歌唱對象的由衷的美好的崇敬的心情。

　　綜上所述，我們可以得出這樣的結論：歌謠形式的出現與人們的心理因素是分不開的，也就是說，歌謠形式與人們的情緒直接相關，假如沒有人的心理因素作為基礎，歌謠的形式根本不可能出現。又由於人的心理是多種情感組合而成，這就決定了歌謠的形式亦是多種多樣，人的喜怒哀樂都能在歌謠中找到其相應的表現形式。過去，人們往往注意歌謠形成出現的社會原因，以為社會原因才是歌謠形式的基礎，事實上，社會原因是形成歌謠形式的一個重要方面，但不是唯一的。社會的原因只有通過人才能引起效用，也就是說人的思想情感是由社會諸因素引起的。為了恰如其分地表現因社會因素所引起的情感變化，於是找到了歌謠，用其與情感相應的形式再現了人們的思想，這就完成了無形的內在情感向有形的外在的歌謠形式的飛躍。如果沒有這種飛躍，歌謠形式是難以面世的。

第三節　情感對歌謠音樂的影響

　　人的情感是一種高級的生理活動的現象，它能直接影響歌謠音樂。在此，我們試舉一例：

　　《箜篌引》是一民間樂曲，其來源為：

　　　　朝鮮津卒霍里子高妻麗玉所作。子高晨起劃船而擢，有一白首狂夫，披髮提壺，亂河游而渡。其妻隨而止，不及，遂墮河水死。於是援箜篌鼓之，作《公無渡河》，聲音淒愴，曲終，自投河而死。霍里子高還，以其聲授妻麗玉，麗玉傷之，乃引箜篌而寫其

聲，聞者莫不墜淚飲泣焉。麗玉以其曲傳鄰女麗容，名曰《箜篌引》。〔註10〕

這裡的樂曲之所以使「聞者莫不墜淚飲泣」，其原因在於「聲音淒愴」。爲什麼樂曲會有如此感人的效果？是因爲作曲者將自己淒苦的心聲全部注入樂曲之中了。很明顯，白首狂夫所作的《公無渡河》一曲裡，包藏著對落水而亡的妻子的無限懷念；正由於這樣，他在將此曲奏完之後，亦投河而死，反映了音樂對人的情感反作用。在一般情況下，人的情感會直接影響音樂的創作，然而，音樂對人的情感的反作用亦不可忽視，有時它能使人陷入一種不能自拔的境地之中。《箜篌引》中的白首狂夫則屬於這種類形的人。所謂狂夫，不僅是指此人外形的與眾不同，而且在心理素質，亦與常人有很大的不同，很容易引起情緒上的大起大落。一旦情緒超出了自我控制的極限，這種人就會產生厭生的願望，選擇自我滅亡的道路。

現在，我們再來看看《中華古今注》中的另一首樂曲形式《陌上桑歌》，據說此歌：

出秦氏女子。秦氏鄲鄲人，有女名羅敷，爲邑人千乘玉仁妻。
玉氏後爲趙王家令。羅敷出採桑於陌上，趙王登臺見而悅之，因飲
酒欲奪之。羅敷行彈箏，乃作《陌上桑歌》以自明焉。

羅敷，傳說是春秋時期的美女，爲了不被趙王搶進後宮，彈箏作歌，以表示不屈的精神。此傳說，或許有一定真實性，至今羅敷家鄉還流傳這一故事。〔註11〕如果從歌謠心理學的角度來看，《陌上桑歌》的出現，亦是符合人物的心理基礎的。歌謠產生，不僅需要外因，而且還需要有內因的助產，這兩者缺一不可。《陌上桑歌》的出現正是這內外兩種因素促成的結果。在婦女無權作主的時代，她們是無法用言語來抗爭上層統治者的。然而所以用歌來表達自己的願望，雖說多少有些浪漫色彩，但畢竟是自己心聲的真正反映。

歌謠出現有器樂伴奏，說明其進化程度已經相當之高了。《降諧》是藏族的一種沒有舞蹈、純粹歌唱的形式。伴奏樂器用橫吹的笛子。歌調高亢，悠揚，意味深長，往往是青年們在放牧牛羊時，在野外男女對唱或獨唱。〔註12〕由此知道，降諧已成爲獨立的歌謠，並發展到相當的階段了。我們知道，原

〔註10〕見《中華古今注》卷下。
〔註11〕見拙編《中國古代美女故事》，雲南民族出版社，1985年版。
〔註12〕《民族音樂研究論文集》第2集，音樂出版社，1957年版，第53頁。

始歌謠是不用樂器伴奏的，最多也不過是用石頭擊打出節拍來以示伴奏。《尚書‧堯典》曰：「予擊石拊石，百獸率舞。」這裡清楚地表清了原始歌舞伴奏時的情景。

原始歌謠不用樂器伴奏，一是當時樂器尚未出現，二是那時歌謠是與舞蹈雜處在一起的，舞蹈的節奏即為歌謠的節奏，無需再用其他東西來專為歌謠伴奏了。前面所說「擊石拊石」，切確地說來，其用意在於為舞蹈服務的，順便也使歌謠得到了好處。

由於歷史的發展，歌謠獨立出來，變成了一種單獨的藝術形式。這時為了增加歌謠的表現力，更好地反映出歌唱者的內心世界，就需要用輔助手段來幫助歌謠，使之更有表現力，增強它的藝術效果。

情感是通過認識活動的折射而產生的。人們在生活實踐中得到了許多經驗，這些經驗是過去的認識在記憶中的保留，一個新異刺激出現，人們必然要動用全部經驗對它進行辨認，把它納入已有經驗中進行編碼。如果它與已往的認識相符合，即產生肯定的情感，反之，則產生否定的情感。由此得出結論：是當前事物與過去經驗的關係不同，而使人產生了不同的情感，其中的關鍵是認識過程起著重要的作用。

從歌謠心理學上來說，高興的事情刺激了人們的經驗，在編碼過程中，被辨認出與過去經驗相符，於是通知情感系統，將這一情緒表達出來。這時所表達的歌謠音樂則是歡快的、輕鬆的、自由的。反之，使人難過、傷心的事情刺激了人們的經驗之後，被辨認出與過去經驗不相符合，於是通知情感系統，將這一情緒表達出來。這時所表達的歌謠音樂則是悲哀的、低沉的、緩慢的。

由此，我們得知人的情感對歌謠音樂影響主要可以分成兩部分：一部分是人的高興情感促使歌謠音樂變成活潑、歡快，一部分是人的悲哀情感促使歌謠音樂變成低緩、哀怨。如果再細分的話，人的情感影響歌謠音樂還不止於這些，但總的來說，大多可劃進這個範圍。因為人的高興和悲哀之情感，是整個人的心理活動中波動較激烈的部分，所以表現出對歌謠音樂的影響也就較大了。

六朝時期的著名歌謠《子夜歌》。關於此歌的作者，相傳是一位名叫子夜的女子。《宋書‧樂志》：「《子夜歌》者，有女子名子夜造此聲。晉孝武太元中，琅琊王軻之家，有鬼歌《子夜》。殷允為豫章時，豫章僑人庾僧虔家，亦

有鬼歌《子夜》。殷允為豫章，亦是太元中，則子夜是時以前人也。」《古今樂錄：「《子夜歌》，古有女名子夜造此歌。」（《初學記》卷十五）另外，還有《晉書‧樂志》等都談及子夜造歌的事，但都沒有談到那歌曲調如何。關於這一點，《舊唐書‧音樂志》則敘述了一下：「《子夜》，晉曲也。晉有女子夜造此聲，聲過哀苦，晉日常有鬼歌之。」這裡所說的「聲」，即指音樂而言；「聲過哀苦」，不僅表現了內容，而且也表現了音樂。因為音樂是為內容服務的，什麼樣的內容則有什麼樣的音樂。淒苦悲哀的《子夜歌》，其音樂不可能是歡樂愉快的。好幾種史書和筆記中都說到鬼唱子夜歌，這雖說有些荒誕，但都從側面流露了此歌之淒涼悲苦。

王運熙對《子夜歌》進行了一番周密的考証後說：

> 《子夜歌》的名稱，由和聲《子夜來》三字而來，古籍所謂「晉有女子名子夜造此聲」云云，恐係附會之談。《子夜歌》的創始者，大約是晉代的一位無名女子。這女子是多情的，她在夜間等候她的歡子降臨，不幸她的歡子竟是一位負情郎。她失望了，她唱著哀苦而充滿渴望的歌——子夜來！《子夜歌》道：「夜長不得眠，明月何灼灼，想聞散喚聲，虛應空中諾。」正仿佛表達著這種焦灼苦痛的情緒。《樂府》（七五）《雜曲歌辭》中《起夜來曲》，題解引《樂府解題》曰：「起夜來，其辭意猶念疇昔，思君之來也。」宛如敘述著《子夜歌》產生的故事。很可能的，《起夜來曲》正是從《子夜歌》演化出來的。《唐書》稱《子夜歌》「聲過哀苦」，我們相信它的音調一定非常纏綿悱惻。以致激動了無數人的心靈，被無數人傳誦摹仿，用來宣泄自己的情感、苦悶。〔註13〕

另外，還有所謂的逃荒歌、童養媳歌、苦歌等等，都表達了苦痛的情感。正因為這種痛苦的情感，反過來又加劇了苦歌等的藝術感染力，在這其中，音樂扮演了主要角色。

愉快興奮的情感導致歌謠音樂歡快活潑的現象亦是很多，俯首可拾。例如，婚禮歌、求偶歌、山歌、讚歌等等，其音樂大多為輕鬆的快樂的。類似這樣的歌謠形式，在許多民族中都存在著，作為自我娛樂、相互慶賀的一種手段。在非洲，「成年人也表演音樂，或者為了自尋消遣，或者為了給孩子聽。搖籃曲即典型一例：它們的內容所反映的主題不僅使孩子們感興趣，而且音

〔註13〕《六朝樂府與民歌》，古典文學出版社，1957年版，第58頁。

樂也使他們愉快，然而主要還是使母親們和成人聽眾發生興趣。除搖籃曲之外，有些居民區裡還有各種在家中演唱的歌曲，或鼓勵在於家務活時伴以歌唱。磨米歌、舂米歌和新屋的地面舖成時唱的歌曲都是眾所周知的；然而其中一些歌曲，也作爲集體活動時的演唱。」〔註14〕在我國，壯族的壯歌、苗族的酒歌、中甸藏族的茶會、侗族的玩山歌、瑤族的踩堂歌、仫佬族的坡會、仡佬族的蘆笙歌、彝族跳月歌和踏歌、哈薩克族的祝福歌、布依族的對歌等等歌謠形式中的內容，大都帶有美好的幸福的歡慶、祝賀之意，因此其音樂也與之相適應，也是歡樂愉快、輕鬆活潑的。再說，人們這時的情感受到客觀環境的制約，必然會在具有濃烈歡騰跳躍的美好的喜慶氣氛中興奮起來，調動全身的情緒編碼，與整個外界的氣氛相協調，這樣，情感就影響了歌謠，使其內容和音樂均在人的心理因素的感奮下統一起來，變成內外一致的表現歡樂情緒的歌謠音樂了。

〔註14〕J.H.克瓦本納·恩凱蒂亞《非洲音樂》，音樂出版社，1982年版，第20頁。

第五章　歌謠傳播中的心理作用及其傳播模式

從傳播學的觀點來看，心理對傳播的作用是不可忽視的一個重要機制。

我們知道，每個傳播過程都要涉及三個要素：一個是傳播者，一個是訊息，一個是受傳者。由於傳播者和受傳者都是有著主體性的人，因此傳播過程中總帶有雙向互動性質，而兩者的心理機制則在其中起媒介作用。歌謠的傳播由甲人傳給乙人，由甲地傳到乙地，這也是一個雙向的傳播過程。歌謠的始入屠可算作「傳播者」，歌謠本體是「訊息」，其聽眾則應成為「受傳者」。始作者創作歌謠受到他本人或本民族審美意識和審美情趣的影響，聽眾則有自己的審美意識和審美情趣，因此他們對歌謠進行挑選，篩落其中不感興趣的部分，保留那些與自己情感相近、被認為有價值的部分，並且對這部分作品進一次延伸、豐富和再創造。因此一首歌謠傳播到第二個人口中或第二個地區，雖然還保留了許多此歌謠原來的特質之外，又打上了第二個人或第二個地區的情感、色彩等各種印記。

第一節　兒童傳播的心理及其基本方式

應該說，兒童對歌謠有一種特別的喜好，他們在搖籃裡時，就受到母親、祖母、外祖母所唱兒歌的薰陶；到牙牙學語時，對外祖母所唱兒歌的薰陶；到牙牙學語時，對歌詞雖說不清，但對其節奏已比較熟悉；到七八歲時，他們模仿能力有了極大的提高，創造能力也有了較大的發展。正是在這樣一個前提下，童謠大量湧現，並在傳播中不斷地被豐富、擴展，同時亦有疏漏、

遺忘。不過，總的來說，兒童在傳播過程中，有其特別的貢獻，保存了一部分相當有價值的社會性歌謠，同時也還保存了一部分傳統的趣味性極強的富有童稚的歌謠。這兩部分作品構成了兒童歌謠的主體，基本反映了童謠的整個面貌。

兒童屬於人類未成熟時期，對客觀世界充滿奇異的想法，同時又極好模仿，於是有些人就利用兒童這種心理，使他們成為自己的傳聲筒。

中國有一個傳統觀念，認為兒童涉世未深，其語有特殊的應驗作用。《左傳》莊公五年杜預注：「童齔之子，未有念慮之感，而會成嬉戲之言，似或有馮者，其言或中或否，博賢之士，能懼思之人，兼而志之，以為鑒戒，以為將來之驗，有益於世教。」《晉書‧藝文志》曰：「凡五星盈縮失位，其精降於地為人，熒惑降為童兒，歌謠遊戲，吉凶之應，隨其眾告。」正是這種傳統的巫術心理，促使一些人利用兒童之心，借以達到他們想要達到的政治目的。

例如，南唐時有一首歌謠這樣唱道：

> 索得娘來忘卻家，
> 後園桃李不生花，
> 豬兒狗兒都死盡，
> 養得貓兒患赤瘕。〔註1〕

據《南唐近事逸文》記載：這是一首譏諷李後主的童謠。謠中所說的「娘」，即指李後主再娶的周后。李後主是南唐時最後一位皇帝，又是一個荒淫無度的庸君。當時的有識之士，憂國憂民，看到帝王腐敗將導致國家的滅亡，十分擔心，然而又害怕朝廷的淫威，於是只好作詞讓兒童在大街小巷裡傳唱。這樣從傳播學的三要素來說，傳播者中又加上了一個提筆捉刀者，也就是說，傳播者由二部分人組成：一是寫歌詞的，一是唱歌謠的；這兩部分人才成為一首童謠的始作者。當時的兒童對遠離他們的南唐王李後主的生活是一無所知，更不用說會用歌謠形式來反映這種生活，很顯然，這些歌詞的作者不是兒童之輩。不過，如果這些歌詞沒有採用兒童傳統的喜聞樂見的歌謠形式來加以表現的話，同樣流傳不開來，也引不起社會的反響。由此可見，這兩者缺一則不可，它是這一類社會性童謠的普遍的規律。

北宋末年有一首著名的童謠：

〔註 1〕 杜文瀾《古謠諺》卷二十四。

　　　　打破筒，潑子菜，

　　　　便是人間好世界。

歌中的「筒」即指童貫，是童貫性的諧音，「菜」即指蔡京，爲蔡京姓的諧音。童謠運用諧音的手法，詛咒了這兩個弄權的奸臣，表達了與之不共戴天的情感。

　　我們知道，兒童的語匯十分貧乏，所表現的語言是直率的，幼稚的，所謂諧音不是兒童所具有的語言特徵。這首歌之所以爲兒童喜歡，是因爲整首歌謠語言詼諧，形象生動。可以肯定這樣一首童謠絕非稚童所爲，而是成人之作，借兒童之歌謠形式表現出來的。正因爲如此，有人以爲這是一條諺語。南宋吳曾《能改齋漫錄》卷十二記載：「童貫自崇寧二年，始以入內內侍省東頭供奉官，奉旨差往江南等路，計置靈宮材料；續差往杭州，製造御前生活；又差委製造修蓋集禧觀齋殿、本命殿、大德眞君觀，緣此進用被寵。緣兩邊用兵。又以功進，於是綏紳無恥者，皆出其門。而士論始沸騰矣。至以蔡京爲比。當時天下諺曰：『打破筒，潑了菜，便是人間好世界。』而朝廷曾不悟也。二人卒亂天下。」這裡的諺，即可被認爲是謠，是一種民眾的心聲。民謠是成人的作品，童謠是兒童的作品，其差別就在於此。古人之所以不分童謠、民謠和民諺，因爲這三者之間有某種共同的地方。

　　類似這種社會性童謠的傳播方式，由某個人創了歌詞，利用兒歌的形式，將其合成，變成一首完整的歌謠，教會幾個（或十幾個）兒童，讓他們到大街小巷中去唱。由於這些歌富有韻味，符合兒童的審美要求，因此得到更多孩子的喜愛，又因兒童天性愛唱愛說，這些歌謠流傳開來，並在更廣泛的地域內擴散，形成了一定的氣候和影響。這些童謠大都帶有很強的時代印痕，即興創作的成分比較多，流傳時間不會太長，流傳地域也較有限，屬於一種政治需要。

　　與此不同的童謠，是傳統性歌謠，屬長輩傳承給子女的。天鷹認爲：

　　　　在童謠中，關於自然界的描述，很多都是用擬人化的方法。這種童謠有的是兒童們自己唱出來的，有的則是他們的親屬們──祖母、外祖母、母親、姊姊等等替他們創作的。當然，大人在創作童謠時，爲了使得兒童們喜歡聽、喜歡唱，就猜度了兒童的心理，用兒童的看法和想法來描述自然界。〔註2〕

─────────────

〔註2〕天鷹《論歌謠的手法及其體例》，文化生活出版社，1954年版，第40頁。

除了直接創作之外，多數童謠是傳統的，或者說是這些祖母、外祖母的母親教會他們的，如今又用來啓蒙自己的子孫輩。一般來說，傳統的童謠大都經歷了三代以上，有的甚至更長一點時間。

> 小老鼠，
>
> 上燈臺，
>
> 偷油吃，
>
> 下不來，
>
> 喵喵喵喵，貓來了，
>
> 看你下來不下來。

這是一首解放前流傳於山東平陰的童謠，把小老鼠的神態寫活了。這裡不僅表現的是未見世面的小老鼠的膽怯心情，同時也表現了與兒童心理相一致的情感，因此很得民間兒童的歡迎，幾乎華東一帶都可以聽到這樣一首歌謠，至今仍在流傳著。雖然稍有變異，但是基本框架和內容均未變，這都說明了童謠《小老鼠》之魅力所在。

童謠傳播廣泛，與其本身所具有的藝術特色是分不開的，造成這些童謠所固有的藝術特色，又與兒童的思想情感十分相關；如果沒有這三者的互相聯繫，就等於否定了歌謠的本體，或者說童謠存在的前提被取消了。

因此，我們在談童謠心理時，離不開談論其藝術特色。

簡單地概括一下，童謠的藝術特色大致有三：一是順，二是短，三是趣。

所謂順，即指順口。一般來說，歌謠都具有順口的特色，而童謠而爲講究，以致講究到像「大白話」一樣。這裡的「大白話」只是借用，毫無貶斥之意。童謠中的「大白話」，是指一看就懂，一聽就能唱，而且琅琅上口，一口氣唱到底。

1936 年西南聯大師生徒步采風時，搜集到這樣兩首湖南童謠[註3]：

一是流傳於益陽地區的：

> 駱駝駱駝，
>
> 騎馬過河，
>
> 淹死馬崽，
>
> 救得馬婆。

〔註 3〕劉兆吉編《西南採風錄》，商務印書館，1936 年版，第 137～139 頁。

　　　　馬婆告狀，
　　　　告訴和尚。
　　　　和尚念經，
　　　　告訴觀音。
　　　　觀音擂鼓，
　　　　告訴老虎。
　　　　老虎咬牙，
　　　　告訴蝦蟆。
　　　　蝦蟆伸腳，
　　　　告訴喜鵲。
　　　　喜鵲上樹，
　　　　告訴斑鳩，
　　　　斑鳩咕咕咕。

另一首是流傳於晃縣的：

　　　　大兒大，說實話；
　　　　不扯謊，不亂罵。
　　　　二兒二，會拉鋸；
　　　　鋸得光，作隻箱。
　　　　三兒三，不好玩；
　　　　沒得事，好扯談。
　　　　四兒四，曉得事；
　　　　不靠人，自照顧。
　　　　五兒五，常習武；
　　　　是好漢，打鐵鼓。
　　　　六兒六，栽淡竹；
　　　　淡竹多，筍子足。
　　　　七兒七，學做筆；
　　　　賣了錢，買飯吃。
　　　　八兒八，喂雞鴨；
　　　　糞肥田，肉好吃。
　　　　九兒九，善跑路；

走一天，還能受。

十兒十，把布織；

織一天，三百尺。

以上兩首童謠具有一定代表性，特別在造成順口方面有其特點。第一首童謠用句尾押韻和前後照應的辦法，形成了上下聯貫，串成一氣的感覺。這樣不僅好念好記，而且順音順口。第二首童謠則用十個兄弟依次介紹他們的個性特徵及其本領，並且用「大兒大」,「二兒二」等系列的富有趣味的兒童語言，形成了琅琅上口的藝術效果。應該說，這兩種造成好讀好唱的辦法，並不是湖南童謠所特有的，而是一種普遍的藝術手法。

造成順口的因素，有多種如押韻等，然而更主要是童謠的節奏感。第一首童謠是兩個詞一頓，一句兩頓。如「駱駝 / 駱駝，騎馬 / 過河」即是。第二首童謠則是用三字一頓，如「大兒大 / 說實話 / 不扯謊 / 不亂罵」即是。這裡的頓，實際上就是自然停頓。為什麼會在童謠中講究頓的停息，而頓一般又比較短暫呢？這與兒童的心理及其身體素質有關聯。周作人在《兒歌之研究》中指出：「凡兒生半載，聽覺發達，能辨別聲音，聞有韻或有律之音，甚感愉快。兒初學語，不成字句，而自有節調，及能言時，恒復述歌詞，自能成誦，易於常言。蓋兒歌學語，先音節而後詞意，此兒歌之所由發生，其在幼稚教育上所以重要，亦正在此。」〔註4〕此文作者早年從醫，對兒童生理了如指掌，此言大概不會有錯。

所謂短，就是說童謠一般較為短小，這也是根據兒童的生理和心理特點而形成的一種特質。

上海松江有一童謠這樣唱道：

游火蟲，夜夜紅，

飛到西，飛到東，

好像一盞小燈籠。

還有一首山東童謠更短小：

風來了，雨來了，

和尚背了他姑來了。〔註5〕

這兩首童謠雖說都很短，但都抓住了某一特定的事物或情景進行了描寫，反

〔註4〕周作人《兒童文學小論》，上海兒童書局，1932年版，第53頁。
〔註5〕此句江蘇等地又作「和尚背著鼓來了」，此「鼓」可能為「他姑」的變異。

映了一種兒童稚氣的心理和情趣。

　　童謠除了聯珠體式的，一般以十句以內爲多。我們知道，歌謠長短均視其實際內容需要所決定，童謠亦同樣如此。童謠既作爲一種兒童所創作所演唱的藝術形式，必受到一定的局限，也就是說歌詞不會很複雜，句子不會很多，表現內容大都爲他們喜歡的情景和物體。在這種種條件的束縛下，童謠不可能擴展開來，而只能在有限的天地裡想像和描述。再說，兒童的思維尚在近化之中，屬於一種直感思維，其想像也有一定限制，這是因生活經驗和知識貧乏所造成的。正由於上述這些原因，決定了童謠的短小精悍，同時又是兒童特有的心理素質和藝術情趣。

　　所謂趣，就是指童謠在內容上十分有情趣，與上面說的順、短這兩種藝術形式而言的。我們這裡說的趣，乃是一種眞趣，屬於童謠的一大特質。何謂眞趣？就是未被世俗浸染過的一種天眞活潑的情趣。這一情趣只有兒童尚存，故又可稱之爲兒童的眞趣。顧頡剛說：「兒歌——這是就兒童的興會發抒，或以音韻的諧合，或以聯想的湊集，或以頑皮的戲謔而成的歌。這些歌與下列四類描寫人生，敘述有條理的思想的完全不同。」〔註6〕所謂「下列四類」，即指鄉村婦女的歌、閨閣婦女的歌、男子（農、工、流氓）的歌、雜歌（山歌、勸善歌等）。兒歌與這些成人歌的最根本的不同之處，就在於情趣的不同。雖然有時成人與兒童所歌詠的對象是一致的，但是由於他們之間因資歷、經驗、想像、心理等的差異，所反映的內容不盡相同，所寄託的思想情感亦不相同。

　　兒童的情趣，不僅在於眞，而且在於趣。過於眞的東西，兒童未必感興趣；但是有趣的東西，勢必會引起兒童的興趣。在傳統童謠中，凡屬反映的事物均曾引起過兒童的極大注意力，其中既是有趣的，同時亦是眞實的，表現了兒童心理上的趨同性。正是這種趨同性，將童謠中的眞和趣完美地統一起來了。

　　湖北一首童謠叫《矮子歌》：

　　　　矮子矮，摸螃蟹，
　　　　螃蟹上了坡，
　　　　矮子還在河裡摸。

〔註 6〕顧頡剛輯《吳歌甲集》自序，北京大學研究所國學門歌謠研究會，1926 年出版。

　　　　螃蟹上了岸，

　　　　矮子還在河裡站。

這首歌，雖說對矮子有所不敬，但也沒有指斥和辱罵的口吻，而更多的是充滿一種友好的氣氛，表現了兒童天真浪漫的性格特徵。類似像這樣戲謔性的歌謠在童謠中所占比例不會少，《歌謠》周刊上每期均可見到這類兒歌，在民間，這類童謠就更多了。江蘇流傳的這樣一首童謠：

　　　　癩子癩，

　　　　偷雞殺。

　　　　一計鑼，

　　　　一計鼓，

　　　　背著癩子打屁股。

這也反映了一種情趣。據人類學家研究表明，兒童有虐殺小動物的天性，和對非正常人外形的敏感性。從這裡，我們可以看到童謠中之所以對禿、拐、癩、麻、矮等人物外形特別注意，歌謠數量也特別多，不是沒有原因的。過去我們對此不了解，以為出現這種歌謠是成人的傳數，是對非正常人的諷刺和挖苦，是要不得的。事實上，這說明缺少人類學的基本知識，缺少對兒童心理和天性的正確認識，以致忽視了這部分歌謠的搜集，這不能不視作一種不可彌補的損失。

第二節　成人傳播的心理及其基本方式

　　成人傳播歌謠的心理，大致可分成有意識和無意識兩種。

　　所謂有意識，就是人們想要達到某種目的而採取歌謠這一媒介（或稱信息）來完成。如男女談戀愛時的對歌，婚禮上的歌謠對答等，都屬於這種有意識傳播的心理範疇。所謂無意識，就是無目的或無目標地來抒發自己的情感。如勞動之餘哼哼小調，唱唱小曲，大致屬於這種性質，其傳播歌謠，非本意，只是在下意識中將歌謠傳播開來。

　　在這兩者中間，有意識傳播是主要，因為這與歌謠發生之目的相關。「生產勞動在最初的階段中是集體的，許多人一起做工。在這些條件下，工具的運用推進了新的人與人的溝通。獸類的叫聲，十分簡單；人類的聲音，音節分明，逐漸發展變得精密而有系統，成為勞動集團間組織動作的工具。因此

人類在發明工具時，也發明了語言。」〔註7〕有了語言，即產生了歌謠。因此可見歌謠最初產生就與生產勞動聯繫在一起的，以後將歌直接用於催促莊稼生長和獲取豐收上面。馬亞里人有一種馬鈴薯舞。初生的作物容易被東風損傷，所以女人們便到田地裡去跳舞，她們把身體做出風吹雨打的情狀，和馬鈴薯開花生長的姿態；當她們跳舞的時候，她們唱歌，告訴她們的作物也學她們的樣子。她們把所希望滿足的現實用幻想表現出來。〔註8〕這裡的歌舞有其巫術作用，是將歌作爲一種信息傳遞給馬鈴薯，使其茁壯成長起來，並結出更多的果實。在我國少數民族中，歌舞娛神來幻想得到好收成的習俗亦不爲少見。西盟佤族有砍頭祭穀的習俗，而且被砍的人頭是供在木鼓房之中的。每年砍頭祭穀的時間多在播種前，或秋收前。人頭被砍來後，首先供在獵頭者家中，有願單獨供者（不能超過五家），需要殺豬剽牛爲祭。最後供在木鼓房內。在這前後十多天裡，全寨男女都穿上最好的衣服，在人頭附近敲鑼打鼓，唱歌跳舞，像過盛大節日一樣熱鬧。他們認爲這樣做穀就能做好，人畜兩旺。〔註9〕據說被獵者是個大鬍子則更好，表明穀子能長得象那人的鬍子一樣旺。在這裡，歌謠充當了人神之間的使者，將人的希望獲取豐收的願望傳播給神，使其按人的想法，將穀子長好。從上述兩個民俗事象來看，歌謠的傳播均與人們的主觀意志是分不開的。只是到後來，人們不再僅僅爲生活而忙碌時，有了一定的閒暇，歌謠也就從純功利目的中轉變了過去，開始有了自娛自樂的成分，這時，歌謠才有無意識傳播的可能性。

在此，我們主要談歌謠的有意識傳播。

歌謠的有意識傳播大致分爲兩個模式：一是個體傳播模式，二是集體傳播模式。

一、個體傳播模式

個體傳播模式是以個人爲傳播對象的，一般爲面對面地進行。其傳播心理，大都爲不願公開表現自己的思想所制約，其表現形態爲低聲的吟唱。

母歌，就屬於這種個休傳播模式。所謂母歌，就是唱給兒童聽的歌，其實屬於兒歌的一種。這種歌，大都由母親或祖母唱的。朱自清將母歌又分成

〔註7〕見喬治·湯姆遜《馬克思主義與詩歌》，袁水柏譯，三聯書店，1950年版，第8～9頁。

〔註8〕同上書，第12～13頁。

〔註9〕《中國南方少數民族原始農業形態》，農業出版社，1987年版，第496頁。

四種小類別：一是撫兒使睡之歌。以嘽緩之音，作為歌詞，反覆重言，聞者身體舒懈，自然入睡。二是弄兒之歌。先就兒童本身，指點為歌，漸及於身外之物。三是體物之歌，指率就天然物象，即興賦情。四是人事之歌。指原本世情而特多詭譎之趣。〔註10〕

　　朱自清所歸結的四種母歌的表現內容，有一定的道理。就其傳播來說，是以未開或剛開智力的兒童為受傳者的。這就是說，母歌的作用就在於試圖用歌來啓迪兒童的天智。現代醫學証明，母歌對兒童的成長和智力的開發都有好處的，因為母歌符合兒歌的生理特徵和心理特徵。這由除了母歌的有趣的歌詞外，還有其節奏與兒童的生理節奏相一致的緣故。母歌主要屬於縱向傳播，無意之間也起到橫向傳播的作用。由於母歌對孩子的睡眠等起到作用，引起了其他母親的注意。這樣她們就用心聽記別人唱的歌，隨後再用於對自己孩子的吟唱。客觀上，這類母歌在無意中也流傳開來了。有些母歌是甲地特有，而在乙地區則是沒有的，但由於甲、乙兩地的人同在一個地方住，或者是隔壁鄰居，甲地的母歌很可能被乙地人所接受；特別是母性對這類母歌的接受能力較好，會吟唱這類歌謠是不困難的。

　　母歌的吟唱，不會是嚴肅的，大聲嚷的，而是含情脈脈，輕鬆的，這與傳播中間的受傳本體有關，表現的是愛護、體貼、關心兒童的心理。否則的話，因傳播主體與受傳本體之間缺少共同的聯繫紐帶，傳播是不可能達到預期的效果的。

　　情歌有一部分是屬個體傳播方式的。

　　在我國少數民族中，情歌有一部分是公開唱的。如青年男女在初見、逗情之時，情歌是廣庭大眾面前唱的，而且是幾個男青年，與幾個女青年同時對唱的。這時的情歌不屬於個體傳播，而屬於集體傳播。

　　情歌的個體傳播是有特定的地點和時間的，一般在男女雙方均有情意之後，悄悄離開了人群，來到安靜的山邊樹下，單獨進行情探時才唱的情歌，這就屬於個體傳播模式。廣西壯族男女青年尋找自己意中人後，「唱出歌的地點由公開的街集移向公路邊、山坡上或樹蔭下。唱歌的內容也有了進一步發展，互相了解對方的身世、婚否、學歷、興趣愛好。」〔註11〕最後，再唱歌求愛。應該說，這時的情歌屬個體傳播，一般不願讓第三者聽到，它與人們

〔註10〕朱自清《中國歌謠》，作家出版社，1957年版，第139頁。
〔註11〕《廣西少數民族風情錄》，廣西民族出版社，1984年版，第32頁。

的害羞心理有關。保加利亞一位心理學家瓦西列夫在《愛情的情緒心理學》一文中指出：

羞怯感通常伴隨著高尚的親昵之誼。這種情感幾乎總是出現在愛的感受的總和中。

性的羞怯或腼腆這個概念是有它完全特定的內涵的，它同羞恥概念的內涵不盡相同。前者表現的是兩性關係的一個方面，後者表現的則是人與人的道德關係的一個方面。人的羞恥感同人的意識到自己的過失有關，而性的羞怯則是害怕傷害兩性關係的精神美。

羞怯就是極力掩蓋男女兩性接觸和親昵溫存。〔註12〕

從上面所引文字來看，男女之間的交往，產生羞怯心理是很正常的。為了維護雙方已有的愛慕的情感，用情歌來私下傳播心中的願望，這是十分真誠十分慎重的做法，符合愛情心理學上的一般規律。關於這種心理，土家族有首歌謠說得很形象：「只要二人心相合，聰明伶俐辦法多，人多馬雜不要喊，眨個眼睛遞個砣（指信）。」這裡是說戀愛者雙方只有相互有情即可，不必在「人多馬雜」的地方大聲招呼，以免讓別人知道。這歌的創作者不是女的，亦一定是男的，反映的一般戀愛者的心理，但更表現了男女之間「親昵溫存」的情感，因此顯得楚楚動人，躍然紙上。侗族玩山是男女青年尋找對象的形式，所以，對其約會的日期和地點一般是保密的。尤其是女方，除了母親姐姐外根本不讓父兄知道，而且往往借打豬草，趕場之機悄悄去的。相會之前，只聽歌聲不見人，雙方先是唱歌試探，然後再逐漸地往約定地點靠攏。見面時，雙方都表示害羞，特別是姑娘們，連頭都不抬，老是躲在樹叢中，用木葉或細篾斗笠遮住羞紅的臉。〔註13〕這裡又說明了一個事實，那就是男女雙方初次接觸雖多害羞，是姑娘的羞怯心理尤其些。「當女人愛上一個男人時，她會不知不覺地傾低頭，側向一旁，再朝他看一眼。」為什麼會出現這種狀況呢？心理學家認為：「表示情感關係的基本語言詞匯並不多。這與大腦結構有關。語言中心位於大腦的思維和推理區域內，而不是在情感區域中。人們求愛時往往不是先通過推理區域部位的大腦，感情交流往往發生於語言表達之前。」〔註14〕由此可知，姑娘在求愛唱歌之際，羞怯心理和外形表露過重，

〔註12〕　《愛之奧秘》，寧夏人民出版社，1986年版，第11頁。
〔註13〕　《侗族的玩山》，見《南風》1981年第1期。
〔註14〕　《愛之奧秘》，寧夏人民出版社，1986年版，第27頁。

說明了她們對愛情的真摯和向往。因為有這種心理，就決定了有一部分情歌是通過個體傳播方式來進行的。

挽歌是又一種個體傳播的歌謠。

其均具備了傳播學的三大要素，所不同的是受傳體，不是活人，而是死人而已。

六朝時期的《讀曲歌》就是一種挽歌。《宋書·樂志》記載：「《讀曲歌》者，民間為彭城王義康所作也。其歌云：死罪列領軍，誤殺劉第四，是也。」《古今樂錄》則說：「《讀曲歌》者，元嘉十七年，袁後崩，百官不敢作聲歌，或因酒宴，止竊聲讀曲細吟而已，以此為名。」上述兩種記載，雖說《讀曲歌》來源不同，但均為挽歌是一致的。

六朝人非常喜歡挽歌，與當時的風俗習慣有緊密關係的。

《太平御覽》卷五五二：「袁山松作《行路難》，辭句婉麗，聽著莫不流淚。羊縣善倡樂，桓伊能挽歌，時稱為三絕。」

《續晉陽秋》：「武陵王晞未敗四五年，喜為挽歌，自搖鈴，使左右和之。」

《南史·劉德願傳》：「德願性粗率，為孝武狎侮。上寵姬殷貴妃薨，葬畢，數與群臣至殷墓。謂德願曰：卿哭貴妃若悲，當加厚賞。德願應聲便號慟，撫膺辯踊，泗涕交流。上甚悅，以為豫州刺史。又令醫術人羊志哭殷氏，志亦鳴咽。他日，有問志：卿那得此副急淚？志時新喪愛姬，答曰：我爾日自哭亡妾耳。」

從上述記載來看，挽歌《讀曲歌》的出現與當時的風俗有關。它是以個體傳播模式的產物。在一種原始巫術心理的指導下，人們以為死者可以在陰間聽到陽間的聲音，挽歌則是安慰死者的一種歌聲；沒有這種歌聲，死者的靈魂不會安息，活人也未盡悲痛之意和人道之情。事實上，死人並無聽覺，一切生命現象都消失了，哪還知道什麼挽歌呢。嚴格地說，挽歌的受傳者是活著的其他人；沒有這些受傳者，挽歌是難以流傳於世的。例如，當哈薩克族人走完人生的旅途，離開人間時，家屬就要以哀傷深沉的歌調整整唱四十天的「焦溢塔吾」（即挽歌），回憶死者的功德或一生不幸的遭遇。這裡，我們可以知道，哈薩克族用挽歌來讚美死者的功績，追述死者的苦難，其意均在為了表達對死者的懷念，並以低沉嗚咽的聲調和悲切感人的歌詞，來傳播死者家屬的悲痛心情，使在場的人在心靈上發生對死者的悼念和對生者的同

情的共振，並由此產生一種沉痛悲哀的氣氛。

　　個體傳播的歌謠並不僅指以上幾種。爲了行文的方便，我們即舉母歌、情歌、挽歌爲例而已，旨在說明個體傳播的一般模式和特徵。另外，無意識的個體傳播模式，因其受傳者未有明確所指，故不贅言。

二、集體傳播模式

　　所謂集體傳播模式，就是指傳播者和受傳者均爲多數人（而不是某一個人）之間的互相傳播歌謠的方式。

　　從根本上來說，歌謠的傳播是一種集體性的傳播。離開集體，歌謠是無法傳播開來的。這不僅從歌謠的起源上來看是這樣的，就是從歌謠的功用上來講亦是如此。在人類早期，生產活動不光是個人的事，更主要的是集體的或民族的事。歌謠運用於生產勞動的，不爲少數，其目的在於希望收穫到莊稼或打到獵物。這樣，歌謠傳播就成爲整個部落或整個氏族的事情了。到了模擬生產活動時，歌謠更成了一種傳播的訊息，向四處擴散，其受傳者亦從原來的無生命體變成一集體人群了。

　　集體傳播模式的構成有兩個因素：一個是勞動因素，一個是風俗因素。

　　勞動因素對於集體傳播模式有著重要影響，是最早的一種集體傳播方式。例如勞動號子就是一直接伴隨勞動歌唱的民間歌曲，或者說是整個人類文化中產生最早、歷史最悠久的藝術品種之一。

　　號子能使勞作時步調一致，動作協調，如果離開號子的指揮，則將使動作參差不齊，力量分散，使勞動無法進行下去。這樣，勞動號子就產生一種前呼後和的藝術表現手法。「有的地方出現了專職的號子手，他們成爲民間不脫離勞動的專門化歌手。這樣，就有專人花一定的精力對號子的音樂形式進行推敲，深入考慮號子如何唱得好聽，如何把大家的思想感情表達得更好，如何提高勞動功效等問題」。〔註15〕

　　勞動號子可以分成若干類別：如搬運、工程、農事、作坊、行船、捕魚等等。在此每一類別中，又可分成若干小類，如搬運號子，又可分爲裝卸號子、挑擔號子、抬工號子和板車號子等。工程號子又可分爲打夯、打硪、撬石、開石方、修建、運木等勞動中唱的號子小類。

　　勞動號子隨勞動工序的複雜，分工的細密，而變得多樣化了。川江號子

〔註15〕江明惇《漢族民歌概論》，上海文藝出版社，1982年版，第32頁。

是較有代表性的號子歌。由於川江上的船工們在出檔，進航道，見灘，衝灘，下灘，進檔，上水的勞動經驗逐步發展和成熟之後，人們將各種不同類型的勞動節奏加以規範，才逐漸形成與之相適應的不同勞動號子，並進而使其曲牌化、專用化和程式化。

《撐船號子》是木船離岸時唱的。船工唱前兩小時時，是作為準備，也起打招呼的作用。如果一篙沒有把船撐離岸時，就從頭唱一遍，再撐一篙。船走下水，在動手搬橈前，由「號工」領頭唱起《櫓號子》，隨著大家的一聲應和，橈子就整齊地搬動一下。這樣通過「號工」領唱一小節，大家應和一聲，從而達到調整速度的作用。

另外，在號子中，常加上一些勞動呼號式的襯詞、襯腔，使領者和應者的情感融成一體。領部是號子唱詞的主要陳述部分。音樂比較靈活、自由、變化較多，曲調和唱詞常為即興式的，音調比較高亢嘹亮，旋律常作上揚的進行，有號召、呼喚的特點。和部大多是唱實用性襯詞或重複詞，音樂比較固定。在整個號子音樂中，側重表現堅定沉著、剛健有力的風貌。這樣，使領部和和部比較和諧地統一起來，形成一個完整的號子。在這裡，應該看到領者的心理情緒對和者的心理情緒的影響是有舉足輕重的。領者的情緒振奮，精神飽滿，唱起歌來一定高昂、豪邁、嘹亮。這種充滿旺盛情感的歌曲傳播到和者，他們的心理和情緒一定為之震動，產生出相應的精神面貌來。反之，領者情緒不佳，有氣無力的，和者一定發不出情緒高昂的音調來。

風俗因素是集體傳播模式中又一構成部分，是歌謠傳播的重要媒介。在這裡，傳播者為集體，受傳者亦是集體；只不過，受傳者有時不一定是參加歌謠傳播活動的人，可能是一個純粹的觀眾。

據湯姆遜所述，維多利亞地方土人的「哥羅波里」情形，也頗一致。即「哥羅波里」多於月夜舉行，場所慣在有樹林的空地，中間燃燒薪火。舞者預先隱身樹林之間，施行身體裝飾。火堆之一旁，集合著婦女合奏隊。忽然軋軋的聲音作響，跳舞者遂出現於場面，跑入火光中的三十個男人，都以白泥塗身，兩眼周邊塗以輪環，腰部與四肢，各作長縞。且以樹葉縛於足踝，腰部圍以皮革。婦女相向列為馬蹄形，她們完全裸體，膝上繫著巧疊而緊張的袋鼠皮。指揮者立於婦女群與薪火之門，披著袋鼠皮裙，兩手都持一棒。觀眾或立或坐，圍成圓形。跳舞中，舞者常保持精確的拍子，歌聲與動作極

相吻合。〔註16〕密考比人的體操跳舞，即於茂林中之空地，集合身體塗色的男女約百人以上。婦女歌唱舞曲的疊句，坐於一旁。另一旁爲觀眾席，他們一齊拍掌伴奏。〔註17〕（著重號爲筆者所加）

密考比人和維多利亞土人舞蹈時的觀眾，到底爲什麼性別，什麼年齡，作者均未作介紹。不過，我們認爲這些觀眾即是本民族或部落中的老人和兒童。老人對於本民族的歌舞早已熟悉，此時的歌謠傳播最多只能引起對往日的思念。然而歌舞對兒童來說，則是全新的，他們要從大人們的歌舞動作中獲取各種知識，並爲以後他們參加這樣的歌舞活動提供了條件。所以此時的歌謠傳播對啓迪兒童的心靈有著重要影響。我曾在廣西考察過壯族的歌圩，就發現在三月三歌節中，有不少未成年的少女們前往參加歌圩活動，她們並非爲了尋找對象，而只是玩玩而已。但是，可以肯定歌圩上那續續不斷的情歌對少女們的懷春心理起到催化作用，促使她們更快早熟。

我國少數民族有不少大型的多樣的風俗活動。在這些活動中，歌舞又是不可缺少的項目之一。因此，這時的歌謠傳播大都爲集體傳播模式，傳播者或爲個人，受傳者卻多爲眾人。

每年一到彝曆「虎月」（陽曆七月），大涼山下的布拖坝子便老少雲集，熱熱鬧鬧地過起火把節來。火把節的第一天爲殺牛，吃「坨坨肉」。第二天和第三天晚上，是火把節活動的高潮。村村寨寨的男女老少都要穿上新衣裳，聚集在大街上或村堡寬敞的坝子上，舉起火把，同時伴以唱歌、跳舞進行歡慶。因爲這個火把節是一個地區好幾個村寨同時慶祝的，所以此時各寨的歌謠進行了一次大交流、大傳播。這時的交流和傳播是集體性的，幾個村寨同時互助交差進行，無一定向的。

另一種集體傳播爲有一明確固定對象。如苗族酒歌就屬於這種類型。

酒歌是苗族舉行婚禮時的一種歌曲。苗族兒女婚嫁前夕，男女雙方各聘請一位歌郎。在女方家裡唱酒歌，每唱完一小段，大家便跟著和起歌尾。這種酒歌，主要流行於湖南城步縣五團以及廣西龍勝等地，有固定的曲調和成套的歌詞。全套酒歌共 360 行，一般要唱一天一晚。一部酒歌，共包括九個部分：第一部分爲「攔門歌」。當男方的歌郎與迎親的隊伍來到女方山寨時，女方歌郎便帶領人群到山寨門口迎接，唱「攔門歌」。第二部分爲「十切」，

〔註16〕岑家梧《圖騰藝術史》，商務印書館，1942 年版，第 114、115 頁。
〔註17〕岑家梧《圖騰藝術史》，商務印書館，1942 年版，第 114、115 頁。

即主賓雙方在歌堂上對唱十段歌詞，內容是反映本寨本族的風俗習慣。第三部分為「公爺進地」，主要敘述苗族的族源與遷徙過程。第四部分為「結親路」，敘述苗族婚姻的根源與範圍。第五部分為「三代根基」，即男女雙方的歌郎敘述新婚夫婦祖宗三代的基本情況。第六部分為「鳳親」，即介紹男女雙方結親的原因和大致過程。第七部分為「過定」，即教導之意，男女雙方歌郎以長輩的口吻，教導新婚夫婦要相親相愛，百年和好。第八部分為「謝主家」，即男方歌郎代表男方向女家致謝。第九部分為「龍船歌」，是整個酒歌中最精彩的部分。在這一場中，雙方歌郎要用對歌的形式互比輸贏，並且用一隻臘鴨作為「龍船」，歌郎一人扯一頭，邊唱邊扯。唱贏者就得鴨子，意為贏得了「龍船」。唱完這九部分酒歌以後，男女的迎親隊伍便領著新娘子回男家了。〔註 18〕很顯然，這種苗族酒歌的傳播是有明確對象的，也就是無論是男家歌郎或女家歌郎，他們的歌都是為應酬對方而設置。他們不僅將酒歌唱給男家歌郎（或女家歌郎）聽，而且也是將酒歌唱給女方村寨裡的觀看者聽的。酒歌是迎親習俗中的一個組成部分；沒有這種習俗，就沒有這種酒歌，也就沒有什麼東西可傳播了。再說，迎親習俗是社會性的，是某一集團或民族所共同遵守的規範。由此可見，在這些習俗中產生的歌謠，它的傳播必然是一種集體傳播模式，在這傳播模式中，風俗則是構成的基本因素。

〔註18〕 《苗族酒歌》，見《民族團結》1981 年第 3 期。

第六章　歌謠心理外延的兩種表現形態

　　我們知道，歌謠的發生與人的心理有關。一旦人們覺得心中有宣泄的欲望和激情，往往會借助歌謠來表現；然而，歌謠有時被人感覺到遠不足以表現內心的衝動，這時就出現一種新的情形，那就是心理的外延現象。

　　歌謠心理的外延結果，會形成兩種新的表現形態，即小調俗曲一類和民間戲曲一類。這兩種形態，基本都與歌謠有關，而且都是歌謠心理的一種延續。

　　關於這兩種表現形態在文學史上不乏其例，嚴格地說，它們都超出了歌謠的範疇，小調俗曲開始轉向市民文學（即通俗文學），民間小戲成了正規戲劇的先聲，然而它們都與歌謠有著千絲萬縷的聯繫，或者說它們都是從歌謠起家的，隨後才逐漸遠離歌謠這一母體而成為新的獨立的藝術樣式的。

第一節　小調俗曲

　　從歌謠學的大概念來看，小調俗曲亦可包括在其中，然而小調俗曲又非原來意義上的歌謠，而是散發著市井氣息的藝術品種了。這種藝術品種的出現，大都與都市的出現、市民階層的出現有直接關係；換句話說，小調俗曲是適應市民階層的需要而運運而生的藝術，反映了市民階層的審美情趣和理想願望，是市民階層心理的形象展現。

　　最早的小調俗曲，當推《成相辭》。有人說《成相辭》是荀子一種宣傳道義、賢良的體裁。其實，它是荀子利用當時流行的一種歌謠形式而創作的民

歌。關於「成相」一詞，古今學者，各自解釋均不相同。有的以爲「成」是演奏，「相」是樂器，故「請成相」，即是「先來奏樂唱一曲」之意。有的則以爲「成相」就是古代歌謠之名。蘇軾《東坡志林》記載：「孫卿子書有韻語者，其言鄙近。……『成相』者，蓋古謳謠之名也。」這一觀點，已爲大多學人所接受。劉大傑則以爲「成相」與小調俗曲等有相同之處：「《成相辭》雖不能說就是彈詞之祖，但說它是受了當日民間歌謠的影響，把他所主張的治國爲政的道理，寫成通俗的文體，與後世的彈詞、道情一類作品在形式上大體相同，是可以相信的。」〔註1〕我基本同意劉大傑的觀點，「成相」就是一種具有小調俗曲某些雛形藝術特徵的樣式，伴以某種樂器來歌唱的。楊蔭瀏在《中國民歌》序言裡說：「楊憲益最近告訴我，他覺得荀子《成相篇》通體是二、三、七與四、四、三句逗的反覆，顯然是根據相當於後世『蓮花落』一類的民歌音調而寫成的。我再一讀《成相篇》，我也與他有了同感。」〔註2〕可見，通過多家研究者的研究，大家的意見基本一致，認爲「成相」是一種民間的小調，這是無疑的了。

與「成相」相聯繫的「蓮花落」、道情又是怎樣的藝術形式呢。

據研究，「蓮花落」，原來叫「蓮花樂」，是舊時乞討者所唱的一種小調，邊唱邊詩些錢來，借以維持生存。「蓮花落」的來源已經相當久遠。據宋代《五燈會元》就載有「蓮花落」一條，其云：「俞道婆，嘗隨眾參琅琊，一日聞丐者唱『蓮花樂』（樂即落）大悟。」明末歸玄恭的《萬古愁曲》裡亦說及了：「遇著那野衲子，參幾句禪機妙。遇著那老道士，訪幾處蓬壺島。遇著那乞丐兒，唱一回『蓮花落』。遇著那村農夫，醉一回『田家樂』。」直到解放前，叫化子唱「蓮花落」的現象，依舊是很普遍的。

道情與「蓬花落」有相似之處，即都是乞丐所唱的小調，後來這些小調傳播開來，低層的一些文人好事，利用其曲，補上新詞，重新的新的階層中流行了。鄭板橋作過道情，並在序言中說明自己的目的：「我先世元和公公，流落人間，教歌度曲。我如今也譜得道情十首，無非喚醒痴聾，消除煩惱。每到山青水綠之處，聊以自遣自歌。若遇爭名奪利之場，正好覺人覺世。這也是風流世業，措大生涯。不免將來請教諸公，以當一笑。」由此，我們可以清楚地看到兩點：一，道情原本民間之曲，二，像鄭板橋這樣落泊文人十

〔註1〕劉大杰《中國文學發展史》，上海人民出版社，1973年版，第95頁。
〔註2〕《楊蔭瀏音樂論文選集》，上海文藝出版社，1986年版，第130頁。

分欣賞這一民間小調。

應該說，「蓮花落」和道情是在城市形成、有了乞丐之後的產物。這些乞丐常在人物燒香拜物之所一邊唱歌一邊乞討。因為這裡來往人較多，又是信男善女，很容易產生憐憫心理，給乞丐一點小恩小惠。乞丐們抓住了人們這種心理，並用傳統的民間小調加進世俗新聞和本人身世等等，使人留步傾聽，以收到一定的錢鈔。人是富於同情心的，特別是企圖在來世獲得好運的燒香拜佛者的同情心會更多些。乞兒利用曲調優美，節奏歡快的民間小調俗曲，可加劇人們同情心的萌發；所以那些乞丐們選擇這樣的藝術形式和表演場所，是非常有道理的。

人們所熟悉的《竹枝詞》，很可能就是唐代巴、渝一帶的民間小調。《全唐詩》做了一個《竹枝詞》的題解：

> 《竹枝》本出於巴、渝。唐貞元中，劉禹錫在沅湘以俚歌鄙陋，乃依騷人《九歌》，作《竹枝新辭》九章，教里中兒童歌之，由是盛於貞元、元和之間。其音叶黃鐘羽末，如吳聲。含思宛轉，有淇濮之艷。

這裡要說明的是：一，《竹枝》是巴、渝一帶的民間歌謠（或說是小調），與一般的民歌不同，正因為這樣，劉禹錫不喜俚歌而喜《竹枝》，就有根據了。二，由於劉禹錫新補歌辭，教里中兒童傳唱（這裡的「里中」即同「市井」），據說盛於貞元、元和兩代皇帝的時間，很顯然已成為一種市井小調，而非原來意義上的小調了。

劉禹錫在《竹枝詞序》中所說與《全唐詩》題解又有不同，他認為《竹枝詞》是城里的小調：「歲正月，余來建中，里中兒聯歌《竹枝》，吹短笛擊鼓以赴節。歌者揚袂睢舞，以曲多為賢。」這裡，劉禹錫看到的城中小兒唱《竹枝》的生動情景，是在其到達建中之後，而非《全唐詩》題解中所說是其教小兒傳唱《竹枝詞》的。如果有教小兒傳唱之說，那肯定在劉禹錫喜歡上這種民間小調，並有意改編其歌辭之後。

《竹枝詞》原本是一種農村之中的民歌形式，後來才轉到城市，成為一種市井小調的。據清人陳僅《〈竹枝〉答問》介紹：「此體本起於巴濮間男女相悅之詞，劉禹錫始取以入詠。詼諧嘲謔，是其本體。」以歌為媒，這是農村青年男女的一種戀愛方式，城市中一般已不多見，至今在少數民族婚姻中仍保留這種習俗。不僅男女挑情逗樂、狎褻相悅用《竹枝》，婚禮中亦唱《竹

枝》，借以表達慶賀之意。明代曹學佺《蜀中名勝記》記載：「《本志》云：瑟琶峰下女子皆善吹笛，嫁時群女子治具吹笛，唱《竹枝詞》送之。」可見，民間婚嫁之機，《竹枝》亦作爲吉祥的歌謠的。

　　至於《竹枝詞》何時進入市都的，現已難考，估計有兩個原因：一是與劉禹錫的推廣有關，二是唐代音樂發達，吸收了民間的曲調。《竹枝詞》曲調美艷、婉轉、凄苦，自然作爲一種重要的歌曲形式被引進城市音樂之中了。

　　《竹枝詞》作爲一種小調長期流傳於江南地域，以致於宋、元、明時仍在民間傳唱著。明胡仔《苕溪漁隱叢話》云：「《竹枝歌》云：楊柳青青江水平，聞郎江上唱歌聲。東邊日出西邊雨，道是無晴也有晴。予嘗舟行苕溪，夜聞舟人唱吳歌，歌中有此後兩句，餘皆雜以俚語，豈非夢得之歌，自巴渝流傳至此乎？」清代以後，《竹枝詞》已不見記載，可能與其賴以生存的小曲兒曲調的湮滅有關。

　　到了明代，是我國小調俗曲的輝煌時代，產生了大量的城市民間歌謠。這些歌謠具有濃厚的生活氣息，爲人民群眾所喜愛，並感染了不少有見識的文人。

　　明沈德符《萬曆野獲編》卷二五：「嘉、隆間，乃興《鬧五更》、《寄生草》、《羅江怨》、《哭皇天》、《乾荷葉》、《粉紅蓮》、《桐城歌》、《銀絞絲》之屬，自兩淮以至江南，漸與詞曲相遠；不過寫淫媟情態，略具抑揚而已。比年以來，又有《打棗竿》、《掛枝兒》二曲，其腔調約略相似，則不問南北，不問男女，不問老幼良賤，人人習之，亦人人喜聽之，以至刊布成帙，舉世傳誦，沁人心腑。」明卓珂月亦云：「我明詩讓唐，詞讓宋，曲讓元，庶幾《吳歌》、《掛枝兒》、《羅江怨》之類，爲明一絕耳。」〔註3〕明李開先《詞謔》又說：「如十五《國風》，出諸里巷婦女之口者，情詞婉曲，自非後世詩人墨客操觚染翰刻骨流血所能及者，以其真也。」

　　明代的民歌，又稱俗曲、雜曲、小曲、時調等，流傳甚廣，遍及南北城鄉，特別盛行於里巷市井和青樓妓院，大都爲市民階層所作。「試觀今日現存之明代俗曲總集，如明初之北京魯氏輯刻之：《駐雲飛》、《賽駐雲飛》、《賽賽駐雲飛》、《寡婦烈女詩曲》等編，馮夢龍校編之《掛枝兒》、《山歌》二集，以及明代戲曲選集，若《盛行新聲》、《詞林摘艷》、《雍熙樂府》、《大明春》、《詞林一枝》、《八能奏錦》、《玉谷調簧》、《摘錦奇音》等書，所採錄之『時

〔註3〕見陳宏緒《寒夜錄》。

調小曲』，皆足以考見當日民間俗曲流行之一般。」〔註 4〕另外，醉月子選輯了《新鐫雅俗同觀桂枝兒》、《新鐫千家詩吳歌》等等。這些大批的小調俗曲被編纂成冊，刊行於世，說明了當時這類民間歌謠創造之豐，流傳之廣，是歌謠史上從未有過的。

明代之所以出現這樣大量的生動活潑、引起社會注意的時調，不是沒有原因的。我們知道，元代是曲的繁華時代，元亡後，散曲就在明代被繼承下來。明代的散曲，主要是描寫豪門貴族的荒淫無度的生活，在形式上又多為模仿之舉，套語陳言充斥，毫無特色，早期那種清新、爽朗、洒脫的藝術風格蕩然無存。這時的散曲缺少的真正情感的流露，因此得不到社會的認可，只成了少數貴族文人的專利品。與此相反，民間的小調俗曲從元代的小令和套數中得到發展，由於它不屑模仿，更大膽地直抒情懷，反映了當時的社會現實和民風世俗，特別是小調俗曲中出現了大量描寫性意識的作品，其中有真摯愛情的描寫，也有不健康的庸俗、油滑的表現，但這些都是人們心理情感的真實反映，與明代出現的新興的市民階層的美學情趣和思想意識緊密相關。

對於文藝作品中的「情」，新興的文學理論則竭力加以提倡，並對當時的作品中的虛偽和模擬進行了針鋒相對的爭辯。他們認為，流傳於民間的山歌、小曲表現的全都真情，而非假意。袁中郎《錦帆集》卷二說：「且夫天下之物孤行則必不可無，必不可無，雖欲廢焉而不能；雷同則可以不有，可以不有，則雖欲存焉而不能。故吾謂今之詩文不傳矣，其萬一傳者，或今閭閻婦人孺子所唱《擘破玉》、《打草竿》之類，猶是無聞無識真人之作，故多真聲，不效顰於漢魏，不學步於盛唐，任性而發，尚能通於人之喜怒哀樂嗜好情欲，是可喜也。」這裡，袁中郎又重新在新的歷史條件下提出了歌謠的產生與人的心理相關的問題。關於這一問題，自宋以後就很少有人提及了，這是因為朱程道學極大地限制了人的個性及其思想，使人們的道德規範都要符合儒家禮義，所以在文學創作中很少有「任性而發」。明代的小調俗曲之所以引起大家的注意，一個重要原因就是在於「真情」二字。故馮夢龍在《山歌》一書的《序言》中談到，「但有假詩文，無假山歌」，此話不點不錯。明劉繼莊在《廣陽雜記》卷二中更進一步說明了唱歌、看戲是人的天性：

　　　　余觀世之小人未有不好唱歌看戲者，此性天中之詩與樂：未有

〔註 4〕傅惜華《曲藝論叢》，上海文藝聯合出版社，1953 年版，第 2 頁。

> 不看小說聽書者，此性天中之書與春秋也；未有不信占卜祀鬼神者，
> 此性天中之易與禮也。聖人六經之教原本人情，而後之儒者乃不能
> 因其勢而利導之，百計禁止過抑，務以成周之芻狗茅塞人心，是何
> 異壅川使之不流，無怪其決裂潰敗也。夫今之儒者之心爲芻狗所塞
> 也久矣，而以天下大器使之爲之，奚以圖治，不亦難矣。

如此這些見解是十分有見地的。

明代小調俗曲繁榮的另一個原因，就在於當時資本主義生產方式因素的萌芽已經出現，並隨著產生了中小城鎮以及與此相依存的市民階層。爲了表現新興的市民階層的審美情趣，他們開始用傳統的歌謠形式加以改造，磨去歌謠的鄉土氣味，使之帶有都市的意味，符合城鎮人的美學要求，然後再填上詞，使之傳唱開來。這樣，就成了一種與那個時化同步的藝術樣式了。

清代是小調俗曲又一繁榮昌盛的時期。

這一時期，不僅繼承了明代的傳統，而且又有新的開拓和發展，新曲復出，應接不暇。清劉廷璣《在園雜志》卷三記載：「小曲者，別於昆弋大曲也。在南則始於《掛枝兒》，——變爲《劈破玉》，再變爲《陳垂調》，再變爲《黃鸝調》；始而字少句短，今則累數百字矣。在北則始於《邊關調》，蓋因時時遠戍西邊之人所唱，其辭雄邁，其調悲壯，本『涼州』『伊州』之意。明詩云：『三弦緊撥配邊關』是也。今則盡兒女之私，靡靡之音矣。再變爲《呀呀優》。《呀呀優》者，夜夜遊也，或亦聲之餘韻呀呀喲。如《倒搬槳》、《靛花開》、《跌落金錢》，不一其類。又有《節節高》一種；《節節高》，本曲牌名。」這裡可見，清代不僅繼承了明代的某些曲調，而且還有所發展。這種發展，表現有二：一是舊曲翻新，其中包括曲，亦包括詞在內。二是新創作的小調俗曲，這部分更爲數不少。單是乾隆時代輯刻的俗曲總集，至今能見的，尚有四種：《西調黃鸝調集鈔》（乾隆四十五年）、《霓裳續譜》（乾隆初年）、《萬花小曲》（乾隆九年）等。其曲調至少有四十餘種，俗曲曲文可達一千餘首。由此可見，清代時調小曲是何等之興盛。

下面，我們舉清代中葉民間最盛行的一種小曲《繡荷包》例。清張林西《瑣事閒錄續編》卷上記載：「《繡荷包》一曲，盛於嘉慶初年，無論城市鄉里，莫不遞相喊唱。……遍及各省，尤盛於京都。余幼時曾記閭巷之間，無不習歌此曲者。」爲什麼會出現人人爭唱一首俗曲的現像，似乎令人費解，其實，只要仔細想想就不難理解了。因爲這首俗曲優美動聽，符合廣大階層

的審美需要，與他們的心理素質相吻合，所以一時為市民爭唱不已。清捧花生《畫舫餘談》記載：「《繡荷包》新調，不知始於誰氏？畫舫青樓，一時爭尚。繼則坊市婦雅亦能之，甚或擔夫負販，皆能之；久且卑田院中人，藉以沿門覓食，亦無不能之。聲音感人，至於此極。」於此，可以看到《繡荷包》的適應面很寬，從坊井婦稚到擔夫負販都能唱，而且願意唱，它說明與市民各階層的心理情感相吻合一致的。特別是叫花子亦唱著《繡荷包》，進行乞討，這本身說明叫花子在《繡荷包》這一俗曲小調中找到自己情感寄託的地方，同樣，這首小調又可以將自己的情感轉移至被乞討人身上，使之發生憐憫之心。在乞討者和被乞討者之間的心理聯繫中，《繡荷包》無疑充當了溝通情感的使者。

的確，今日考《繡荷包》之作者，已無記載可查了。其實，既是民間小調，未必一定找出其作者來，可能在碾轉傳唱過程中，小調開始之面貌和正式流傳之面貌亦有了很大的變化，有時可能只剩下一個外殼，真正原始的曲調和歌詞已完全面目全非了。但其起源，倒有個傳說：「此曲乃起自一義友。其友有結義者外出，託寄妻子，日久未回。友慮其妻年尚少，不可使溫飽安閒，致生他慮，乃故出怨言，日向索繡荷包，估會給值，使不凍餒，亦不致贏餘。所得荷囊，盡貯一箱，俟其夫婦時呈之。外人不知，但見一幼婦，日繡荷囊，時贈其友，故編造歌謠以辱之。」（《瑣事閑錄》卷上）這個傳說真假如何，暫且不論，就這些文字而言，《繡荷包》一曲本事發生之原委可以得知，它是人的積壓憂傷心情的產物。這種「聲音感人」的曲調，作用於人們的情緒或情感，形成了市民不同階層的心理共振。

《銀絞絲》是又一流傳年代較長的時調，興於明嘉靖、隆慶年間，現今仍在華北及江浙一帶傳唱。《無錫景致》是清末開始流傳的時調，在江蘇、浙江、湖南、湖北、廣西、四川等省都有傳唱。在南方，又稱「誇誇調」、「蘇州景」、「五更歌」等；在北方，又稱「探清水河」、「照花臺」、「盼五更」等。舊時大多為歌女在茶樓酒館裡獻唱，為遊人欣賞和助興。內容是表現無錫風景名勝和風土人情。音樂富於江南水鄉特色，曲折婉轉，清麗流暢，擅長表現纏綿細柔、委婉哀怨的思想情感，容易引起人們對南方山水的眷戀之情。《茉莉花》又名《鮮花調》，是清代以來十分流行的小曲。整個旋律起伏較大，小跳進很少，節奏形態變化較多，音樂曲折流暢，具有典型的南方色彩。《茉莉花》原詞叫《張生戲鶯鶯》，敘述《西廂記》中張生與崔鶯鶯戀愛的故

事，共十段歌詞。「好一朵茉莉花」是歌的第一段詞，以白味逼人的茉莉花象徵愛情，象徵女性，表達男子想表達愛慕之情又羞於開口的矛盾心情，是恰到好處的。《摘棉花調》主要流傳於北方的時調，所唱曲目有《打牙牌》、《繡兜兜》、《繡絲絨》、《十大將就》、《放風箏》、《摘黃瓜》等等，大多表現男女私情、遊玩歡娛的內容，主要表現一種歡快、愉悅的心情。此外，還有遼寧的《反對花》、內蒙的《走西口》、河北的《畫扇面》、安徽的《穿心調》、揚州的《楊柳青》、雲南的《採茶調》等等，這些小調俗曲數量多，曲牌眾，流傳面廣，除了人們日常生活閒時傳唱外，更有一些專業的或半專業的民間藝人在酒樓茶館、街頭巷尾等場所演唱。正因為如此，這些明清以後的時調在音樂上比較成熟，講究旋律與節奏，表現形態較為豐富多采，歌詞內容上大多為男女愛情題材，同時還有人們所熟悉的歷史人物、傳說故事等，因此，符合廣大群眾的審美情趣和理想願望，深受群眾的歡迎。正由於客觀的條件與主觀的意識相一致，小調俗曲繁榮起來了，成為一種新的藝術品種，為人們所廣泛傳唱。

第二節　民間戲曲

民間戲曲的產生，各家曾有不同的說法，有巫術說，有歌舞說，有遊戲說等等。這些觀點亦不無是處，都在某種程度上觸及了戲曲起源的本身，然而，我覺得，最根本的還是與歌與心理有關，也就是說先有了心理因素的啓動，然後聲發於口，又由於歌不能表現內心的情感，隨後又用手足加以形體表現，這就成了原始戲曲的雛形。

《禮記‧樂記》說：「凡音之起，由人心生也，人心之動，物使之然也，感於物而動，故形於聲。」這就是說聲音的產生是因外界事物的促動，有各種各樣的感觸，就出現各種各樣的聲音。歌的出現，與人聲同樣緊密相關。劉勰《文心雕龍‧聲律》說：「夫音律所始，本於人聲者也。聲含宮商，肇自血氣，先王因之以製樂歌。」此說精闢入裡，歌的產生與人聲有關，因為人聲裡就有各種旋律和節奏混在其中。

歌與戲曲有關，我們還可以找到証據。

海鹽腔、餘姚腔和弋陽腔是我國戲曲史上三個重要聲腔。明徐渭《南詞敘錄》記載：

　　　　今唱家稱弋陽腔，則出於江西，兩京、湖南、閩、廣用之；稱
　　　　餘姚腔者，出於會稽，常、潤、池、太、揚、徐用之；稱海鹽腔者，
　　　　嘉、湖、溫、台用之。

這三大聲腔，與民歌、小調亦有緊密的關係。

　　海鹽腔，根據元人姚桐壽《樂郊私語》記載：「州少年多善歌樂府，其傳皆出於澉州楊氏。當康惠公梓存時，節俠風流，善音律，與武林阿里海涯之子雲石交。雲石翩翩公子，無論所制樂府散套，駿逸爲當行之冠，即歌聲高引，可徹雲漢，而康惠獨得其傳。其後長公國材，次公少中，復與鮮於去矜交好。去矜亦樂府擅場。以故楊氏家僮千指，無有不善南北歌調者。由是州人往往得其家法，以能歌名於浙右也。」明入李日華《紫桃軒雜綴》說：「張鉉字功甫，循王（張俊）之孫，豪侈而謫尚，嘗來吾郡海鹽，作園亭自恣，令歌兒衍曲，務爲新聲，所謂海鹽腔也。」清人張牧《笠譯隨筆》記載：「萬曆以前，士大夫宴集多用海鹽戲文娛客，間或用昆山腔，多屬小曲。」上述三種說法，對海鹽腔的產生年代各有不同，但都肯定了海鹽腔是來自民間的小曲。

　　餘姚腔是比海鹽腔更富創造性的聲腔，它流傳於各地，不斷吸收了當地的歌謠小曲。現存的餘姚腔有許多曲調，如《金錢問卜》、《急三鋒》、《意玄玄》、《琵琶煞》、《測字令》、《曉霜寒》、《急中慢》、《蠻子令》、《海棠風》、《野猿號》、《繞湖歌》、《浪中船》、《玩燈子》、《三折腰》、《下水船》、《風流調》、《鵝兒叫》、《百花鬥》、《九月菊》、《掛金印》、《四時春》、《早朝歡》、《繡薄眉》、《燈火窗》、《出陣子》、《鬧更天》、《杏花天帶過梨春調》、《桃花浪》、《泛山槎》、《錦堂歡》等，「這些曲調，不僅海鹽腔中沒有，也不見於弋陽腔，蓋大都出於地方小曲。」〔註5〕

　　弋陽腔又叫高腔，是民間流行的一種鄉土戲曲形式。清人李調元在《劇話》中說：「弋腔始弋陽，即今高腔，所唱皆南曲。……向無曲譜，只沿土俗，以一人唱而眾和之。」這裡，我們可以看到民間流行的弋陽腔是一種沒有嚴格程式化的散漫藝術，屬於一種民間小戲，其所唱南曲，亦是一種民歌而已。徐渭《南詞敘錄》亦說南曲原是在「村坊小曲」或「里巷歌謠」基礎上發展起來的聲調。由此可見，弋陽腔和民間歌謠有著千絲萬縷的聯繫，這是無疑的，還可進一步找材料加以証實之。清乾隆四十五年江西巡撫曾上過一本奏

〔註 5〕　錢南揚《戲文概論》，上海古籍出版社，1981 年版，第 59 頁。

折，上面就有對弋陽腔的察訪：

> 查江西崑腔甚少。民間演唱有高腔、梆子腔、亂彈腔等項名目。
> 其高腔又名弋陽腔。臣查弋陽縣舊志，有弋陽腔之名，恐該地或有
> 流傳劇本，飭令該縣留心查察。隨據稟稱：弋陽之名，不知起於何
> 時，無憑稽考。現今所唱，即係高腔，並非別有弋陽詞曲。

由此可知，弋陽腔在當時雖名身大噪，但無演出劇本，仍屬民間小戲範疇，其音樂亦大多與歌謠相關。弋陽腔的特點之一，在於它的幫腔。而幫腔是一種十分古老的民間歌曲的演唱形式，由此，去追本溯源，這種弋陽腔歸根結底還是來自民間，還是起源於民間音樂，在歌謠基礎上發展起來的。

舞蹈也是戲曲產生的一個重要基礎，與歌是同源的，好似一對雙胞胎，也和人的七情六欲有直接的關係。《淮南子‧本經訓》說：「凡人之性，心和欲得則樂，樂斯動，動斯蹈，蹈斯蕩，蕩斯歌，歌斯舞，歌舞節，則禽獸跳矣。人之性，心有憂傷則悲，悲斯哀，哀斯憤，憤斯怒，怒斯動，動則手足不靜。」這裡所說的舞蹈和歌謠均與心理因素相關。

清代王相主修的《平和縣志》卷十「風土」則記載了民間小戲演出於街頭的情景：

> 歲時，元日……諸少年裝束獅猊、八仙、竹馬等戲，踵門呼舞，
> 鳴金擊鼓，喧鬧異常。主人勞以果物，有吉祥之家所勞之物倍厚於
> 常。

我們從這裡，可以知道舞蹈是戲劇中一個組成部分。

既然歌、舞的產生與心理有關，那麼脫胎於歌、舞藝術的原始戲曲同樣離不開人的心理作用。歸根到底，驅動人們心理活動的，是與人們生活緊密相聯繫的生產活動，因此，原始戲劇表現的不少是反映生產勞動的場面。據早期探險學家的考察，非洲有一原始戲劇，共有三場，其中兩場是表現狩獵活動的。「第一場是從林中走出來到草地上吃草的一個獸群，黑色的演員們化裝成各種角色，摹擬得十分有技巧，獸群的各種動作和行為都非常悅目自然。有些橫臥在地上反芻，有些站立著以角和後腳搔擦著身體，或舐撫它們的同伴或小牛。又有些彼此友愛地互相磨擦著頭顱。這個田舍風味的畜牧詩的景色出現了不久之後，第二場便開始了。有一隊黑人照著土人對付這種情景時常用的態度十二分小心地匍匐著向獸群而來，最後他們走近到相當的地方，突然以槍刺倒兩頭牛，以引起觀眾極高度的喜悅，而報以熱烈的掌聲。

於是獵者假裝剝去所獲物的皮，烹熟了，而又把肉分割開來，種種的做作都摹擬得非常精確。」〔註6〕從這一段描述中，我們可以看到原始戲劇是直接摹仿生產勞動的，觀眾和演員的情感交流，主要來自獲取獵物後的喜悅。獵物是原始人的生存之必須條件，沒有這種條件，原始人一天都難苦度。因此，他們希望將這種獲取獵物的心理轉變成爲現實。原始戲劇的出現，正好滿足了這種原始心理的慾望；同時，這種原始心理爲戲劇的出現提供了基礎。

另外，戲劇的發展也離不開對民間歌謠的吸收和借鑒；這種吸收和借鑒，在中國以至外國戲劇史上得到了有力的証明。

王季思說：

> 我國宋元以來戲曲主要是通過下面三種方式向藝術形式的多樣
> 化發展。一種是各地民間流行的說唱或歌舞，在當地或外來劇種影
> 響之下，逐步向戲曲形式發展。這些戲曲演出一般帶有濃厚的地方
> 色彩和撲人的生活氣息；但音樂、唱腔不免單調一些，故事內容不
> 免簡單一些，往往只能在某一地區流行，如河北的絲弦戲、上海的
> 灘簧戲、閩南的採茶戲、雲南的花燈戲等，一種是某些地方小戲在
> 流行到都市以後，在藝術上吸收了其他大型劇種的長處，逐漸發展
> 成爲流行國內廣大地區的大型戲。南宋時期的永嘉雜劇流行到杭州
> 以後，很快就發展成爲全國性的南戲是如此；近凡十年來嵊縣的「的
> 篤班」流行到杭州、上海以後，很快就發展成爲全國性的越劇，也
> 是如此。另一種方式是一些有廣泛影響的大型劇種流行到某一地區
> 以後，吸收某一地區的曲調唱腔，學習某一地區的語言，表演某一
> 地區人民的生活，使它成爲某一地區人民所喜好的劇種，從而在地
> 方生根。〔註7〕

在王季思這段話中，戲劇發展的三種方式，其中兩種都與民間歌舞直接相關。第一種方式，王季思說得很清楚，與民間流行的說唱和歌舞直接相關，第二種方式，所謂民間小戲流入城市後衍變成爲新劇種。這裡的民間小戲，實際上就帶有濃重地方色彩的歌舞形式，也可以說是新劇種的雛形，就是民間說唱的較高形態。因此，地方小戲也就是歌、舞合一的藝術形式，屬於戲劇的初級階段，亦與民間歌謠有關。明姚旅《露書》卷八「風篇」說：「今戲場，

〔註 6〕格羅塞《藝術的起源》，商務印書館，1987 年版，第 204 頁。
〔註 7〕《玉輪軒曲論》，中華書局，1980 年版，第 195 頁。

歌舞之遺意之。近世歌舞道絕，直云戲劇耳。」此說極是，反映了歌舞與戲劇的密切關係。

　　上段引文中所說的越劇從「的篤板」發展而來的，的確如此，「的篤板」原來就是流行於浙江嵊縣一帶的民間說唱，越劇正是在這個基礎上發展起來的，離開這樣一種民間的說唱形式，其面目亦非今日之情景了。滬劇是從申曲發展而來。所謂申曲就是清末開始流行的一種民間歌謠。雖然這種歌謠中有許多不堪入目的東西，帶有強烈的市民氣息，正如有人所說的那樣，上海人唱申曲，是用浦東調唱歌，有時「專揀鄙野的污穢的來挑動觀眾」〔註8〕，盡管如此，滬劇還是吸收了其中的有益的內容和形式，使自己不斷豐富和發展起來，成為一種獨立的藝術劇種，不是沒有根據的。再如，錫劇也是流行於江蘇南部和上海一帶的戲曲劇種，原源於灘簧。所謂灘簧，就是由常州、蘇州、無錫一帶的山歌、小曲發展起來的演唱形式，它吸收溶化「說因果」及蘇州彈詞等民間音調而成，主要曲調分為「簧調」、「大陸調」和「玲玲調」三大基本調腔系，另外還有部分民歌、小曲，可配合勞動動作，常作為插曲使用。如磨豆腐時用「紫竹調」，做針線或繡花時用「繡荷包」等，還有其他小調不下數十種。還有蘇劇，這是在清道光（公元 1821～1850）年間流行於蘇州的主要以坐唱崑曲劇目為內容的藝術形式。它保存著相當豐富的民間藝術的音樂遺產，如宣卷、彈詞、說唱音樂等，另外還從民間山歌、小調中吸收養料，加工成為蘇劇的戲劇音樂。

　　福建有五大劇種，只要稍加分析，就可以發現，它們的音樂與民族、小調有緊密的關係，有的則是由民間俗曲小調為主體構成的。

　　閩劇的唱腔由四個部分組成：一是江湖腔，二是洋歌，三是逗腔，四是小調。這四部分唱腔或多或少都與民間小調有關。江湖腔是以長樂、福清一帶的民歌、童謠以及由閩南傳來的傀儡戲唱腔為基礎而創作出來的曲調。江湖腔的聲調高昂、樸實、通俗而口語化，旋律音調與語言音調緊相關聯，形成了多種曲牌體系，能表達多種情緒。洋歌主要來源於由江西傳入福建的傀儡戲曲牌，還有來自浙江的「江浙女唱班」所唱的小調，如紗窗外、看相、銀紐絲等。洋歌的曲調，短小簡練、生動活潑、富有生活氣息，大多依情感而自由變化，顯得豐富貼切。逗腔的來源已難考，多有人推測與弋陽腔有關。閩劇音樂還在吸收外來小調的基礎發展起來，如《更打》、《寄生草》、

〔註 8〕《藝術三家言》，良友圖書印刷公司，1927 年版，第 302 頁。

《剪剪花》、《小小魚兒》等，這些小調被吸收、消化以後，形成閩劇的常用曲調。

薌劇是福建又一地方劇種，其唱腔體制與閩南漳州一帶的民間說唱音樂「錦歌」有關，流傳到臺灣省，結合民間歌舞「採茶」、「車鼓弄」等發展起來，被稱為「歌仔戲」。莆仙戲流行於福建莆田、仙遊等興化語系地區的地方劇種，其曲調之組成部分中就有來自民歌、小調的曲牌，如採茶歌、風箏歌、划船歌、蕃薯歌、小調歌、芙蓉花、疊疊腔、快快跳等，還有一部分來自外地的民歌，有蘇州歌、江南歌、北漁歌、陝調、春色滿潮州等。梨園戲是閩南方言中最古老的劇種，其音樂之組成，除南曲之外，還吸收了一部分民歌小調。其來源有二：一是本地盲藝人走唱的曲調，如《桃花搭渡》中的「四季花」、「燈紅歌」。二是外地的民歌小調，如《公婆拖》中的「銀紐絲」等。在長期的實踐中，這部分民間小調逐漸被融合，同其他唱腔在總的音樂風格上相協調起來了。同樣，高甲戲也是在吸收南曲、梨園戲、傀儡戲、民間歌曲等音樂的基礎上發展起來的近代戲曲形式。

在北方的戲劇藝術中，民間歌謠和小調同樣也是這些藝術品種賴以生存的重要條件。

山東呂劇是在山東琴書的基礎上發展起來的。約在1900年前後，廣饒縣的琴書藝人把坐唱改為化裝演唱，稱為「化裝揚琴」或「琴戲」，膠東一帶稱「蹦蹦戲」，惠民地區稱「迷戲」。這裡的琴書就是一種民間流傳的說唱形式，它曲調優美，產生於魯西南農村，最早，是一種民間的小曲聯唱體，始名「小曲子」，主要樂器是揚琴，故又謂「山東揚琴」。兩夾弦是流行於山東西南部的菏澤、巨野等地的小戲，是在魯西南一帶流行的民間藝術形式「花鼓丁香」的基礎上發展、演變而逐步形成的。花鼓丁香的最初演唱時，只有兩三個人，多在廟會集鎮上流動演唱。演唱的形式主要是「坐板凳頭」（清唱）或「打地攤」（簡單化裝演唱）；樂器只有一面手鑼，一個梆子，一個挎在腰間的凸肚花鼓，沒有絲弦樂器伴奏。茂腔、柳腔、五音戲、東路肘鼓子、燈腔、柳琴戲等都屬於流行在山東民間的演唱形式「肘鼓子」系統。據傳：「肘鼓子」即「周姑子」。過去農村婦女做活時，經常哼唱當地流行的民歌。後來有個姓周的尼姑，集其大成，豐富了原有的唱腔，使之逐步流傳至各地，化裝演出，於是當地群眾就稱它為「周姑子戲」了。此說有無道理，亦難証實了。但有一點可以肯定的，「肘鼓子」是一民間演唱形式是無疑的，現存的無論哪一種

說法，均說明了這一點。

　　秦腔是流行於陝西等地的古老劇種。嚴多友在《秦雲擷英小譜》中說：「秦
腔自唐、宋、元、明以來，音皆如此。」又有人據民間傳說推測秦腔產生於
明初，然後流行到湖廣等地。不管怎樣說，秦腔的歷史相當悠久，已爲世人
共識。同時，秦腔在形成過程中，古代民歌、小調等民間音樂爲其音樂的形
式提供了堅實的基礎。同州梆子是秦腔的劇種流派之一，產生更爲久遠。最
早濫觴於春秋戰國時期。《史記・李斯傳》說：「擊瓮扣缶，彈箏博髀，而歌
嗚嗚，快人耳目者，眞秦之聲也。」由此可見，即使歷史相當悠久的劇種，
同樣也脫不了與民間歌謠的緊密聯繫。另外，還有西府秦腔、漢調洸洸（亦
叫南路秦腔）也都是吸取了民間音樂豐富的唱腔而發展起來的。正由於這樣，
深受民眾之喜愛。

　　清禮親王昭槤《嘯亭雜錄》卷八記載：「近日有秦腔、宜黃腔、亂彈諸曲
名，其詞淫褻猥鄙，皆街談巷議之語，易入市人之耳，又其音靡靡可聽，有
時可以節憂，故趨附日眾。雖屢經明旨禁之，而其調終不能止，亦一時習尚
然也。」於此，可見民眾對來自民間的戲劇形式之歡迎態度如何興盛。這裡，
秦腔等音樂不僅好聽，而且有「節憂」作用，可以解除心中的憂愁和煩惱。
其音「可聽」，說明人的審美意識和審美要求與秦腔音樂相吻合；其音可以「節
憂」，則又說明了外界音樂對人的心理有純化作用，可以使人們在一段時間裡
得到某種精神上的解脫。這又進一步地說明了，歌謠在被戲劇藝術融合、吸
收之後，其心理作用在某段時空裡，仍然繼續發揮其功能。

第七章　歌謠心理的集中點和興奮點
——節日

　　人是一種高級的有智能的動物，會有節制地控制自己的情感。什麼時候，心情痛快欲縱情高歌；什麼時候，心緒煩燥而欲唱不能，人都佰進行有效的控制，一般都不致於發生錯亂現象。即使到了應該暢懷高歌之時，如受環境、地理等因素的制約，人也會控制自己，使情感外露的歌謠暫時隱匿起來，而適應外界因素的變化。

　　同樣，歌謠是人們生活中不可缺少的一個組成部分，但不是隨意可以信口大唱的，也要受到外界各種客觀條件和因素的約束，這其中調節的主要機構，就是人的思想和情緒。在人的心理的支配下，歌謠的出現，變成了有規律性的民間藝術。

　　當然，人的心理要受到外界的控制，表現在歌謠上，就是指它應該出現於什麼時候，什麼時候最能表現內心的情感，並能達到預期的效果。經過人類的不斷實踐（包括社會的、生理的和生產的各種活動），人們找了歌謠心理的最為集中的能引起高度興奮的時間和空間，那就是節日。在節日期間，人們有了充裕的時間，來進行歌謠的創作表演。因此這一期間，歌謠最為豐富，並為歌謠提供了各種活動和習俗。所以，我們稱節日為歌謠心理的最高興奮點和集中點。這在我國漢籍記載中和現今少數民族節日活動中，我們可以清楚地看到這一情景，為研究歌謠心理奠定了基礎。

第一節　歌節的表現形態

　　與歌謠相聯繫的節日，其表現形態多種多樣，概括起來大致可分爲兩種：一是與戀愛交際相關的節日，一是以宗教祭禮相關的節日。

一、與戀愛交際相關的節日

　　節日是人們在固定時間內相襲成俗的一種民俗事像。與戀愛交際相關的節日的出現，是在有了族外婚制以後。這時人們的婚姻從過去的婚內婚制下脫變出來，從本寨之間的男女交往擴大到外寨之間的男女交往。爲了避免盲目性，爭取有效的時間，人們自覺地定下某一時間後，約定俗成，逐漸成爲相互交往的節日習俗。

　　貴州劍河縣美蒙寨背後五十米、長三百米的斜坡，名叫青山界歌場，是苗族、侗族人共度傳統節日的地方。每年三月土壬忌戊日，或立夏前十八天，方圓數十里的苗族、侗族青年男女就三五成群，穿著盛裝，拿著雨傘，來到歌場。到了中午，人像潮水一樣，姑娘和小伙子們放開嗓子，盡情歌唱。他們可以一個對一個對唱，也可以一群人與一群人相互對唱，進行比賽。從表面上看，大家只是相互對歌比賽，其實，他們都在暗中選擇自己的意中人。傳說關於這一習俗，有這樣一個故事。古時候，這裡古木參天，野獸成群，人們住在這一帶，捕獸打獵，生活富裕，人丁興旺。但盡管這裡地豐人富，可各放青年卻互不開親，接親、嫁娶都要到很遠的村寨去。每次迎親訪友，姑娘媳婦往來，山高路遠不說，還有猛獸吃人，強盜搶劫。爲了改變這種狀況，後來，寨老們商定，允許各寨子之間男女青年互相開親。方法是定於每年三月土壬忌戊日男女青年上歌場對唱，自由選擇對象。從那以後，歌節形成了，亦成了男女青年談情說愛的好時光了。〔註1〕

　　類似這樣的男女戀愛交往的節日，在許多民族中都存在過。

　　布依族男女青年每逢場期、年節時，都成群結隊地趕到場壩的場口或山寨前後，相互嘻笑、唱歌和彈月琴，有的還吹木葉，尋找意中人。這就是「趕表」。黔西南布依族有一查白節，就是一種男女青年公開交往的一種傳統節日。查白節在農曆六月二十一日，每年逢至此日，男青年穿得整整齊齊早早來到山坡上，等候前來浪哨（布依語，即談情說愛）的姑娘們。女青年則三

〔註1〕李瑞歧編《節日風情與傳說》，貴州人民出版社，1983年版，第201～202頁。

五成群，頭上包著白帕子，上身穿著淡灰色的衣服，腰間束著一條花圍腰，來到歌場上。一頂陽傘下，往往圍著六、七個女青年，離此三、四米遠，也站著六、七個男青年，相互對歌，相互調笑。基諾族的新米節是在豐收之後過的，這是青年們最歡樂的節日。兩個寨子的青年男女在兩座山上對歌，一面唱一面靠攏，雙方會合後，相互愛戀的青年男女便唱著歌，一對一對地分散開去，傾訴衷情。侗族有個三月歌會，時間在每年三月大戌日（即立夏前十八天左右），又稱「趕大戌梁」。到了這一天，侗、苗、瑤、漢等族青年，不管操什麼語言，只要會唱侗歌的，都提前幾天到歌場坪附近的村寨裡借宿，只等大戌梁這天到來，選擇一個好伴侶。

　　三月三是廣西、貴州、雲南、湖南、海南等地的瑤族、壯族、黎族、苗族、京族、侗族的共同節日，一般都可稱作爲歌節，爲傳統的青年男女戀愛的大好時機。其中，尤以壯族的三月三最富特徵。在這一節日中，人們除了祭祀祖先外，還要舉行三天的歌圩活動。所謂歌圩，是指某一特定的山坡，便於四方來客，便於交往戀愛。實際上，歌圩就是青年男女談情說愛的場所，他們即興唱和，以歌爲媒，借機表現自己的聰明才智。在歌圩上，對歌賽歌的雙方搭起別具一格彩棚，亦稱歌棚。歌棚最早是用樹枝、竹子做支架，蓋上芭蕉葉搭成的。現在的歌棚是用樹木和竹條做成的，還用各種顏色、短至十米，長至幾十米的長幅布條來遮蓋。這些布條都是姑娘親手做的。凡是未婚的姑娘，每人至少拿出一條布來蓋歌棚。哪個寨子的歌棚搭得寬敞、大方、漂亮，就說明哪個寨子的姑娘聰明能幹，富有熱情。在歌圩上，男女青年先是走走串串，訪親探友，選擇對歌的對象；隨後相約，男女各有數人，相隔不遠，互相對歌。歌中有問有答，不僅要問得好，而且也要答得巧妙，這樣一來一往，時起彼伏，十分熱鬧。對歌進行一段時間後，參加對歌的已婚男女自動走開，留下未婚男女再對。如果有意中人，即可另去其他地方談情說愛。姑娘有意，便送小伙子花糯米飯、布鞋等珍貴禮物。小伙子則以首飾、針線、糖果等回贈。

　　瑤族亦稱三月三爲歌節。清屈大均《廣東新語》卷十二記載：「其三月之歌曰『浪花歌』。趙龍雲云：瑤俗最尙歌，男女雜踏，一唱百和。其歌與民歌，皆七言而不用韻，或三句，或十餘句，專以比興爲重，而布格命意，有遠出於民歌之外者。如云：『黃蜂細小螫人痛，油麻細小炒仁香。』又云『行路思娘留半路，睡也思娘留半床。』又云：『與娘同行江邊路，卻滴江水上娘身。

滴水一身娘未怪，要憑江水作媒人。』瑤語不能盡曉，爲箋譯之如此。修和云：俍之俗，幼即習歌，男女皆倚歌自配。女及笄，縱之山野，少年從者且數十，以次爲歌，視女歌意所答而一人留，彼此相遭，男遺女以一扁擔，擔上鑴歌辭數首，字若蠅頭，間以金彩花鳥，沭以添精，使不落，女贈男以繡囊錦帶，約爲夫婦，乃倩媒以蘇木染檳榔定之。」

黎族的一個分支美孚黎，每年農曆三月三，男女青年亦著新戴錦，自動匯集到一起來，以歌作媒，互相調笑，互相尋找自己的意中人。此外，苗族、侗族也都有在三月三這一節日，男女青年之間交朋結友，談情說愛，以歌作媒的現象，這都表明了同一社會階段上所反映出的心理素質和文化素質是一致的。

二、與祭禮習俗相關的歌節

祭禮的出現，與人們對自然的困惑不解的心理分不開的。祭是爲了獲得好運，免除災難。人們在這種心理驅使下，對神產生了各種祭祀的禮節。在這些禮儀中，歌是娛神的工具，也是通神的工具。然而，再說祭祀鬼神，不是個人的行爲，是集體的事情，正因爲如此，歌節就在祭禮中逐漸被固定下來，形成一種富有民族特色的風俗習慣，並產生種種形態各異的歌節現象。

例如，敖包，在新疆、內蒙稱之爲「塔克勒恩」，已由過去的祭祀活動轉變成爲歌舞性的節日了。祭敖包，是以敖包爲崇拜物的公眾聚會祭祀活動。據《蒙古秘史》記載：成吉思汗早期被篾兒乞惕人追捕時，隱匿於孛兒罕山中，因而獲救。成吉思汗脫險後，說：「孛兒罕山保住了我的性命，我將每年祭之，每月禱之，讓我的子子孫孫都知道這件事情。元代，忽必烈曾制典：皇帝及蒙古諸王，每年必須祭祀名山大川，後來被「壘石成山」所替代。《清會典》記述：蒙古「遊牧交界之處，無山無河爲志者，壘石爲志，謂之敖包。」此說未必正確，但說明了敖包的來歷。其實，《蒙古秘史》所說的雖神秘化了，但卻說明了敖包的出現不是分界的需要，而是爲了祭祀的目的。

在侗族，有土王節，林王節等，就是祭祀性的歌節。土王節，在每年穀雨前兩天，爲廣西三江程陽侗家的傳統節日。林王節，在農曆六月辰日，是貴州錦屏一帶侗家的節日。過這一節日，每家必須要粽粑。這種粽粑十分罕見，粗如大碗，長似手臂。據說當年林王領兵打仗時，常以兩尺長的大粽粑作乾糧，故今人依舊食用這種形式的粽粑，以表示紀念之意。這一天，大人

小孩都要唱《林王古歌》。一人領唱，眾人應和。此歌約六十餘句，都是歌頌林王的英雄業績的。唱完古歌，老人還要講述林王的傳說。過節這一天，人們都要到大楓樹下祭奠一番，供上酒肉和大粽粑，客人進寨也要先到那棵大楓樹下燒香禮拜，隨後才開始每年一度的節日。

　　最富有特色的祭祀性歌要屬景頗族的木腦。據傳，木腦的產生，是由於景頗族創世英雄寧貫娃的父母對他說：「我們死後，你要舉行木腦送魂儀式。這樣，我們就能變成大地，你就能變成人，繁衍人類。」於是寧貫娃到了太陽國學會了木腦舞，回到人間後，籌備了第一個木腦舞會。由此可見，所謂木腦舞由來的傳說，被塗上了許多神秘的色彩，實際上，此舞就是喪葬習俗的一個組成部分，是祭祀祖先的形式。木腦是景頗人的傳統節日，意為「大伙跳舞」。時逢遇有戰鬥勝利、五穀豐收、喜迎賓客、嫁娶大事，都舉行木腦活動。木腦一般都安排在正月十五以後的九天，選雙日歌慶，忌單日舉行。每逢這一節日，景頗族的男女老少都身著盛裝來到廣場，在笙管、大鼓、鋩鑼的樂曲聲中，翩翩起舞，從晨到晚，從晚到晨，要跳兩個通宵。

　　藏族望果節，是預祝農業豐收的節日，流行於農區，沒有固定的日子，大都在俗物成熟之際舉行。舊時，人們約定俗成在大雁南飛季節到來之前過節。過了望果節，便要開始緊張的秋收秋種。

　　在笨教統治西藏時，望果節的活動大致為這樣的：「開始以村落為單位，全體鄉民出動，繞本村土地轉圈遊行。隊伍最前面，由捧著柱香和高舉幡杆的人引路，接著由笨教巫師舉『達達』（繞著哈達的木棒）和羊右腿領隊，意為『收地氣』、求豐收。後面跟著本村手拿青稞穗和麥穗的鄉民。繞圈之後，把穀物穗插在穀倉或供在神龕上，祈求今年好收成。隨後，便進行娛樂活動，內容有角力、鬥劍、耍梭標……最後便是群眾的唱歌跳舞，痛快地玩一天。」〔註2〕

　　很明顯，望果節是一種農業祭祀活動的節日，人們為了獲得豐收而採取的各種娛樂土地神和莊稼神的一種手段。正由於是娛神，所以在這一活動中，歌唱就成了不可缺少的一部分。人不僅需要歌，而且鬼神亦需要歌。這樣一來，歌又成為人、神之感情和意向的聯絡線，缺之則不可也。

　　瑤族的達努節與前所說又有不同，屬祝壽性祭禮。據傳，瑤族先祖密洛陀為人師表，做了不少好事。後來，密洛陀越來越老了，一天他把老三叫回

〔註2〕《西藏風土志》，西藏人民出版社，1985年版，第166～167頁。

並當面說：「你大哥二哥都出遠門去了，一時難得回來。五月二十九日是媽媽的生日，到那時，你要帶著兒孫媳婦來給我『補糧』祝壽。往後年年如此。這樣，你們就能豐衣足食了。」老三聽了，滿口答應下來。到了五月二十九日這天，帶上小米酒，蒸了紅糯飯，殺了雞羊，領著全家給老慈母密洛陀祝壽，祝她長壽幸福。因爲漢話老慈母，瑤語叫達努，所以每年五月二十九又稱達努節了。很明顯，這一節日是一祭祀祖先的節日。在節日裡，村村寨寨都削豬宰羊，殺雞釀酒，染紅綠蛋，蒸紅糯飯，盛情招待親朋好友。男女老少穿戴好民族服裝，成群結隊上歌山，吹嗩吶，敲銅鼓，唱祝酒詞和撒旺歌。男女青年的細話歌，可以唱幾天幾夜。〔註3〕這樣一來，歌在節日中又是一個不可缺少的組成部分。因此，我們可以這樣說，達努節是一祭祀性節日，又可謂是一歌的節日。在歌和祭祀中間，雖不能劃上等號，但兩者的紐帶卻是十分緊密的。

在我國歷史上，歌節是相襲成俗的，是因祭祀內容的需要的逐漸形成的。《史書·樂書》記載：

> 漢家常以正月上辛，祠太一、甘泉，以昏時夜祠，到天明而終。

> 常有流星經於祠壇上。使僮男僮女七十人俱歌。春歌《青陽》，夏歌

> 《朱明》，秋歌《西皞》，冬歌《玄冥》。世多有，故不論。

這裡所述，顯然是宮廷正規祭祀形式，但在這一形式中，我們可以看到原始的歌節形成雛型：一漢代皇族祭祀的對象是自然物——太一星和甘泉山。二祭祀之物或稱通神之物是歌，而不是別的東西，而且通宵達旦在祠壇之旁。至於引文中所說，所謂的僮男僮女，已帶有神秘色彩；所謂一年四季均有特定的歌詞，已爲程式化，不屬民間的東西了。

從民間的祭禮情況來看，歌仍是其中一個很重要組成部分。清李來章《八排風土記》記載了瑤族在祭祀中的演唱情形：「十月，謂之高堂會，每排三年或五年一次行之，先擇吉日，每人飯一碗，肉一碟，口誦道經。瑤人拜其下，以笅卜吉凶；富者穿五色繡衣，或袍或衫，必插雞羽於首，足穿革履或木屐，或赤足不襪，繫金銀楮紙於竹篙上，手執之，擊鑼敲鼓，賽寶唱歌。各排男女來會，以歌答之，至夜宿於親戚之家，間有以銀牌紅布作賀者。」在這裡，我們可以清楚地看到瑤族的高堂會是一祭祀性的歌節。人們在這一節日中不僅僅是祭奠，而是借祭祀之形式，行「賽寶唱歌」之實，並且「擊鑼敲鼓」，

〔註3〕《廣西少數民族風情錄》，廣西民族出版社，1985年版，第151頁。

渲染氣氛，直至深夜，要寄宿於親友家中。

從民俗學史來考察，祭祀最早出現在祖先崇拜觀念出現之後，人們爲了求得已故祖先的護佑，就用對待活人的方式，使之得到生存的條件，得到娛樂和享受。這樣就出現了祭祀。在祭祀中，除了飲食之外，人們還載歌載舞，再現現實生產和生活場景，借以使祖先得到享用。

這種歌節脫胎於祭祀，有一個鮮明的特點：那就是歌節的形成在祭祀之後，也就是說先有祭禮後才有歌，再衍變成爲節日的。在早期，祭祀與歌舞混然一體，後來，由於社會的進化，歌舞逐漸脫離祭祀而獨立。隨後，又慢慢地，歌和舞亦分家了。不過，歌舞雖獨立出來，並未與祭禮絕緣，依然成爲祭祀中的一個組成部分。這時，歌從原來單純表現從死者的敬仰、祈禱變成了對現實的追求。特別是，祭祀性活動，一般都是多地區、多村寨的群眾性的，因此參加者是非常眾多的。未婚青年男女視此機會是一天賜良機，多方接觸，相互調情，以歌爲媒介，建立新的戀愛關係。這樣一來，祭祀性的集會，就變成了愛情的集合，成爲男女青年愛慕心理撞擊的場所。在《詩經》中，《鄭風·溱洧》是反映上巳節時男女青年歡歌曼舞的盛景。上巳節爲古稱，根據干支紀日農曆三月的第一巳日來確定的。三國魏以後，才改爲三月三日的。周時，溱洧二河一帶盛行消災除病的祭祀活動。《韓詩外傳》注曰：「三月桃花水下之時，鄭國之俗，三月上巳，於溱洧兩水上，執蘭招魂續魄，祓除不祥也。」然而，就是這樣一個祭祀性的宗教活動，已充實了新的內容，其中男女青年借此談情說愛，狂歡極樂，則是這一新內容的反映之一。

第二節　歌節的心理特徵

歌節的產生與人們的心理特徵是聯繫在一起的，是人的極度興奮之表現，是以歌謠大量誕生爲標誌的。如果沒有歌謠心理之興奮，歌節這一興奮點亦難以成立。因此，我們有必要探討一下歌節之心理特徵和根本之相的。解決了這兩個問題，就解決了歌節形成和發展的關鍵，這是至關重要的。

一、歌節的心理特徵

要弄清楚歌節的心理特徵，首先要來看看歌節本身有何特點；只有了解了歌節本身的特點後，才有可能說明其心理特徵是什麼。

歌節的特徵有以下三個方面。

（一）與祭祀性活動緊密聯繫在一起

一般來說，歌節產生於祭禮之中；或者說有了祭祀之後，才有歌節的。正因爲如此，歌節一開始就表現了濃重的宗教色彩，直到今天這種宗教色彩依然很重。劍河縣溝洞侗寨六月的祭祖節，即可作一例。其祭品、祭祖儀式等都有一定規矩，如擺放祭品時，不准抽烟，不准說話，不准吃其他食物。手指偶爾粘著一小點祭品，必須放還原處。供品放好後，才進行燒紙錢一項，邊燒邊祝禱，以祈祖先保佑平安、五穀豐登。這一天，全寨都要唱祭祖歌、遷徙歌以及各種自謙歌和讚揚歌。到了夜晚，愛唱酒歌的人，仍在酒席上唱酒歌，其他人去觀看自編自演的歌舞節目。〔註4〕

不過，隨著社會的進步，節日的宗教色彩逐漸淡化，相反的，慶賀的氣氛卻慢慢加重起來。換言之，早先的祭祀對象、目的等在人們的心裡變得糊模起來，而原與祭祖結合成一體的歌舞，逐漸得到強化，由強化又逐漸產生異化，這樣歌節就由此而誕生了。

（二）祭祀與戀愛相結合

從目前看到的民俗資料來分析，祭祀性節日不光僅是祭祖先或祭鬼神等，而又加進了新的民俗內容，那就是青年男女在宗教節日中相互接觸，相互唱歌，借以建立戀愛關係。如三月三，則爲一個比較明顯的例証。又如彝族有個重大傳統節日——插花節，每年農曆二月初八，在雲南大姚縣華山那裡，成爲方圓幾百里彝族人聚會的地點。人們穿著盛裝，背著竹籮，上山採花，將那各色花朵插在竹籮上、牲畜廄裡、水井旁等，祈求五穀豐登，六畜興旺。男女青年最爲快活，在連續兩三天的節日活動中，歡歌跳躍，互贈鮮花，尋找自己的對偶。因爲這個活動以互贈馬櫻花爲主要標誌，所以又叫馬櫻花節。傳說，馬櫻花節的來歷，是因爲荒洪時代兄妹結婚後生下肉團。金龜老人一劍把肉團破開，生下五十個童男，五十個童女。那破裂後的胎盤的鮮血碰到樹枝上，精血化爲紅艷艷的馬櫻花了。人們還說開花的日子後來恰好是二月初八。那五十個童男和五十個童女，就是各族人民的始祖，後來他們的子孫便在開滿馬櫻花的地方定居下來了。根據這個古老的神話，加以仔細的分析，不難發現馬櫻花實際上是彝族的早期圖騰。正因爲是圖騰的反映，所以馬櫻花與人有直接的血緣關係，時至今日，在大姚、姚宗等縣許多彝族

〔註4〕黔東南苗族侗族自治州文學藝術研究室編印《民俗》（內部資料），第3頁。

村寨，人們仍有將馬櫻花的枝權插在家中祖宗牌位上加以供奉的傳統習慣。這樣一個祭祖活動的插花節，男女青年不以為神聖、不可侵犯，相反地，用於發泄自己的情感，實在是一個強有力的証據。

在這裡，我們可以看到祭祀祖宗和男女聚會，是一個節日活動中的相互關鍵的兩個部分。這兩個部分，祭禮在前，戀愛在後；戀愛可屬於祭祀的後一部分；離開了歌謠，則是一事無成的，沒有青年雙方的情感交流機會，也就沒有歌節的出現。

（三）節日往往是日以繼夜的進行的

節日是人們長期根據農作、時機等各種機會自然形成的，不需要所謂的進行可行性考慮和研究。因為節日的出現，不是個人的主觀意志所決定的，最早可能出自巫術心理的需要。這種巫術心理，是全體共同具有的，而不是某一個人特有的，因此帶有集團性。節日正是在這種集團共有的巫術心理的指配下產生的。人們原本無意專門成立一個大家共同來舉行活動的節日，而是客觀的需要（如祭祀）逐漸形成的。為了達到預期的目的，人們除了白天，黑夜仍在進行歌舞活動，借以達到自己預期的目的。

那種早期人們不分晝夜的祭祀性歌舞活動，一直影響到後來，直至今天。例如，白族的火把節相當熱鬧，人們可以一直鬧到午夜。又如，彝族的插花節晚上，幾萬人在山上燒起火塘過夜。青年男女夜間跳舞通宵達旦，而老人們則在火塘邊邊喝酒邊唱歌。有的一唱就是幾天幾夜唱不完。類似這樣的情景在很多民族都有。

我們知道歌節的基本特徵之後，再來分析一下人們的心理特徵，就不是一件非常困難的事了。

人在歌節中的心理特徵，亦可以分為如下二個方面。

1. 開放性

歌節在每個民族中，都有其固定的地點、時間，不是隨心所欲，要有幾個就有幾個，它是約定俗成的年節中的一部分。過去的人們，由於交通極不便利，雖隔山相望，然而來回兩寨之間卻需要一、兩天之久，因此人們的自由往來受到了嚴格的限制。人們只生活在非常有限的生活天地裡，心情受到極大的壓抑，特別是男女青年正處於青春期，需要有機會發泄他們的情感。歌節即提供了這樣一個好機會，成為性渲泄的一個場所。當然，這種開放性意識不僅限制在青年之中，在老年人中，歌節對他們來說，同樣具有那種與

平時不同的性格特徵。

歌節中的開放性心理特徵，表現爲兩個方面的內容。

一個是狂歡。由於平時繁重的體力勞動和苦於尋覓生計，人們沒有更多的時間考慮如何玩耍、享樂，這種對於渴求玩樂的心理在很長一段時間裡處於被壓制的狀態下，所以一旦找到適當機會，人們就會將這種壓抑的心理噴發出來。狂歡則屬這種心理噴發的表現之一。

一個是性的放縱。歌節是各寨男女青年相聚的好時機。男女青年通過歌聲就可以互相傳情，表達愛慕的情感；再說他們這些尙無貞節等封建主義的思想觀念，即使到了封建社會中，那種殘留的對原先那些性觀點，仍在特定的歌節中出現。所以說，歌是兩性交往的紐帶，歌節是性放縱的一個節日。

2. 神聖性

歌節是開放的，同時又是神聖的。人們神聖的心理是開放心理的基礎。沒有對歌節的一種神聖、崇敬的心理，歌節就不可能一代一代，傳之久遠，也更談不上男女青年在歌節中的開放性的交往和接觸。

如前所說，歌節的出現大都與祭祀有關，而祭祀又是人們心情最爲沉痛的時期，祭祀的對象一般是自己的利益直接相關的自然物像或祖先，希望他（它）們保佑家族的昌盛、莊稼的豐收和子孫的繁衍。正是在這種思想指導之下，人們就不能不懷著虔誠的心情來祭祀那些有利害關係的自然物像或祖先。應該說，這是一種神聖的。此神聖，不僅表現在祭祀時的空氣，而且表現在祭祀中人們的心態。過去，納西族有祭天風俗，時間在農曆正月初三、四、五舉行。祭天場沒在村內的空地上或附近的田野裡、山林邊，占地約一畝，呈方形，四周長滿茂密而陰森的樹木、荊棘之類，在祭物外圍挖深溝，防止污穢的牲畜、雞犬進去。祭祀時，還要釀酒、燒篝火，找祭樹，按輩份高低依次祭拜。由此可見祭祀之氣氛如此的莊重、肅穆，反映了對神靈和祖先的崇拜。又如，拉祜族有一哈巴節。哈巴，是拉祜族語，月亮的意思。每年農曆八月十五，拉祜族以爲是月亮的生日，皆用新穀新米鮮瓜來祭月亮，與漢族中秋節不同。月亮升起時，全寨男女老少集中在平場上，由頭人和寨中最有威信的老年人行鞠躬禮。行禮時，一人手持一碗酒，一人端著水，一人捧著米，一人握葫蘆笙。禮過三巡，持酒、水、米的人將手中的東西，向天空潑灑。同時握葫蘆笙的人吹響樂曲。全寨人手拉手，站成圓圈，跳起歡樂的蘆笙舞。歌舞一直要跳到天亮。這期間，老人可以在某家樓中喝酒吃菜。

大姑娘和小伙子乘機選擇意中人，躲在寨外芭蕉林或樹叢中談情說愛。而結了婚的年輕男子和少婦必須自始至終在舞蹈上，不能半途而退，以防止冷場。當佛教傳到拉祜族中時，祭月的規矩、時間依舊未變，只是在佛房裡祭月，禮畢才聚會到平場去歌舞，直至第二天清晨才結束。

　　從大量的現存的民俗祭禮的調查中，可以發現，節日的神聖氣氛還表現在禁忌方面。禁忌是一種約定俗成，在節日中的禁忌也是非常之多的。所有這些現象均說明了一個事實，歌節一般由兩部分組成：一是祭祀，一是歌舞。神聖的空氣不僅籠罩著整個祭祀活動，而且也滲透在歌舞活動的全過程。只是隨著宗教意識的淡化，歌舞活動才慢慢有其他成份的轉機，也就是說神聖的氣氛逐漸淡薄了，但不會消亡的。即使到了歌舞活動的高潮時，男女之間有了性的放縱，神聖依然是人們的主導思想，而不會認為是一種淫穢。

第三節　歌節的目的

　　關於這一個問題，我們可以分兩部分來研究，一是歌節與農業生產相關，二是歌節中的性放縱象徵著穀物的豐收。解決了這兩個問題，歌節之目的亦可以清楚地看到了。

（一）歌節與農業生產相關

　　如加考証，歌節大都是農業生產出現之後的產物。在實踐過程中，人們慢慢懂得生產的規律，認識了節氣變化對農業生產的影響；為了不影響生產，不妨礙莊稼的生長，人們都自覺地將節日放置在農閒時機，其中亦包括男女之間的談情說愛。這是生存大計，對人們的要求的限制，沒有這種要求和限制，後果是不堪設想。這種情形在民間傳說中多有表現，反映了人們對這種不顧時機造成各種損傷、破壞的沉痛追憶。苗族《舟溪蘆笙節的傳說》記載了這樣一個故事：據說很古以前，有個阿旺姑娘被野雞精搶去了。這時遠方來了一位苗族獵手叫茂沙，殺死了野雞精，救出了阿旺姑娘，隨後又去他鄉了。阿旺非常懷念茂沙，茶不進，飯不想，一天天消瘦下去。她父親左思右想，想出了一個在農曆正月十八到舟溪跳蘆牲的點子。這消息一傳十，十傳百，茂沙也知道趕來了。這一天，成千上萬的人來到舞場，盡情地吹，盡情地跳，一直跳了三天。「第三天，也就是古曆正月二十日傍晚。茂沙提議：春耕大忙要開始了，季節不等人，暫且不再跳蘆笙了，一心一意投入春耕生產。

大家認為茂沙說得對，並且推老父親為代表，在蘆笙場中心插草標為號，蘆笙頓時息音。」就這樣，形成了一年一度的舟溪蘆笙節。〔註5〕這裡故事雖屬虛構，但在春耕時不跳蘆笙的做法上卻是真實時，反映了人們對歌節形成的原始看法。

歌節選擇的時間是很有講究的，一般在春種之前或之後的間隙時間，以及秋收之後一段時間內。在這兩個時期，歌節的活動舉行比較頻繁，而農事較少，故得閒暇。

蘇東坡《仇池筆記·雞唱》則記載了宋代民歌的情況：

> 光、黃人，二三月，群聚謳歌，不中音律，宛轉如雞鳴耳。與宮人唱漏微相似，但極鄙野。漢宮儀，宮中不畜雞。汝南出長鳴雞，衛士候於朱雀門外，專傳雞唱。又應邵曰：「今雞鳴歌。」晉大康《地道記》曰：「後漢衛士習此曲，於闕下歌之，今雞唱是也。」顏師古不考古本妄破此說。今余所聞，豈雞唱之遺音乎？今士人謂之山歌云。

引文中所說的光，係河南之光州，黃係湖北之黃州。由此可見，宋以前，這一帶歌風極盛，時間在二三月裡，很顯然這是春耕前的歌節活動。

另外，秋收後，亦有各種各樣的節日，其中包含不少歌舞內容。如水族的端節、卯節，苗族的吃新節，哈尼族哈巴節，侗族蘆笙節，等等，都是收獲舉行宗教儀式的節日。許多民族在收獲前要先吃新穀，叫嘗新，有的亦叫嘗新節或吃新節。舉行這樣的活動，全寨人都參加載歌載舞，以謝神恩。儀式都由寨老和族長主持。嘗新之後，才開始收獲。基諾族的新米節，是在豐收之後過的。這是青年們最快樂的節日。兩個寨子的青年男女在兩個山頭上對歌，一面唱一面靠攏。雙方會合後，互相看中便各自一對一對去談情了。

另外，春種和秋收之間，有一個歇息時間，也是歌節的產生重要依據。在這一段時間裡，莊稼已經種下，收獲尚為時太早，人們為了祈禱莊稼長得粗壯，穀物長得豐滿，於是又進行了祭祀活動。如在白族、彝族等民族中流行的火把節，就屬此例。此處，哀牢山上的哈尼族的苦扎扎節又是一例。苦扎扎節一般以進入農曆五月的第一個申猴日為節日的第一天，共計三至五天，時當繁忙的春耕生產已過，進入農閒，人們在唱歌，跳鼓舞，蕩鞦韆，

〔註5〕 徐華龍、吳菊芬編《中國民間風俗傳說》，雲南人民出版社，1985年版，第34～37頁。

彈弦子，騎磨秋等，以此活動來預祝五穀豐登。請注意，這也是一個重要祭祀性歌節，其歌舞的作用在娛樂穀物之魂。這一天，有些民族還宰豬殺雞，煮飯釀酒，祭祀莊稼，正說明祭祀之目的。

歌節的時間選擇，經過長期的傳承，已變得十分固定，並形成了種種習俗，人們不得超越這種習俗的約束；實際上，人們非但不會去破壞這種習俗，而且還會自覺地維繫這種習俗的嚴肅性。在傣族，「五六月間雨季雖然就已降臨，但是雨水最多的時候還是七八九三個月（約占全年雨量百分之五十五）。七月以後差不多每天都要落一陣暴雨，田裡溝裡都積滿了水。在以米為主要食糧的民族裡，這是一年中最重要的時期，大家都忙著耕田種稻，沒有閒暇去談情說愛。所以從泰曆九月十五日（約當陰曆六月十五日左右）起便關門了，所謂關門（夷語豪瓦薩）者乃關起愛情和婚姻之門也。」〔註6〕在苗族亦有「蛤蟆一唱，蘆笙不響」的說法，也就是說春天來了，要耕種了，不能再玩耍了。

所有這些，均反映了歌節要受到農時的制約的事實。歌舞玩耍、談情說愛，這是人之常情，然而種糧食卻人之生存的大計，絲毫不能遺誤時機，否則就會遭到餓肚的懲罰，相比之下，這就顯得更重要一些。這是一個常識。如今歌節鑲入農閒之機，正是人們同一心態的具體表現。只要仔細地考察各民族的歌節，就會發現其錯落有秩，既考慮到了農業生產之需要，同時又滿足了人的娛樂、戀愛等諸種心理和實際的需要，真可謂是一種科學合理的安排。

（二）歌節中的性放縱象徵著穀物的豐收

我們前面已經說過，歌節一般在莊稼生長前和收獲後進行，這實際上也告訴人們，歌節中的性放縱與穀物的豐收，決不是毫不相干的兩碼事。

> 澳洲有一種叫做「卡羅」的戀愛舞。開這種跳舞會的時期是在芋薯成熟後新月初上之際，男人們在宴會上酒醉飯飽之後，便在月光下的廣場中舉行，廣場掘一土穴，土穴四周裝置草叢，這是象徵女性的生殖器，跳舞的男人圍繞著土穴跳舞，手中執著長槍便是象徵男性的生殖器，樂聲漸緊，舞人便把槍尖亂撅土穴，盡量做出極淫猥的姿態，以發泄其性的衝動，其形狀的難看，恐將使衛道之士，

〔註 6〕姚荷生《水擺夷風土記》，大東書局，1948 年版，第 204 頁。

不敢逼視。〔註7〕

這裡所舉的澳洲土人之原始舞蹈，是一種性交之模擬，而模擬活動規定要在芋薯成熟之後，是有一定用心的。因爲在原始人的思維中植物的生長、成熟和人是一樣的。男女性交能產生孩子，那麼植物結出果實，也同樣通過「性交」手段產生的。因此，我們看到原始舞蹈中性交之模擬，不是人的性交的直接模仿，而是模擬植物「性交」的。在原始人頭腦中，植物性交與人的性交是一碼事情，這是一種交感巫術的形象反映。它說明，在原始思維裡，人與植物是同一性的，就是說植物亦同樣具有人的特性的。

在我國，歌節中的性放縱同樣也與農業生產有直接相關。在雲南劍川石鐘寺石窟有一雕刻品，當地白族人稱之爲「阿姎白」，又叫「白乃」，意是嬰兒出生處，即女性生殖器。所以至今還有許多婦女向「阿姎白」祈禱、跪拜、抹油的習俗。每年農曆正月和八月這裡舉行廟會，來自劍川和鄰縣的男女青年，在石鐘山上彈弦對歌，結識戀愛等。〔註8〕過去，苗族有一祭典，定於農事完畢之後，祭典中有一個「跳鼓」活動。即四周男女互相歌和，舉手頓足。男的出細絹，女的出簪環，以爲獎品，進行賽歌。所唱的歌大都是男女相悅之詞，歌罷繼以狂飲，大家席地而臥，謔浪調笑。男女情投意合者，便到山谷森林裡，縱情歡娛，名爲「放野」。〔註9〕表面上，這裡的性放縱與莊稼無關，實際上如果對各民族中的歌節進行仔細的考察之後，就會發現，農事後的山野之中的性放縱，絕非爲了所謂現代意識的性快樂，而是別有一種原始用意的，只是這種用意在社會的進化中幾乎已不見其痕跡了。

清趙翼《檐曝雜記》亦記載：「粵西土民及滇黔苗保，風俗大概皆淳樸，惟男女之事，不甚有別，春月趨墟唱歌，男女各坐一邊，其歌皆男女相悅之詞。其不合者亦有歌拒之，如你愛我，我不愛你之類。若而相悅，則歌畢輒携手就酒棚並坐而飲，彼此各贈物以定情。甚至有酒後即潛入山祠中相妮者，其視野田草露之事，不過如內地人看戲賭錢之類，非異事也。當墟場歌唱時，諸婦女雜坐，凡遊客素不相識者，皆多與之嘲弄，甚而相偎抱亦所不禁。」清同治年間，有一文士叫朱翊清，著《埋憂集》一書，其中有云：「《高麗圖經》，言其俗往往男女同川而浴，而西南苗夷跳月之法，必先野合，而後

〔註7〕 斗木編著《性風俗獵奇》，北斗出版社，1948年版，第28頁。
〔註8〕 《劍川石窟》前言，雲南人民出版社，1985年版。
〔註9〕 斗木編著《性風俗獵奇》，北斗出版社，1948年版，第34頁。

成婚，以爲夷俗難以廉恥喻也。」以上僅爲清人所說，都談及歌節中的性放縱的現象。

　　不過，在古籍中還可以找到這種痕跡。據《周禮‧地官‧媒氏》記載：「仲春之月，令會男女。於是時也，奔者不禁。」這就是說，在祭祀高禖時，男女青年於此聚會，只要情投意合，就可以發生性關係，而不會受到公眾的指責。有人以爲這是群婚制的遺風，的確亦然。在群婚制那個時代，人們還屬於原始思維的階段，很可能將性交象徵爲莊稼生長茂盛，因此可見，在當時特定的節日中男女之間的性自由，實際上並非有眞正的自由，而要受到那時的生產力和社會的嚴格束縛的。

　　在古羅馬，每年多至時期有一個沙特恩節，這是農事結束後舉行的一個節日。節日期間，舉行群眾性的盛宴、狂歡。奴隸也可以參加沙特恩節，允許他們與自由民同席。在沙特恩節上，盛行性關係的自由。恩格斯說：「在印度的霍人、桑塔爾人、潘札人和科塔爾人部落中，在某些非洲民族和其他民族中，都有這種定期的沙特恩節，即在一個時期內重新恢復舊時的自由的性交關係。」〔註10〕可見，象徵性交自由的類似沙特恩節的，在世界各個民族的歷史上都曾經產生過，是一種群婚遺留的風俗，也是人類早期祈求莊稼生長、發育、結果的模擬活動。

　　由此可以得出這樣一個結論：歌節中的性放縱是農業社會的產物，是象徵（模擬）莊稼豐收的表現形態。其眞正之目的，即在於此，是毋容置疑的。

〔註10〕見《家庭‧私有制和國家的起源》。

第八章　隋唐時期的西域歌舞音樂

第一節　西域各國的音樂

一、龜茲音樂

龜茲，即今天新疆的庫車。《漢書·龜茲傳》說：「龜茲王治延城，去長安七千四百八十里。」延城即指今天之庫車。龜慈與內地的聯繫，開始於漢班固出使西域之後。不過，龜茲音樂何時傳入中國，各家已有不同觀點：一是徐嘉瑞之觀點。他以為北周是龜茲音樂進入中國的第一時期，或稱「龜茲樂時期」〔註1〕，另一是常任俠之觀點。他以為東晉之後，龜茲音樂開始流入中國了。〔註2〕

關於龜茲音樂進入中原的經過，常任俠以為：

> 因東晉太元八年（公元383年），北方各民族，互相割據鬥爭。西涼呂光擊西域諸國，攻龜茲，得其聲樂。西域的腰鼓和其他樂器，即於其時傳入。呂氏亡，其樂分散。後魏有中原，復獲之。其聲後多變易。這與中原的音樂相混合，有了新的創造。齊文宣（高洋，公元550年）原是鮮卑種族，深愛此曲，每彈胡琵琶，奏龜茲樂，自擊胡鼓和之，婆羅門人曹姓世習其樂，北齊曹妙達，尤擅此技。周武帝（宇文邕，公元561年）時，聘突厥可汗女為后，西域

〔註1〕　徐嘉瑞《近古文學概論》，北新書局，1947年版，第37頁。

〔註2〕　常任俠《絲綢之路與西域文化藝術》，上海文藝出版社，1981年版，第154頁。

諸國皆來媵（音印，伴嫁），於是龜茲、疏勒、安國、康國之樂，大
聚長安。胡兒令羯人白智通教習，頗雜以新聲。至隋有《西國龜茲》、
《齊朝龜茲》、《土龜茲》三部。開皇中（公元 581～604 年）其器大
盛於閭閻。時曹妙達、王長通、李士衡、郭金樂、安進貴等，皆妙
絕弦管，新聲奇變，朝改暮易，持其音伎，估炫公王之間，舉時爭
相慕尚。

常任俠這段論述，基本來源於《隋書》卷十五《音樂志》所載。不過，《隋書》
在此之後，又說，隋煬帝大量仿製西域音樂，「大製艷篇，辭極淫綺」。致使
西域音樂一時間，天下靡然，連「胡夷皆驚」。

傳播龜茲音樂到內地的一個西域人叫蘇祇婆。

《隋書‧音樂志》記載：「沛公鄭譯云：周武帝時有龜茲人曰蘇
祇婆，善胡琵琶，聽其所奏，一均之中，間有七聲，因而問之。答
曰：父在西域稱爲知音。代相傳習，調有七種，以其七調，勘校七
聲，冥若符合，一曰娑陀力，華言平聲，即宮聲也；二曰雞識，華
言長聲，即南呂聲也；三曰沙識，華言質直聲，即角聲也；四曰沙
候加濫，華言應聲，即變徵聲也；五曰沙臘，華言應和聲，即徵聲
也；六曰般贍，華言五聲，即羽聲也；七曰俠利建，華言斛牛聲，
即變宮聲也。譯因習而彈之，始得七聲之正。又有五旦，華言均可，
譯遂因其所捻琵琶弦柱，相引爲均，推演其聲，更立七均，合成十
二，以應十二律，律有七音，音立一調，故成七調。」

這裡不僅敘述了第一個介紹龜茲音樂的人，而且更重要地反映了龜茲音樂的
複雜、豐富、多變的七調情況。

龜茲音樂除了音律複雜、曲折，善於表現人的內心世界外，而且用以伴
奏的樂器亦十分繁多，樂工組織很是齊整。以隋代龜茲樂器爲例：

絲弦樂器：琵琶、箜篌、五弦、箏。

竹製樂器：觱篥、簫、笛。

瓠製樂器：笙。

革製樂器：杖鼓、第二鼓、第三鼓、腰鼓、大鼓。

土製樂器：鞂。

木製樂器：拍板、方響。

此外，這些樂器還分爲單獨演奏，混合演奏等，反映了龜茲樂器的強大

陣勢。為了更好地伴奏，樂工組織相當嚴密，規定了各種曲調所演奏的人員。如表演連廂詞時，除一名歌唱者和多名末泥、旦兒、雜色外，另外還設吹笙一人，吹笛一人，彈琵琶一人。之所以委用三名樂工，是根據連廂詞這一歌舞劇的內容而設置的，既經濟，又簡潔，同時又起到了應有的藝術效果。否則的話，宋代這個封建社會的盛世同時又是開始末落的時代，是不可能如此安排，並出現於宮廷貴族之家的。

龜茲音樂傳入內地，有的已被加工改造，補入新的內容，成為兩合一璧的新的曲調。

《唐書·禮樂志》曾有記載：「楊貴妃生日，命小部張樂長生殿，奏新曲，未有名，會南方進荔枝者，因名曰《荔枝香》。」這裡說的「新曲」，當為根據西域音樂創作的歌曲，是無疑的。如，《天仙子》，本是龜茲舞曲，譯名又叫《萬斯年》，皇甫松作《天仙子》詞，才正式定下此名的。又如，《龜茲佛曲》，傳入內地後，改為《金華洞真》，《急龜茲佛曲》，在內地又譯成《急金華洞真》。這些都說明了龜茲音樂在傳入中原之後，經過中原文人和樂工的改編和創造，已變成具有內地色彩的西域音樂作品了。

二、天竺音樂

天竺，即今天之印度。據《隋書·音樂志》記載：「天竺者，起自張重華據有涼州，重四譯來貢男伎，『天竺』即其樂焉。歌曲有《沙石疆》，舞曲有《天曲》，樂器有鳳首箜篌、琵琶、五弦、笛、銅鼓、毛員鼓、都曇鼓、銅拔、貝等九種，為一部。工十二人。」在這段文字中，共講了三層意思：一是天竺樂從張重華守備涼州時傳入的，二是天竺音樂由歌和舞兩部分組成，三是天竺的樂器有九種之多。

天竺與中國往來，由來已久。釋加牟尼創立的佛教，向東傳播，首先來到中國，為西域人民所接受。後因唐代玄奘來天竺取經，又一次開闢了絲綢之路，不僅傳播了佛教教義，而且帶來了天竺音樂。由此可見，天竺音樂的傳播與其佛教的傳播是分不開的。

在天竺樂器中，除上面所說九種以外，還有一羯鼓，流行於許多地區。《羯鼓錄》云：「羯鼓出外夷樂，以戎羯之鼓故曰羯鼓，其音主太簇一均，龜茲部，高昌部，疏勒部，天竺部皆用之。」同時，這一羯鼓頗為神奇，能演奏出各種不同的聲音，形成各種不同的氣氛。又據《羯鼓錄》記載：「其聲焦殺烏烈，尤宜促曲急破戰杖連碎之聲。又宜高樓晚景，明月清風，破空透遠，

特異眾樂，元宗特好羯鼓，謂爲八音之領袖。」由此可見，羯鼓音調何等之美，表現力何等之強。難怪唐元宗要稱它爲八音之首呢。

三、康國音樂

康國在疏勒之西，始見於《隋書》。

其國民眾頗喜歡歌舞。據《唐書》記載：「土沃宜禾，出善馬，兵強諸國，人嗜酒，好歌舞，於道，王帽氈飾金雜寶，女子盤髻幪黑巾，綴金花，生兒以石蜜啖之，置膠於掌，欲長而甘言，持珼若黏雲，習旁行書，善商賈，好利。」〔註3〕這一系列對康國風俗介紹中，「好歌舞」是其重要娛樂活動的內容。正因爲他們有此「好歌舞」之習俗，其音樂亦相當豐富。

據史書記載，康國歌曲有《戢殿農和正》，舞曲有《賀蘭鉢鼻始》《末奚波地》、《農惠鉢鼻始》、《前拔地惠地》等，樂器有笛、正鼓、加鼓、銅撥等四種。

此外，康國的《胡旋舞》甚是著名，許多文人騷客爲之叫好。《唐書·樂志》記載：「康居國樂舞急轉如風，俗謂之《胡旋舞》。」又，《樂府雜錄》亦曰：「《胡旋舞》居一小圓毬子上舞，縱橫騰擲，兩足終不離毬上，其妙如此。」《通典》卷一四六又記載了《胡旋舞》舞者的服飾：「康國舞二人，緋襖錦袖，綠綾渾襠褲，赤皮靴，白褲，雙舞急轉如風，俗云胡旋。」白居易、元稹均有《胡旋女》的詩專對舞蹈進行了細致入微的描繪。在此我們僅舉白居易他的詩爲例，看看《胡旋舞》的具體舞時的情景：「胡旋女！胡旋女！心應弦，心應鼓，弦鼓一聲雙袖舉。回雪飄飄轉蓬舞，左旋右轉不知疲。千匝萬周無已時，人間物類無可比！奔車輪緩旋風遲，曲終再拜謝天子，天子爲之微啓齒。」《胡旋女》詩較長，僅錄前一段。從這裡，我們可以看出《胡旋舞》的舞者一般爲女的。伴奏爲鼓和絲弦樂器。舞蹈動作大多以旋轉爲特色，天子看了這樣精彩的節目也不得不啓齒稱讚。由此可見，《胡旋舞》之魅力是無比的。至今於新疆的哈薩克族、維吾爾族舞蹈中仍流行旋轉，大概是一種《胡旋舞》之遺跡吧。

四、高昌音樂

高昌建國，約於元魏時期。其民爲漢族後裔，君主爲西方豪族。漢代時，

〔註3〕轉引自馮承鈞編譯《西突厥史料》，中華書局，1958年版，第125頁。

高昌已屬中國版圖，後亡於唐朝初期。

　　據《舊唐書・音樂志》記載，高昌人喜歡跳舞。舞人穿白襖錦袖、赤皮靴、紅帶子，並將額上塗上紅色。其樂器共十二種：答臘鼓、腰鼓、雞類鼓、羯鼓、簫、橫笛、篳篥、琵琶、五弦琵琶、銅角、箜篌。

五、安國音樂

　　安國西瀕河，治阿濫謐城，唐代曾在中國境內。安國有歌曲《附薩單時》，舞曲《末奚》，斛曲《居和祇》，樂器有箜篌、琵琶、五弦、笛、簫、篳篥、雙篳篥、正鼓、和鼓、銅拔等十種。

六、疏勒音樂

　　疏勒和安國一樣是後魏平定北燕馮跋以及通西域時建立起來的。《西域記》作法沙，即爲今新疆疏勒。其歌曲有《亢利死浪樂》，舞曲爲《遠服》，另外還有十種樂器等。

七、西涼音樂

　　據《隋書・音樂志》記載，符堅即將滅亡之前，呂光、沮渠蒙遜等人占據了涼州，把龜茲音樂改爲秦漢伎。魏太武平定河西之後，又把秦漢伎稱爲西涼樂，並作爲國樂確定下來。此外，西涼樂器十分豐富，共有十九種：鐘、磬、彈箏、搊箏、臥箜篌、豎箜篌、琵琶、五弦、笙、簫、大篳篥、長笛、小篳篥、橫笛、腰鼓、齊鼓、擔鼓、銅拔、貝等。其中的「曲項琵琶、豎頭箜篌」均「出自西域，非華夏舊器」。《楊澤新聲》、《神白馬》之類，亦是土生土長的胡戎歌，而非漢、魏遺曲。

　　西涼音樂在我國音樂史和戲劇史都有著重要地位，原因就在於其歌、舞都相當成熟，引起了社會和宮廷的極大注意。王灼《碧雞漫志》卷三說：「《涼州曲》，唐史及傳載稱，天寶樂曲，皆以邊地爲名，若涼州、伊州、甘州之類，曲遍聲繁名入破，又詔道調、法曲，與胡部新聲合作。」這裡說的就是西涼音樂盛行於內地的情景。

　　西涼伎是由歌、舞、樂器三部分組成的，已經形成戲劇的雛形。任半塘則認爲：「西涼伎確爲全能類之戲劇，不僅超過自古迄今百戲性質之舞獅子，其伎藝表現之完全，且非唐代一般歌舞劇與科白劇等所能比。」〔註4〕

〔註 4〕任半塘《唐戲弄》上冊，上海古籍出版社，1984 年版，第 537 頁。

在涼州歌舞中，也有舞獅子。宋蘇軾《柳子玉亦見和因以送之》云：「不羨腰金照地光，暫時假面弄《伊涼》。」王注：「白樂天詩：『西涼伎，西涼伎，假面胡子弄師子。』」這就說明了唐代已有化裝成胡人來舞弄獅子的活動，到了宋代這一活動依舊活躍在民間。

到明代，這一歌舞活動已經流傳到湖南一帶，並被用來敬神驅鬼，成爲祭祀中的一個重要內容。據明顧景星《蘄州志》記載：「楚俗尙鬼，而蘄尤甚！蘄有七十二家。……黃袍、遠遊冠，曰唐明皇；左右赤面，塗金粉，金銀兜鍪者三，曰太尉。……其徒數十，列幛歌舞，非詩非詞，長短成句；一唱眾和，嗚咽哀惋。隨設百獻奉太尉。歌舞幛上，主人獻酬。三神酢主人，主人再拜。須臾，二蠻奴持緤盤辟，有大獅，首尾奮迅而出。奴問獅何來，一人答曰：『涼州來。』相與西向而泣，作思鄉懷土之狀。歌舞畢，送神，鼓吹偕作。先立春一日，出神，於匵，具儀簿，隨土牛後；春分後，藏焉。崇禎末，無復舊觀矣。」

另外，西涼伎中還有一種《胡騰舞》，這是唐代胡舞中較有代表性的舞蹈，屬於健舞。《全唐詩中的樂舞資料》對胡騰舞有一編者的話：「胡騰，原爲中亞細亞塔什干的民間舞蹈，於唐代傳到中國，此舞以跳躍見長，故名胡騰，舞者多爲男子。」〔註5〕

唐劉言史《王中丞宅夜觀舞胡騰》描述了這一舞蹈的舞姿、服飾、樂器等：「石國胡兒人見少，蹲舞尊前急如鳥，織成蕃帽虛頂尖，細氎胡衫雙袖小。手中拋下蒲萄盞，西顧忽思鄉路遠。跳身跳谷寶帶鳴，弄腳繽紛錦靴軟。四座無言皆瞪目，橫笛琵琶偏頭促。亂騰新毯雪朱毛，傍拂輕花下紅燭。酒闌舞罷絲管絕，木槿花西見殘月。」好一幅胡騰舞的生動畫面，可是卻不知其歌如何，據研究：「《胡騰》之樂曲，可能爲涼州大曲，亦可能爲《胡醉子》雜曲」。這樣，就將胡騰舞的全部形象展現於人們的面前了。

第二節　西域的歌舞

西域的歌舞是相當繁多的，在此，我們只能其中的一部分，借以說明其歌舞之一般情形。

〔註 5〕《全唐詩中的樂舞資料》，音樂出版社，1958 年版，第 145 頁。

一、柘枝舞

　　柘枝舞是從中亞一帶傳入唐代的舞蹈藝術，這種舞除有樂器伴奏外，還有歌入伴唱。原來是一個人跳的，後來加成兩個人，名叫《雙柘枝》。到了宋代就有五、六人跳，在中間的人叫「花心」。後來又發展到二十四個人跳。在服飾方面，宋時是窄袖、銀帶，頭戴卷檐的尖帽子，上面有鈴鐺，也有的是繡花帽子或鑲著珠子的帽子。後來，尖頂帽子改爲鳳冠了。

　　唐張祜《周員外席上觀柘枝》曰：「畫鼓拖環錦臂攘，小娥雙換舞衣裳。金絲蹙霧紅衫薄，銀蔓垂花紫帶長。鸞影乍回頭並舉，鳳聲初歇翅齊張。一時欸腕招殘拍，斜斂輕身拜玉郎。」在這裡，我們看到柘枝舞已經變成達官貴人家中欣賞的一種舞蹈形式。它從原始的出於中亞土地的民間藝術一改而成爲賣笑藝術。這是柘枝傳入中原以後的異化現象。異化的另一種現象，就是不少女子爲了活命淪爲柘枝妓。唐殷堯藩《潭州席上贈舞柘枝妓》一詩這樣唱道：「姑蘇太守青娥女，流落長沙舞柘枝。坐滿繡衣皆不識，可憐紅臉淚雙垂。」詩中所說的姑蘇太守的青娥女就是因某種原因淪爲柘枝妓的一個例子。不過，這個例子也從另一側面說明，柘枝舞在唐代十分時髦，不光顯貴之族喜歡看，就是一般中產階層（如周員外之類）亦有欣賞之雅興。

　　爲什麼會有如此名度，深受文人、官僚的普遍歡喜？這裡有兩個原因：一個是舞衣很漂亮，而且薄、透。薛能《柘枝詞》中名「羅衫半脫肩」劉禹錫《和樂天柘枝》中有「新衫別織鬥雞紗……汗透羅衣雨點花」，張祜《李家柘枝》中有「金繡羅衫軟著身」等，均是例証。另一個是舞姿別致。這主要表現在舞者腰軟，幾乎到了一折就斷的地步，因此常爲詩人所佩服。劉禹錫《觀柘枝舞》云：「體輕似無骨，觀者皆聳神。」章孝標《柘枝》云：「拓枝初出鼓聲招，花鈿羅衫聳細腰。」詩人之所以竭立描繪細腰及其功夫，可見，柘枝舞一個很重要的動作就在於彎腰，而且此腰功非同一般，故連跳舞場上見廣識多的詩人也爲之讚嘆不已。

　　柘枝舞傳入唐朝，約於玄宗時期，最早記載於崔令欽《教坊記》。

　　柘枝爲西域舞，可在歷史上找到不少佐証。唐沈亞之《柘枝舞賦》序云：「今日有土之樂，舞堂上者唯胡部與焉，而《柘枝》益肆於態。」宋陳暘《樂書》卷一八四云：「唐明皇時那胡《柘枝》，人莫及也。」又，宋郭茂倩《樂府詩集·柘枝詞小序》云：「《教坊記》：『凡棚車上擊鼓，非《柘枝》則《阿遼破》也。』《羯鼓錄》曰：『凡曲有意盡聲不盡者，須以他曲解之，如

《耶婆色雞》用《屈柘》急遍解，《屈柘》用《渾脫》之類。』一說曰：『《柘枝》本《柘枝》舞也，其後字訛爲《柘枝》。』然則似是戎夷之舞。按今舞人衣冠類蠻服，疑出南蠻諸國也。」此說《柘枝》出於南蠻諸國，則是不確切的。

柘枝爲健舞。《教坊記》記載：「《阿遼》、《柘枝》、《黃獐》、《拂林》、《大謂州》、《達摩》之屬，謂之健舞。健舞與軟舞相對，有剛健、迅捷的動作，善於表現壯烈、宏偉的場面，可能多數爲男性而舞。到了中原以後，逐漸變成了軟舞《柘枝》。宋《樂史·柘枝譜》說：「昔人謂柘枝軟舞，婆娑蔓延。」又說：軟舞柘枝，「用二女童，帽施金鈴，抃轉有聲，其來也，於二蓮花中藏之，花折而後見，對舞相呈，名蓮花舞。」由此可見，柘枝舞到了中原，經過藝術加工，變成具有內地風格和色彩的舞蹈形式了。正因爲這樣，在劉禹錫、沈亞之、白居易、張祐等人的筆下被眞實、形象地描述出來了，並成爲達官顯貴、歌榭舞場中的爲男性欣賞的舞蹈藝術。

二、蘇莫遮

蘇莫遮是西域歌舞形式，被人稱之人純粹的胡樂、胡戲。據向達、林謙三的研究，認爲出於西域伊朗。

《一切經音義》卷四一云：

> 蘇莫遮，西戎胡語也，正云「颯磨遮」。此戲本出西龜茲國，至
> 今猶有此曲，此國渾脫、大面、撥頭之類也。或作獸面，或像靈神，
> 假作種種面具形狀。或以泥水沾洒行人，或持羂索搭鉤，捉人爲戲。
> 每年七月初，公行此戲，七日乃停。土俗相傳云：常以此法禳厭，
> 驅趁羅剎惡鬼食啖人民之災也。

這就是說，蘇莫遮原是一種帶有原始宗教色彩的風俗，類似雲南西雙版納的傣族的潑水節，是用水來驅鬼禳厭的。由於在這種活動中常伴有戲耍，因此模仿這一習俗的歌舞亦逐漸形成了。

潑水習俗，在古代又稱乞寒、潑寒等。我國最早記載的潑水風俗是《北周書》，其云：「大象元年，又縱胡人乞寒，用水澆沃爲戲樂。」《唐音癸籤》又云：「潑寒胡戲，自武后始，中宗曾因蕃夷入朝，作此戲，御樓觀之。」兩書記載，都談及潑水在中國之始，但說法均不一。另，《通考》中的潑寒胡戲條時此作了較爲具體的描繪：「唐書『開元六年禁潑寒胡戲』。據張說傳，『乞

寒潑胡，未聞典故，裸體跳足，汩泥揮水云云』，大抵於嚴寒之時，少年裸露形體，結隊跳舞，觀者以水澆潑之，以示勇狀者，其樂器交用大鼓，小鼓，琵琶，箜篌等。」

原來是西域的風俗習慣，傳入中原以後，又爲人們所接受了，並注入了一些新的內容。《全唐文》卷二五四說：「臘月乞寒，外蕃所出，漸漬成俗，因循已久。至使乘肥衣輕，竟矜胡服，闐城隘陌，深玷華風。朕思革頹弊，返於淳樸。《書》不云乎：『不作無益害有益，功乃成；不貴異物賤用物，人乃足。』況妨於政要，敗素禮輕，習而行之，將何以訓！自今以後，即宜禁斷！」

由於人們欣賞、娛樂的心理需要，蘇莫遮漸漸從單純的風俗變成了綜合的歌舞。

蘇莫遮既是一種歌舞形式，那就是由兩部分──歌和舞──所組成的。現在先來說樂曲，據敦煌卷子蘇莫遮六首之形式，標題都冠有第一、第二等相次的名稱，可知這是一種大曲之形式。所謂大曲，就是由若干曲的段落，集合組成一曲。《碧雞漫志》卷三云：「凡大曲有數散序、䈁、排遍、攧、正攧、入破、虛催、實催、滾、拍遍、歇、殺、袞，始成一曲，此謂大遍。」正是大曲，蘇莫遮才有可能較爲充分地表現舞者的內心世界。蘇莫遮如何舞，已無詳細記載，但從片斷的資料，可以推測其舞姿：舞者戴假面，戴帽著蓑笠。此帽爲油帽，用以盛水。著蓑笠，用以防止水潑。根據《使高昌記》記載：「婦女戴油帽，謂之《蘇幕遮》。……以銀或鍮石爲筒，貯水激以相射，謂之厭陽氣去病。」舞蹈時，基本動作爲潑水狀，邊應節奏邊舞。蘇莫遮後傳至日本，大致保持了這種舞蹈的動作和風格。

三、霓裳羽衣

霓裳羽衣是一種從西域流入唐朝的歌舞。《唐語林》說：「宣武妙於音音律，每賜宴前，出製新曲，俾宮婢習之。至日，出數百人，衣以珠翠錦繡，分行列隊，連袂而歌，其聲清怨，殆不類人間。其曲有曰《播皇猷》者，率高冠方履，褒衣博帶，趨赴俯仰，皆合規矩。有曰《蔥嶺西》者，士女踏歌爲隊，其辭大率言蔥嶺之士，樂河湟故地，歸國而復爲唐民也。有曰《霓裳曲》者，率皆執幡節，被羽服，飄然有翔雲飛鶴之勢，如是者數十曲。教坊曲子，遂寫其曲奏於外，往往傳於人間。」這是描述唐宣宗時，宮廷中演出

《霓裳羽衣》的情形，宮婢們邊舞邊歌，並執旗幟般的幡節，真有飄然欲飛的架姿。到了宋代，這種情形有了改變，成了只歌不舞的音樂節目了。宋周密《齊東野語》卷十記載：「《混成曲》修內司所刊本，古今歌詞之譜，靡不備具；只大曲一類，九數百解，他可知矣。然有譜無詞者居半。《霓裳》一曲，共三十六段。嘗聞紫霞翁云：『幼日隨其祖郡王曲宴禁中，太后令內人歌之；凡用三十人，每番十人，奏音極高妙。』翁一日自品象管作數聲，真有駐雲落木之意，要非人間曲也。」此說中的《霓裳羽衣》只歌不舞當是唐代《霓裳羽衣》邊歌邊舞的變異而已。

《霓裳羽衣》的來歷有二種說法：

一是認為唐玄宗所作。《楊太真外傳》的注云：「《霓裳羽衣曲》者，是玄宗登三鄉驛，望女兒山所作也。故劉禹錫有詩云：伏睹玄宗皇帝《望女兒山詩》，小臣斐然有感：開元天子萬事足，惟惜當時光景促；三鄉陌上望仙山，歸作《霓裳羽衣曲》。」

二是認為由《婆羅門》改編而來。《唐會要》卷三十三：「天寶十三載七月十日，太樂署供奉曲名，及改諸樂名，《婆羅門》改為《霓裳羽衣》。」

在這兩種說法中，第二種說法較有一定根據，直接點明了霓裳羽衣與西域音樂的關係。第一種說法認為唐玄宗所作，未嘗不可，亦很可能是借助西域音樂而重新創作的。總之，由於唐代與西域經濟、文化的交往甚密，人們根據西域音樂進行重新創作，以滿足中原人們的欣賞習慣和欣賞要求，不是沒有根據的。

關於《霓裳羽衣》，唐白居易曾在元和年間（公元 806～820 年）曾在宮廷中看到此歌舞的演出，並留下了最詳細的描寫詩篇《霓裳羽衣歌和微之》。唐代還有舞圖。《太平廣記》卷二一〇《畫類》引《國史補》說：「（王）維嘗至招國坊庾敬休宅，見壁上有畫奏樂圖。維熟視而笑，或問其故。維曰：此《霓裳羽衣曲》第三疊第一拍，有好事者集樂工驗之，無一差者。」由此可見，霓裳羽衣在唐代影響十分大，以致各種藝術都提及這一歌舞形式。

霓裳羽衣既屬一種歌舞形式，其音樂屬大曲。其伴奏所常用的樂器，《新唐書·禮樂志》上有記載：

> 文宗好雅樂，詔太常卿馮定采開元雅樂，製《雲韶法曲》及《霓裳羽衣舞曲》。《雲韶聲》有玉磬四虡，琴、瑟、筑、簫、篪、龠、跋膝、笙、竽皆一。

除此外，白居易《霓裳羽衣歌和微之》中還提到了箜篌、箏等。

　　霓裳羽衣所描寫的內容，最初與月宮神話和騙衣神話有關。據傳入日本後成爲《羽衣謠曲》的來源記載，本於《天人下降》的神話。據《本朝事跡考·神社志》：「天人下降於駿河國三保之松原，脫天衣桂於松枝，爲漁夫所獲。乞求不得，遂與漁夫爲夫妻，後得衣，與漁夫共上升於天。」這故事屬世界流行天鵝處女型故事，雖發見於日本，亦流行於西域及中國，因此人們就很自然將這一神話爲題材創作影響甚大的歌舞形式了。

第三節　西域歌曲對社會的影響

一、西域歌曲改變了社會風習

　　隋唐以來，民間音樂十分興盛，特別是西域歌曲流行於街頭，使民風也爲之一新。

　　明祝穆《事文類聚》卷二四《歌曲源流》引宋代吳曾《能改齋漫錄》說：「（唐）明皇尤溺於夷音，天下薰然成俗。於時方士，始依拍擔樂工之聲，被之以詞。句之長短，各隨曲度。」這裡所說的「夷音」，即西域音樂。由於唐明皇的特別愛好，致使那些方士紛紛模仿作夷音，天下風氣爲之一變。

二、西域歌曲中產生了新的藝術形式

（一）曲子的出現

　　曲子是隋唐以來的民間音樂的新形式。王灼《碧雞漫志》說：「蓋隋以來，今之所謂曲子者漸興。」張炎《詞源》亦說：「粵自隋唐以來，聲詩間爲長短句。」從這兩則記載來看，曲子爲一種隋唐以來的新藝術形式，長短不一詩句，便於歌唱。

　　曲子的出現是隋唐經濟高度發展的結果。由於經濟的發展，市民階層興起，舊時歌曲形式已不能滿足他們的需要，他們從審美的角度又要求有新的歌曲來滿足這一慾望。當時的客觀條件又造成了這樣一個事實，那就是大量西域商人到京都來做買賣，同時亦帶了許多異族情調的歌曲。這些歌曲吸引了皇親貴族、市井商賈，於是就造成了「歌者雜用胡夷里巷之曲」的生動局面。這就是當時流行的許多曲大都依據西域民間的歌曲曲調配詞配樂的。

　　隋唐曲子的內容，相當廣泛，有反映戰爭給人民帶來的痛苦，有婦人思

念征夫，有遊子抒發懷鄉思家之情，有妓女的痛苦吟唱，等等，表現了隋唐社會的歷史風貌和深邃的思想內涵。

曲子的詞牌已記載於《教訪記》中，這些曲子主要以唱為主，但也有兼舞的。如《獻天花》、《歸國謠》、《憶漢月》、《八拍蠻》、《臥沙堆》、《怨黃沙》、《怨胡天》、《女王國》、《南天竺》、《讚普子》、《胡攢子》、《西國朝天》、《突厥三臺》、《穿心蠻》、《龜茲樂》等等。《胡渭州》是《教坊記》中的一曲名。據任半塘考証：「應自上文健舞大曲之《大渭州》來，乃五言四句及七言四句兩種聲詩。」〔註6〕又，《太平廣記》引《廣神異錄》記載：「天寶中，樂人及閭巷好唱《胡渭州》，以回紇為敗。」由此可見，《胡渭州》既是一能唱的歌，又是一能伴舞的音樂。

（二）歌舞戲的出現

歌舞戲又稱戲弄，是唐代的一種新藝術形式，同樣，這一藝術品種的出現也與西域歌曲有緊密關係。

《舊唐書》卷二十九記載：「歌舞戲，有《大面》、《撥頭》、《踏搖娘》、《窟礧子》等戲。玄宗以其非正聲，置教坊子禁中以處之。」引文中所說的《撥頭》，即為西域之歌舞的形式。同書卷二十九《音樂》關於它的來歷，就明確地說道：「《撥頭》出西域，胡人為猛獸所噬，其子求獸殺之，為此舞以像之也。」在這裡，我們可以清楚地看到西域歌舞對形成為中原人民群眾所喜愛的藝術形式的影響，是不可輕估的。

此外，我們還應該看到西域音樂對中原音樂的影響十分直接，樂工大多演奏西域音樂：「自周、隋已來，管弦雜曲將數百曲，多用西涼樂，鼓舞曲多用龜茲樂，其曲度皆時俗所知也。惟彈琴家猶傳楚、漢舊聲，及清調、瑟調，蔡邕雜弄，非朝廷郊廟所用，故不載。」〔註7〕從當時的情形來看，民間多知西域之音樂，卻甚少知曉漢族傳統的楚、漢舊聲，這不能不視為一種可悲現象；然而在這一現象的背後，說明西域音樂具有強大的生命力和藝術感染力，否則是難以使上至一國之主、下至黎民百民都為之傾倒的。《記纂淵海·胡樂》記載：「乾道二年，臣僚言，臨安風俗好為胡樂，如吹鷓鴣，如撥胡琴，如作胡舞，所在然傷風敗俗，不可不懲，望險坐。紹興三十一年，指揮嚴行禁止。」由此可見，南宋首都臨安竟形成「好為胡樂」的風俗，不能

〔註6〕見任半塘《教坊記箋訂》，中華書局，1962年版，第111頁。
〔註7〕《舊唐書》卷二十九。

不令當時的臣僚們擔憂。後來，雖嚴行禁止，是否可行，尚無資料佐証。但不管怎樣均說明了西域音樂的流行是為人們的心理因素作基礎的。在隋唐之前，清樂、雅樂已流行幾百、上千年的歷史了，人們早習以為常，然而一旦與此風格迴異的西域民間歌曲進入中原大地，不能不使人為之一振，產生強烈的向往心理。特別是唐王朝的開放政策，大批西域商人來到長安等地經商，同時他們也帶來了各種各樣新鮮活潑的音樂、歌舞。這樣，西域歌舞音樂就慢慢在中原一帶蔓延開來，有的與古老的漢族傳統音樂相結合，有的則以獨特面目始終如一地傳承下來，但無論是哪一種形式，都逐漸地為人們所接受，所欣賞了。

第九章　西域文化中的歌謠心理

　　西域是一個歷史性的名詞，又是一個地域相當遼闊的稱謂，它東起陝西、甘肅，中經新疆，西至小亞細亞等一線。自漢代張騫開闢西域之旅以來，各族人民之間相互交往，形成了共同的欣賞習慣和歌舞音樂。這些歌舞音樂，色彩鮮明，節奏歡快，具有強烈的魅力，以致在歷史上產生了重大影響。即使在今天，這些歌舞音樂依舊具有鮮明特色，成為我國民間歌舞藝術中的一個重要分支。

　　在這裡，我們主要是分析、研究新疆的歌謠及其心理，兼而涉及其他有關的西域歌舞音樂等，借以對整個西域文化中的歌謠心理有個比較明確的概念。

第一節　地域與歌謠心理

　　在歌謠史上，由於地域的不同，因而形成不同的歌謠、不同的風格、不同的藝術特點，類似這樣的例子，可以說是舉不勝舉的。造成這種現象，有多種的原因，其中一個很重要的原因，是心理上的。地域是人們客觀生活的一個環境，或者說是人們生活的一個必需條件，然而歌謠並不直接產生於地域，而產生於人，因此，人對歌謠有直接的影響。人在歌唱民歌時有什麼樣的心情，決定了歌謠帶有什麼樣的感情色彩。由此可知，地域對歌謠產生作用，還需有人的心理作中介；如果用一程式來表示的話，那就是地域作用於人的心理，人的心理作用於歌謠。歌謠中反映出各種心理狀況，無不打上地域的印記。

一、地域造就性格

根據心理學家的分析，性格的生成與地域及環境的影響是密不可分的。在新疆這塊廣袤無垠的土地上，同樣造成了許多民族相近的性格特徵。

新疆民族相近的心理特徵有以下幾種：

（一）豪爽的性格

由於新疆地域遼闊，養成了生活在這裡的人們那種豪爽的性格。表現在歌謠中，他們常常以大山雄川作歌詠的對象；表現在音樂中，以高昂有力的聲音來抒發內心的情感。

豪爽性格在生活上的表現為好客。

好客是新疆許多民族的共性。據《長春眞人西遊記》卷上記載：「其王畏午兒與鎭海有舊，率眾部族及回紇僧皆遠迎。既入，齋於臺上。洎其夫人勸葡萄酒，且獻西瓜，其重及秤。」這裡所說，可謂一例，當時畏午兒王對待客人，一要遠迎，二要招待，三要請夫人出場親自相陪，不能不稱之為好客了。

至今新疆人民好客習俗依然保存著。哈薩族人十分好客，望門投宿的人，主人必定會用最好的食品招待客人。牧民們認為：如果在太陽落山時放走客人，是一件奇恥大辱。過去，請客人吃飯時，一般都要宰殺羊隻。宰殺時，主人將羊牽到客人面前；進餐時，主人先將羊頭獻給客人，以示尊敬。塔吉克族人、柯爾克孜族人亦非常好客。凡有客來訪，不論相識與否，都熱情招待。拿出家中最好的飲食，如肉、抓飯、奶油甜米飯等來給客人吃。

（二）慓悍的性格

新疆不少民族（如哈薩克、塔吉克、塔塔爾、柯爾克孜等）是從事畜牧生產的。在長期的野外生活磨煉中，造就了慓悍的性格。

這種慓悍性格表現在對野獸的崇拜上。在過去的歷史中，維吾爾族、哈薩克族都曾出現過狼崇拜的圖騰意識。《新唐書》卷二一五《突厥傳》上記載：「牙門樹狼頭纛，坐常東向。」又，《周書》卷五十《異城傳下·突厥》亦記載：「旗纛之上，施金狼頭。侍衛之士，謂之『附離』，夏言亦狼也。蓋本狼生，志不忘舊。」這兩則記載都說到突厥有狼頭旗幟。所謂「蓋本狼生，志不忘舊」，就是說突厥曾有狼之圖騰。在維吾爾族歷史上也有狼圖騰的習俗。據《新唐書》卷二一七《回鶻傳》上云：「可汗恃其強，陳兵引子儀（郭子儀）拜狼纛而後見。」

　　按民俗學的觀點，崇拜動物意識的產生，說明這一民族尚處於遊牧生產階段。在這一階段中，人們只有強壯的體魄、高超的技藝、無畏的精神，才能戰勝自然界的各種災害，其中包括野獸的侵襲。正是這種生態環境，才造就了這一民族所特有的慓悍性格。

　　哈薩克族有這樣一首民歌《我一腳踢倒一座山》：

　　　　綠色的湖泊我一飲而盡，

　　　　小魚兒在沙漠中生存。

　　　　我一腳踢倒一座山，

　　　　空曠的原野裡發生了地震。〔註1〕

這首歌謠雖屬一種謊言歌，但依然是與哈薩克族人的慓悍性格分不開的；沒有這種性格作基礎，歌謠中是不可能出現那種誇張性的描述的。

（三）反抗、不屈的性格

　　反抗和不屈是在人們處於逆境的情況下而採取的鬥爭意識和行為。這種反抗和不屈的鬥爭不僅表現在與自然界的抗衡中，而且也表現在階級鬥爭、民族矛盾的過程中。因為人們知道，爭鬥才能生存，不爭鬥就不能得到生存，這是血的教訓帶來的深刻認識，同時，這也是人的強烈的求生存的慾望，所造成的性格特徵。

　　維吾爾族有一首《古蘭姆罕之歌》就屬這種較為典型的表現反抗性格的歌謠。據這首歌產生於一樁古蘭姆罕的抗婚案。1820 年至 1825 年間，「出生於伊犁河畔奧依芒布拉克的古蘭姆罕長到十五歲的時候，出落得十分美貌。當地鄉約丘拉克欲強娶古蘭姆罕為妾，遭到古蘭姆罕的強烈反抗。古蘭姆罕被逼無奈，與自己心愛的青年雙雙出逃。幾年以後，鄉約死了，古蘭姆罕才得以與丈夫返回家園。」〔註2〕在這首歌謠中，充滿了反抗的情緒和不屈的精神。「窮人的血淚化作浪／淹死鄉約的牛和羊／古蘭姆罕的痛苦和悲傷／叫你丘拉克鄉約也嘗嘗。」短短的四行詩，不僅深層地表現了古蘭姆罕的痛楚，更表現了她不屈不撓的鬥爭精神。類似這樣的歌謠，還有一首叫《阿衣木罕之歌》〔註3〕，說的是有個姑娘叫阿依木罕，聰敏過人，美貌非凡，哈密王欲

〔註 1〕馬雄福翻譯整理《哈薩克族民歌選》，新疆人民出版社，1986 年版，第 166頁。

〔註 2〕《維吾爾族民歌選》，新疆人民出版社，1986 年版，第 58、59 頁。

〔註 3〕《維吾爾族民歌選》，新疆人民出版社，1986 年版，第 58、59 頁。

強娶她爲妻，遭到她的嚴正拒絕。哈密王老羞成怒，將阿依木罕流放出來，最後慘遭殺害。

這種反抗和不屈的性格，有時是以勝利告結束的，然而在封建社會中，更多的是以主人公的雄壯悲劇而留下歷史的一頁。盡管如此，那種反抗和不屈的性格，仍不失爲民族的最可寶貴的財富。反映在歌謠中，那悲憤、深切的聲音，更是一種強音符號，代表著民族的主旋律。

二、地域造就好歌舞的習俗

我們知道，新疆各民族是好歌舞之民族，長期以來，他們與歌舞結下了不解之緣，成爲生活中的一個組成部分。

（一）婚禮中開展歌舞活動

據《新疆遊記》記載，哈薩克族婚禮上歌舞不斷，甚是熱鬧：「親迎之日，媒攜新婿納采，次第進見女父母伯叔兄弟，握手鞠躬爲禮。（婿家男婦聯騎而行，猶漢俗之伴郎，肉食而後返。）其見外姑，則別以良馬奉之，酬乳哺之恩也。女子將出門，辭父母，握手接吻，以至親之人，抱持上馬，紅巾幪面首，並騎以行。至門，扶入氈房，毛剌高捧潔水一盂，喃喃誦經，飲新郎新婦，猶漢俗之飲交杯，並普飲同座者。夜則諸男婦雜沓調笑，吹彈唱歌，跳舞爲歡樂，猶漢俗之鬧新房，興盡乃各散去。」〔註4〕

這裡描述的是合薩克族鬧新房時的生動場面，歌唱者主要爲伴郎、伴娘或其他參加婚禮的男女，其實出嫁的姑娘亦要唱《訴苦歌》、《告別歌》、《哭嫁歌》等，以表達父母養育之恩的答謝，或者詛咒不合理的婚姻制度及其維護者。此外，還有參加婚禮人唱的《祝願歌》、《氈房讚》、《屬相歌》，借以製造歡樂的氣氛，並表達人們對新婚夫婦的祝願。

（二）男女未婚前需要學歌舞

據《西疆雜述詩》卷三記載：

> 回俗無戲而有曲。古稱西城喜歌舞而並善；今之盛行者曰「圍浪」。男女皆習之，視爲正業。女子未嫁，必先學成，合巹之日，新郎新婦，有「圍浪」之禮，……每曲，男女各一，舞於氍毹之上，歌聲節奏，自手相應，旁坐數人，調鼓板弦索以合之，粗犵碩大者

〔註 4〕謝彬《新疆遊記》，上海中華書局，1936 年版，第 168 頁。

> 流，手撥銅琶，亦能隨聲而和，王府暨伯克家皆喜爲之，部民男女
> 擁集，爲應差事，一曲方終，一雙又上，有緩歌慢舞之致，調頗多，
> 大都兒女之情，軃軂格磔，顧曲匪易，其詞如「沙羅漢」「昆諦昆底」、
> 「圍郎罷」等類是也。

由此可見，歌舞在人們生活中是十分重要的，並視爲一種「正業」，非學習則
不可。

（三）宴會上舉行歌舞活動

《西域聞見錄》卷七記載：「回子宴會，……樂器雜奏，歌舞喧嘩，群回
拍手以應其節。」又，《回疆通志》卷十二亦記載：「宴客，……男女各奏回
樂，歌唱回曲，酒甜，回女逐隊起舞，群回拍手呼叫，以應其節。」

在這裡，「回子」即指維吾爾族，其宴客時，表演歌舞，這一習俗相傳已
久矣。它反映了自發自娛的歌舞已經轉變成爲表演性的歌謠，這是商業性歌
謠的萌芽，是歌謠發展史上的一個分支。雖說這種商業性的歌謠，不是歌謠
之本體，但卻與本體有著密切的關係，那是顯而易見的了。有的更直接將歌
舞表演於街口，借以獲得應有報酬，以求生存之需。《西域聞見錄》卷二記載：
「葉爾羌，……其人……婦女善歌舞，能百戲，如打斤斗、踏銅索諸戲，皆
有可觀。」這裡所說的「婦女善歌舞」，即爲上街賣歌舞的同義詞，可視爲典
型的商業性的歌舞形式。

我們知道，歌謠的產生都需要人的心理的配制。自發性的自我娛樂的歌
謠是真正發自內心的思想情感的真實流露，而商業性的歌謠則有許多虛假成
份包藏其中，兩者都與心理有關，但是不可等同而言，這中間有真假之分，
虛實之別，可謂一目了然的。

（四）節日裡舉行歌舞活動

在維吾爾族，有一種風俗，叫奴魯斯，日期爲每年元旦後數十天。在這
一節日中，人們穿戴一新，舉辦各種遊藝活動，其中歌舞亦是一重要內容。《西
域聞見錄》卷七記載：「又數十日，回子老少男女鮮衣修飾，帽上各簪紙花一
枝，於城外極高之處，婦女登眺，男子馳馬較射，鼓樂歌舞，飲酒醅跳，盡
日而散，謂之努魯斯。」節日是人們長期以來約定俗成的風俗，最早大都與
宗教相關，後才演化成爲娛樂性的男女交結場所。爲了結交，男女兩雙用歌
舞來表達自己的情感，久而久之，就變成歌舞的盛會了。歌舞除原來含有男

女結交的意義之外，又增添了人們表示情感的意義；這兩者意義相合併，就成了節日中歌舞盛行不衰的可靠基礎。

第二節　明喻與暗喻

明喻和暗喻是兩種歌謠中常用的藝術手法，都與人的心理有關。前者表現了明確的思維和直爽的情緒；後者則表現了低沉、憂鬱的情感，以及模糊的心理意識。

一、明喻

在歌謠中，明喻是較爲普遍使用的藝術手法，善於表達直坦的胸懷。

（一）類比性的明喻

所謂類比性的明喻，就是用類比的方法來表示所要說明事物的性質、特徵，從而使人們體驗到其中的藝術魅力。

如《找不到繩索牽引》，這是一首維吾爾族民歌，其歌詞唱道：「我把小船放在湖中／卻找不到繩索牽引／我愛上了一位少女／卻找不到機會談情。」更確切地說這是道情歌，它用類比的方法，將熱戀中的少男於找不到與情人談話的機會而十分苦惱、煩躁的心情躍然於紙上。心情的苦惱，作者不是直接表述的，而是用比喻的手法，將無機會與姑娘談情，說成是小船放在湖中無繩索牽引，形象、逼眞，耐人回味。雖然，我們從字面上看來，作者似乎十分平靜，然而透過表面，可以聽到戀人那顆激烈跳蕩的心，可以看到戀人那心海中激起的層層波濤。之所以能達到這樣的藝術效果，類比性的明喻起到了很重要的作用，這是無容置疑的。

（二）直心性的明喻

所謂直比性的明喻，就是將某一事物直接與所比對象進行比喻。其所起的藝術效果，比較明確，不用細想，便達到一目了然的作用。在這裡，所比事物與被比事物之間有某種相似之處，這就造成了可比的可能性。沒有這種聯繫，人們就不可能產生聯想，就不可能產生思維的跨度。正由於人的思維和聯想，才出現了直比性的明喻。

在人的思維發展進程中，是從低級向高級轉化的；沒有低級，也就沒有高級。在野蠻人的思維中，就已出現了直比性的明喻。例如圖騰時代，圖騰

成爲某一氏族的符號，換句話說，圖騰即爲氏族，兩者之間有了可比性。「在莫特拉夫〔註5〕也能發現這類把人與動植物相比擬的現象。」「在利富人那裡，有時一個男人在死前會用手指著一個他將化成其形狀的動物、鳥或蝴蝶。於是他的所有子孫此後都禁止吃或射殺這種動物。他們說『它是我們的祖先』，並爲它上供。同樣，柯德林頓觀察到，在所羅門群島（烏拉瓦人）當地居民拒絕種植香蕉樹或吃香蕉，因爲一個重要的人物在死前曾予以禁止，這樣死者就可以託生爲香蕉樹了。」〔註6〕這一切觀念的產生，均來源於圖騰習俗和思維。從另一角度來說，這一時期就產生了比喻。雖然這種比喻在現代人看來，多麼不合理，多麼不協調，但是野蠻人卻以爲這是千眞萬確，無可懷疑的。也就是說，這時的比喻是原始階段，以後人們隨著智能的提高，比喻開始趨於合理，並形成現代意義上比喻的主體和支體之間的有機的相互聯繫了。

我們試舉一首直比性的明喻歌謠爲例：

> 姑娘像花鹿一樣的聰明，
>
> 我的目光你已識破，
>
> 爲什麼你總躲著我？〔註7〕

這首塔塔爾族歌謠，很明顯地將心上的姑娘比喻爲花鹿。鹿是一種聰明的動物。歌中將姑娘比喻成它，不僅意在說明它聰明和靈活，而且是在借它來表明自己對姑娘的愛慕之情。在這裡，我們很難說明姑娘對小伙子是否有意；即使姑娘明白小伙子的心意，亦有兩種可能：一是姑娘不愛小伙子，而故意躲避他；一是姑娘喜歡小伙子，而有心造成愛理不理的樣子。這兩種可能，在歌中都會有，至少小伙子一時難捉摸。正是在這種已有愛慕之心而又不易公開表示之前，戀人的心情是矛盾的，又是統一的；是痛苦的，又是幸福的；是絕望的，又是希望的。所以這一首塔塔爾族情歌表現了這一心理活動，是使人回味無窮的。

二、暗喻

暗喻是與明喻相對的一種歌謠表現手法。一般來說，暗喻是一種歷史的

〔註5〕 馬鞍島的一個地名，《瑞沃斯》，第 462 頁。

〔註6〕 〔法〕列維・斯特勞斯《野性的思維》，商務印書館，1987 年版，第 90、91 頁。

〔註7〕 《新疆民間文學》第 7 集，第 156 頁。

沉積物，有時因時間的灰塵積壓，已經看不清原來的面目，只有撥開層層灰塵，才能發現這是歷史上常用的比喻方式。因此可見，暗喻在歌謠中，大多持某一歌謠要素所暗示的原始意義。這種原始意義和人們現代的實在意義有了很大的差距，此都為語言的變異和習俗的變異所致。

（一）蘋果暗喻姑娘

蘋果產生西北，亦是絲綢之路上的重要水果。新疆生產蘋果，歷史已非常悠久。蘋果不但成為人們日常生活中的飲食的一部分，而且與蘋果有關的意識亦滲進人們的思想之中。

在長期生活中，人們逐漸將蘋果暗喻姑娘了。為什麼會產生這種暗喻呢？一方面因為蘋果是可以食用的水果，人人都喜愛；一方面因為蘋果外形漂亮，特別是其成熟時，那半紅半綠的色彩和香味沁脾的味道尤逼人喜愛。久而久之，這種審美習慣和審美心理就慢慢地形成了，並流行於新疆許多民族中間了。

在維吾爾族、哈薩克族、塔塔爾族、塔吉克族、柯爾克孜族等中間，都曾流行過將蘋果暗喻為姑娘的歌謠。

維吾爾族歌謠：

> 人人都喜歡紅蘋果，
>
> 因為果汁是甜的。
>
> 我心裡愛上了一位姑娘，
>
> 因為她在姑娘中是最聰明的。

哈薩克族歌謠：

> 蘋果青的比白的好，
>
> 鮮花朝著太陽開放。
>
> 姑娘你是否理解我的心，
>
> 你象鉛液我撈不到手上。

新疆境內的蒙古族歌謠：

> 供奉的聖水比不上你的心靈，
>
> 果園的蘋果比不上你的形象。
>
> 你在姑娘裡最出眾，
>
> 你是多麼美麗善良。

塔塔爾族歌謠：

　　　　果樹上的蘋果熟了，

　　　　不願在綠葉下隱藏。

　　　　姑娘長大了，

　　　　不願守在閨房。

　　　　果樹上的蘋果熟了，

　　　　散發出陣陣馨香。

　　　　姑娘長大了，

　　　　她的歌聲隨風飄蕩。

　　　　果樹上的蘋果熟了，

　　　　誰不想摘一個嘗嘗，

　　　　姑娘長大了

　　　　小伙子夜夜都把她夢想。

類似這樣的暗喻，在許多民族歌謠中都有，因限於篇幅，茲不贅舉。從這些歌謠裡，我們看到一個事實，那就是把蘋果往往和姑娘聯繫在一塊，有的相互類比，有的直接比喻。之所以會出現這種現象，不是偶然的，而是新疆各族人民審美趣味和心理意識的反映。

（二）月亮暗喻姑娘

　　月亮是一種自然界的天體。由於它光線柔和，很受人們喜歡。

　　如，蒙古族歌謠這樣唱道：

　　　　天上的月兒再亮，

　　　　怎能和燦爛的太陽相比？

　　　　她雖然殷勤又體貼，

　　　　怎能和溫柔多情的情人相比？

又如哈薩克族歌謠唱道：

　　　　高山頂上有一棵鑽天楊，

　　　　人群中有我喜愛的姑娘；

　　　　你是否理解我的心情？

　　　　你的美貌像湖中的月亮。

又如塔吉克族歌謠唱道：

　　　　烏雲遮住了天空，

> 不能看見那輪美麗的月亮，
>
> 高山擋住了視線，
>
> 我不能看到心愛的姑娘。

很明顯，在所舉歌謠中，月亮均可稱之爲姑娘的別號了。月亮和姑娘有緣，最早見於上古神話《嫦娥奔月》。嫦娥是后羿之妻，因偷吃了不死之藥，終於上了月宮。從此月亮與嫦娥混爲一體，月亮就成了女性的代名詞。現代婦女還曾有過中秋拜月亮的風俗。臺灣有些婦女還迷信將祭過嫦娥的柚子皮剝下來擦臉，就能使自己長得又嫩又白。〔註8〕這也說明月亮和女性有關。另外，在瑤族、苗族、壯族等民間神話中，月亮往往與太陽相對爲女性，這就進一步說明月亮爲女性說，是一較爲普遍流傳於民間的思想意識。同樣這一觀點亦存在西域各族人民之中。由此可知，歌謠中將姑娘與月亮放在同一水平面上相提並論，或稱相比喻，實屬一種正常現象。只是人們在歌謠中經常運用，已變得司空見慣，而忘記本來意義了。

（三）魚暗喻姑娘

維吾爾族歌謠《白魚姑娘》：

> 白魚呵，白魚姑娘，
>
> 爲什麼不見你沐浴陽光？
>
> 嫌我不稱心嗎？
>
> 比我更稱心的人又在何方？
>
> 白魚呵，白魚姑娘，
>
> 爲什麼不見你在花園裡散心。
>
> 嫌我不稱心嗎，
>
> 比我更稱心的人又在何方？〔註9〕

塔塔爾族歌謠《姑娘像花鹿》：

> 姑娘像魚兒敏捷，
>
> 我撒下的網你已看著，
>
> 爲什麼你總從我身邊滑過？

以魚暗喻姑娘，似乎不太可能。因爲在新疆一帶水域較少，河汊有限，魚當

〔註 8〕 朱天順《中國古代宗教初探》，上海人民出版社，1982 年版，第 26 頁。

〔註 9〕 《新疆民間文學》第 1 集，新疆人民出版社，1981 年版，第 173 頁。

然亦不多見。不過，歌謠中將魚比作姑娘，不是西域文化中的特殊現象，而是一種普遍的文化現象，在我國其他地方、其他民族中間也多有表現，世界上許多國家亦有相類似的文化心理和觀念。聞一多早就看到了這一現象，他認為：「以魚為象徵的觀念，不限於中國人，現在的許多野蠻民族都有著同樣的觀念，而古代埃及，西部亞洲以及希臘等民族亦然。崇拜魚神的風俗，在西部亞洲，尤其普遍，他們以為魚和神的生殖能力有著密切的關係。」〔註10〕由此可見，崇拜魚的風俗及其觀念，是整個西部亞洲文化圈中的文化現象。而從屬於整個文化現象的新疆民族的文化修養和心理素質，就不能不受到某種牽制，這樣，就不難理解維吾爾族、塔塔爾族歌謠將魚暗喻姑娘的文化心理了。

（四）馬暗喻姑娘

在新疆民歌中，以馬暗喻姑娘的例子，可以說是隨手可得的。這裡又可分成二種情形：

一是以馬為起興來表示兩者的關係。

> 兩匹褐色的駿馬，
>
> 脖頸堅著齊刷刷的鬃；
>
> 你是我鍾愛的情侶，
>
> 我們兩個心連著心。〔註11〕

在這首哈薩克族情歌中，駿馬句是作為起興出現的。根據歌謠的一般的規律，起興句和所要闡述的內容是有一定聯繫的，因此，我們可以看到這裡的馬暗喻著被人鍾愛的姑娘。

二是直接將姑娘比作馬。

用比喻的方法，將姑娘和馬來相提並論，同樣亦反映了人們的共同心理。

有一首哈薩克族情歌《心中的玫瑰》這樣唱道：

> 你是草原上最聰明的姑娘，
>
> 你像一朵待放的花蕾，
>
> 啊美麗的姑娘，我心中的玫瑰。
>
> 你像小馬駒天真無邪，

〔註10〕《聞一多全集》第 1 卷，上海開明書局，1948 年版，第 135 頁。
〔註11〕《哈薩克族民歌選》，新疆人民出版社，1986 年版，第 39 頁。

> 你像雛天鵝純潔雪白，
>
> 啊美麗的姑娘，我心中的玫瑰。

塔塔爾族的《你是我眼睛的光明》亦將戀人比作駿馬：

> 瞎子渴望著有一雙明亮的眼睛，
>
> 騎士渴望有匹奔馳的駿馬，
>
> 心上的人啊，
>
> 你是我明亮的眼睛，你是我的駿馬。

類似這樣的例子，在其他民族的歌謠中亦有，例如藏族情歌《姑娘已戴上指環》：

> 既然是一匹有了主的駿馬，
>
> 何苦再去為它配上金鞍，
>
> 姑娘的手上已經戴上指環；
>
> 我還有啥必要再同她攀談！〔註12〕

應該說，新疆一帶曾是畜牧生產十分發達的地方，因此馬就是各民族生活中的重要運輸工具和食物來源。正因為如此，人們很注意馬的飼養及培養新的品種。《西夷廣記》記載：「於闐物產：葡萄、木香、安息香、雞舌香、乳香、阿魏。馬多駿。騾、獨峰駝、溫肭臍、獅子、沙磧鼠——其大如猬，色類金，出入群鼠為從。」十八世紀中葉以後，維吾爾族農村副業還是畜牧業，其中畜養的仍有馬：「自底定以來，滋養生息，家給人足。迄今最貧苦之小回，亦有牛、羊、駝、馬。」（《西域聞見錄》卷二）由此，我們可見，反映現實生活的歌謠中出現馬的各種詠唱，完全是正常的。

然而，為什麼在西域歌謠乃至其他地區和民族的歌謠中將馬暗喻婦女，這種文化現象值得進一步探討。

在我國蠶桑神話中，就出現了馬與女人合一的現象。《山海經·海外北經》曰：「歐絲之野，在大踵東，一女子跪據樹歐絲。」這裡所說「女子」，實為蠶，否則就難理解女子怎能吐絲呢？在古代，由於蠶頭似馬，故稱蠶為馬頭娘。在《荀子·蠶賦》中，即說蠶為「身女好而頭馬首者」。這裡已將女子與馬聯繫在一起了。

用馬暗喻女人的風俗，亦長期流行於民間。唐代白居易有詩云：「莫養瘦馬駒，莫教小妓女。……馬肥快行走，妓長能歌舞。」清代趙翼《陔餘叢考》

卷三八記載：「揚州人養處女賣人作妾，俗謂之養瘦馬。」另外近人鄧之誠《骨董瑣記全編》和明人張岱《陶庵夢憶》中都提到養處女賣給人家當小老婆，稱之爲養瘦馬的事。這些都說明，用馬暗喻女人作爲一種文化現象已經滲入人們的意識形態之中，並作爲風俗習慣而被固定、傳承下來，直到今天社會仍然可見這一遺跡。

　　爲什麼會出現這種語言現象和風俗現象？其深層的社會思想基礎如何？我很同意龔維英的看法。他說：「自原始公社末期母權爲父權替代以來，廣大婦女就一直處於社會的最底層，備受神權、王權、族權、夫權的四重壓迫。她們的處境是與『馬』這樣的畜生有某些畢肖之處的。於是，人們自然而然地把『馬』當作女人的隱語。」〔註13〕

　　現在新疆歌謠中，出現的大量的各民族的對馬的暗喻和描寫，已經完全屬於無意識的，只是機械地傳襲表面的現有的認識，但作爲一種思想意識的遺留物還頑強地表現在歌謠之中。由此得知，這種思想意識過去曾盛行於西域民眾之頭腦裡。造成這種狀況的原因，大概與絲綢之路的開發有關。隨著經濟和文化的交往，內地人們關於馬的暗喻之觀念，傳入西域一帶，與當地的生產狀況相適應，很快就和當地人的思想觀念吻合起來，成爲一種根植於現實的觀念和意識。如此一來，我們就能較好地解釋在新疆歌謠中爲什麼會出現將女人比喻爲馬的難題了。

〔註13〕　《民間文藝集刊》第 6 集，上海文藝出版社，1984 年版，第 194 頁。

第十章　吳地情歌的心理分析

　　吳地所產生的情歌屬於吳歌的一個組成部分，和其他地區、民族的情歌一樣，有著豐富絢麗的社會風貌和各種思想內涵，反映著不同階段的戀愛情緒，如初會、初戀、初連、探情、連情、逗情、熱戀、讚美、思慕、相誓、悔恨、勸戒、送別、離難等等，所有這一切戀愛中表現的場景，均與心理活動是緊密相連的，亦可稱之為戀愛的心理學了。

第一節　吳歌的各種表現

　　我們只要翻閱一下吳歌中的情歌，就不難發現這樣一種現象，那就是女子在追求戀愛過程中所表現出來的大膽、潑辣、放縱的性格和心理，會使其他地方的情歌都會黯然失色。與此相反，男子所表現的勇敢精神遠不及女子，而顯得十分窩囊和瑣猥。從心理學的角度來看：「由於女子較男子早進入這個被稱為『初戀』的時期，所以與同年齡的男子間有些不相吻合。由於膽怯，雖然樂於與異性遊戲，但情緒卻不穩定。為了掩飾自己的害羞，甚至還會出現一些粗魯的做法和攻擊性的行為。在這種集體活動中，男女都努力設法引起異性對自己的注意。他（她）們不顧同性朋友的指責，總希望與自己喜歡的異性接近。」〔註1〕不過，需要指出的是，吳地情歌主要產生於封建時代，因此，當時的男女青年不可能在一起做遊戲之類的相互交往。然而，就生物學的觀點來說，性的成熟標誌著已經成人，有了與異性結合的要求，為此，男女青年就用歌表達求偶的心情和願望，其中女子所表達的心情和渴望尤為

〔註 1〕 依田新主編《青年心理學》，知識出版社，1981 年版，第 23 頁。

深切和感人。

首先，她們公開了求偶的標準，這在宗法社會裡是難能可貴的。從一般女子（特別是剛萌發愛情之苗芽的女子）來說，她們的心理是含蓄的，內向的，不會輕易表露內心的秘密，尤其愛情的萌芽保護更為嚴實，當然，也就不會在廣庭大眾之前，闊談什麼愛人的標準了。然而在吳地情歌中，這一方面的例子是經常可以發現的。

一是她們喜歡「聰明伶俐如意郎」。所謂聰明伶俐，就是對自己理想中的郎君的挑選標準。如：

> 嫁郎勿著氣悶悶，
>
> 滿屋堆金勿喜歡，
>
> 嫁著仔聰明伶俐如意郎，
>
> 就是手拿鉢頭討飯也心甘。〔註2〕

二是她們喜歡情哥「一身細皮白肉」。這是因為年輕姑娘愛上了一個店員之類的人物，正是如此，他們才有可能不被日晒的白色皮膚，否則是不可能的。

> 今朝頭上滿天星，
>
> 明朝落雨勿該應，
>
> 我情哥出門勿曾帶釘鞋傘，
>
> 一身細皮白肉也傷心。

從這首民歌中，我們可以想像出姑娘的情哥無疑是細皮白肉的店員之類，此時正在去收帳的路上，故情妹擔心他沒有攜帶防滑的釘鞋和防雨的傘。

三是她們喜歡從事體力帶動的未婚小伙子。

其中表現之一，就是她們心裡想的不是錢財，而是小伙子的人品，只要他們真摯相愛，即使再窮的日子也不害怕。

> 岸浪姐姐紅堂堂來白堂堂，
>
> 一心想配網船郎，
>
> 勿嫌窮來勿貪富，
>
> 貪那烏背鯽魚泡鮮湯。

情歌裡的姑娘長得「紅堂堂」、「白堂堂」，十分標致，卻愛上了一個打魚的青年人。這似乎有些不可思議，但卻是姑娘真心真意的想法，表現了她崇高的

〔註2〕見《吳歌新集》（內部資料），第145頁，以下凡引此書，均不再一一加以注明。

情操和道德。不過，在這裡需要指的是「紅堂堂」、「白堂堂」的姐姐不一定是勞動者家庭的女子，而是一個有錢人家的小姐。即便如此，「姐姐」那種深切熱戀打魚郎的思戀之情也是可貴的、高尚的。

其表現之二，就是姑娘心中所思想的男子，應是一位勞動能手。

> 1. 郎喊山歌山河動，
>   走路好比虎出洞，
>   泥擔如同「走馬燈」，
>   肩上扁擔像面弓。

> 2. 一行柳樹一行影，
>   行行樹影樹連根，
>   哥哥蒔秧像條龍，
>   妹妹望見眯眼睛。

從這兩首民歌中，可以觀察到它們都是勞動女子的視力線上的藝術形象，表現了勞動女子的思想情感。我們知道，青年男女屬勞動者，直接從事大田生產活動，因此女子心目中的「英雄形象」是勞動能手的形象，將情哥挑擔誇張為如同走馬燈一樣快如飛，將情哥蒔成的苗比喻為一條龍齊整，這樣比喻和誇張的本身就帶有很大的感情色彩。

情感是對周圍事物以及對自己內心活動的態度的體驗。其體驗出的表情、感情、情緒，如喜怒哀樂、愛恨親疏、興奮、激動、頹喪等等，與人們的社會實踐活動緊密相關。青年姑娘從生活中認識到勞動的好壞，能力的大小，體魄的強弱與今後的家庭生活很有關係，因此，她們在選擇對象上，首先就考慮到了這一關鍵性問題。正因為有如此的認識基礎，所以情歌就不可避免地反映出對情哥在勞動時的生龍活虎的形象，與此同時，民歌作者對人物的描述上賦於了極大的激情和熱情。當然，我們也應看到民歌作者並沒有將自己的情感都拋露無餘，而是恰到好處地控制了自己的情感，表現了最能引起激情的某一具體形象，如前兩個例子裡：一個是挑擔的形象，一個是蒔秧的形象，而沒有去大肆渲染情哥如何如何漂亮、強壯和自己如何如何愛他。因此，從這裡可以看出吳地情歌的情感是深沉的，熾熱的，同時又不輕易外露，而是飽藏在每首情歌的字裡行間。

吳地情歌中除了有反映女子選擇情郎的標準和心理，同時亦有不少關於她們盼望與情郎幽會的急切心情和吟唱。

這種心情，姑娘是用多種言語和行動來表示的。

例如，她們用打扮自己來等待情哥的到來。

如《十二月花開望郎來》中有一段：

> 桃花含蓄三月開，
>
> 姑娘打扮出春臺，
>
> 右手拿仔黃楊板木梳，左手拿起青絲
>
> 頭髮要篦八梳妝臺浪胭脂花粉望郎來。

這段民歌中，姑娘盡心地打扮梳妝不是爲了自我欣賞，而是想獲得情郎的青睞。從心理上來看，一經思春期發育完成，青年男女雙方都會感到對異性的向往，願意對異性表示好感，並且希望得到異性的愛。此時，他們都開始注意自己的外表、舉止、言談，以此想贏得對方的愛慕。特別是在已處於熱戀之中的姑娘，其注意外表的程度遠勝於男性。這一段《十二月花開望郎來》所描述的姑娘等待情郎的心情和舉動是貼切的，確實能從中反映出姑娘等郎的焦慮不安的心境。

又如她們用好酒好菜來等待情哥。

如《全心全意待情哥》：

> 轉眼分別三年多，
>
> 妹妹殺雞待情哥，
>
> 心肝腸肺燒一碗，
>
> 全心全意待情哥。

在這首民歌書，表面上是姑娘殺雞等待情哥的到來，實際上她那深沉眞切的心情何止於此，恨不得將自己的心肝也都燒進菜中。民歌用寓意和概念偷換的辦法，表現了她那全心全意的愛情哥的心情。民歌在表現這一內容時，還有另外一種情形，那就是用正常的行爲來掩蓋內心盼望與情哥相會見面的失常舉止。這在吳地情歌中可以找到不少例子，構成了一幅幅生動有趣的畫面。

> 1. 黃昏狗咬叫汪汪，
>
>   定是情郎來把我張，
>
>   開仔扇門娘罵我，
>
>   娘啊，我花鞋未收怕落霜。
>
> 2. 東天日頭竹竿高，
>
>   姐在屋裡蒸年糕，

　　　　田裡廂人多不敢喊，

　　　　假裝梳頭手來招。

　　3. 東方發白雄雞啼，

　　　　一身露水兩腳泥，

　　　　娘問爲啥起實梗早？

　　　　我說早起去摘大甜梨。

第一首情歌裡，明明聽到狗叫，知是情哥已到，但開門時卻遭到母親吼斥，只好假裝去收花鞋。第二首亦有同樣的意境，姐想請在田裡勞作的情哥進屋吃年糕，但怕惹人非議，只好假裝梳頭把手招。第三首是講情哥情妹夜裡幽會。天明姑娘到家後，母親十分驚奇。姑娘只好說謊去摘大甜梨了。

　　原本戀愛是甜蜜的，相愛的男女雙方應毫不隱瞞地表示自己的愛慕之情，然而由於封建禮教的禁錮，人們的感情受到壓抑。這種情感轉化，是社會的客觀因素造成的。從心理學角度說，是意識的作用，是客觀事物對主體意識的影響。將熾熱燃燒的愛情之火變成火山裡的炭漿，由公開表露轉爲深處隱藏，這三首吳地情歌就表現了情感的細膩變化，很有典型意義。

第二節　情歌的想像

　　想像是一種創造性的思維活動，它屬心理學的一個組成部分，是利用主體本身儲存的資料構思新的事物的形象，在吳地情歌中，我們可以發現大量的這方面的內容，作者根據自己的需要，想像出各種美好的圖景。這是從現實出發而進行的思維創造活動。

　　狄德羅說過：「想像，這是一種特質，沒有它，人既不能成爲詩人，也不能成爲哲學家、有思想的人、一個有理性的人物、一個眞正的人。」又說：「想像是人們追憶形象的機能。一個完全失去這個機能的人是一個愚昧的人。」〔註3〕吳地情歌的作者屬於富有想像特質的詩人。他們充分發揮自己這方面的才能，生動地表現了對戀愛自由和幸福生活的追求和向往。

　　第一，姑娘想像嫁了一個好後生。

　　　　種樹要種萬年青，

　　　　嫁郎要嫁好後生，

〔註3〕《西方文論選》上冊，上海譯文出版社，1979年版，第357頁。

　　　　春有青菜嫩鮮筍，

　　　　夏有瓜果到秋分，

　　　　秋藏角豆吃一冬，

　　　　蘑茹香蕈勝葷腥，

　　　　啥人要吃你鮮魚鮮肉活海參，

　　　　我再世投胎決不嫁你只老猢猻。

從民歌中，可知作品中所敘述的是一個婚後生活不幸福的女人的心裡話。它通過嫁給好後生，生活幸福美滿的想像，更悔恨當時婚姻的過失，發誓即使每天都吃鮮魚鮮肉活海參，「再世投胎決不嫁你只老猢猻。」這種想像不是毫無現實根據，因為任何想像都不能不受到現實生活的制約。它的想像是建築在作品中的主人公嫁於老頭而產生懊喪情緒基礎之上的，為此，才有情歌中憧憬嫁於後生的美好描寫。

　　第二，想像自己的愛心是十分漂亮。

　　俗話說，情人眼裡出西施，不是因為愛情而有意作出主觀努力使表象變得好一些，而是自然而然地覺得對方很美。在情歌中，人們通過想像，使客觀事物（愛人或與愛人相聯繫的一切）在人的頭腦中留下的映象，變得美麗漂亮。換句話說，這種映象之所以美麗漂亮，除了心造的原因外，還有一部分是現實生活所提供的依據。不過，一但現實生活中的客觀事物不能滿足於人們的需要，人們也可以利用想像這一心造因素來補充現實的不足。

　　　　青蓮衫子藕荷裳，

　　　　不裝門面淡淡裝，

　　　　標致阿妹不擦粉，

　　　　大白藕出於烏泥塘。

這裡所描繪的是不重外表的漂亮的農家姑娘的形象。雖然姑娘不擦粉施胭，但是在情人眼裡比濃妝艷抹的人還要漂亮。在這裡，作者有著許多想像的成分：一是外表。所謂青蓮衫子藕荷裳，在實際生活中是不存在的，而是作者通過想像將情人說成是一個出水芙蓉。因此情歌中借用的是荷花的形象表現情人的。二是身體。所謂標致阿妹不擦粉，不僅是說她自然純真之美，而且是說她非常之白。正因為有這一層意思，接下來作者聯想到姑娘身體白如「大白藕」。雖出於烏泥塘（一者可以理解為其生於尋常百姓家，一者可以理解為

其外套），但她白潔細膩的身體是楚楚動人的。

　　第三，想像與姑娘相見時的情景。

　　　　大伏天裡日頭像蒸籠，

　　　　阿哥熱得昏冬冬，

　　　　十七八只喜鵲來報信，

　　　　俏妹妹手抄竹籃香茶送，

　　　　羞答答一把陽傘遮面乳，

　　　　嗲悠悠一路小跑快如風，

　　　　太陽不晒穀不結嚕，

　　　　情不碰頭意不攏。

這首情歌裡，表現的是俏妹妹爲在田裡勞作的情哥送茶水時的情景。情歌用的不是寫實的辦法，而是借助想像，描繪了姑娘送茶到田頭的姿態和情貌。在封建社會的禮義制度禁錮之下，未婚青年男女是「受授不親」的，更不用說去爲情人送茶了。特別是「羞答答一把陽傘遮面孔，嗲悠悠一路小跑快如風」的描寫，顯然帶有主觀臆想。這裡所描寫的情味的走路情態和舉止不是一個農家姑娘的形象，而是鄉間有閒階層家庭中的姑娘的形象。有錢人家的小姐愛上莊稼漢固然在現實生活中亦有這樣的例子，但畢竟是少數，因而成爲人們向往的理想婚姻，就像民間故事裡國王的女兒愛上窮人那樣，情歌中有錢人家的小姐愛上莊稼漢，顯然也是一種愛的想像。

　　吳地情歌所表現出來的藝術想像，反映了小市民的思想心理。

　　首先，表現在審美意識方面，情歌中大量的有「十指尖尖」「白皮細肉」、「白堂堂」、「嬌滴滴」等市民審美色彩的描寫。例如有一首情歌這樣唱道：「隔河看見美嬌娘／頭浪青絲亮澄澄／面熟陌生難開口／唱支山歌姐思量。」從整首情歌看來，可知那唱山歌去調情的人一定是個有閒之徒，否則不會輕易隔河看見一個漂亮女子，就產生與之結識的慾望。再說，那女子頭髮梳得光滑閃亮，很顯然也不會是農家女子的質樸形象。特別值得要指出的是，作者選擇了有閒之徒看見美嬌娘的神情，並欲急切想去調情的內容加以表現，這本身就反映了市民階層的審美趣味和要求。

　　其次，表現在大膽結識私情上。吳地情歌裡確有不少私情歌，這裡所表現亦都是市民階層的心理素質。

　　一種是大膽的男女之間的舉動。如《扯布裙》：「姐在弄堂裡走一遭／吃

情哥扯斷子布裙腰／親娘面前只說肚裡痛／手心捧住弗伸腰。」〔註4〕在封建社會，弄堂裡男扯女裙是有傷風化的，是對封建禮教的嘲弄，反映了一種向往戀婚自由的市民階層的心理。

一種是引誘有夫之婦。如《看》：「小年紀後生弗識羞，郵了走過子我裡門前咦轉頭，我裡老公谷磔磔介雙眼睛，弗是清黃昏個，你要看奴，奴那弗到後門頭。」〔註5〕這是一首有夫之婦與情人之間的小插曲，反映封建的家庭制度受到了干擾和破壞。此類性質的吳歌多不勝舉，關於這一點，我們可以從馮夢龍的《山歌》和《掛枝兒》中得到証實，同時也說明了市民階層的思想意識衝擊了當時的封建主義的道德、行為和思想。

一種是出現大量的淫穢描寫。民間確有淫穢的歌謠私下流傳著，到了明代淫穢歌謠更多，其中有不少關於妓女的描述，這些表現的對象和反映出的審美意識，都說明了市民階層的興起，其思想意識對傳統的思想意識無疑是一個衝擊。

吳地情歌中的市民思想意識的出現不是偶然的現象，它是與商業經濟的發展是緊密關聯的。王運熙在論述這一問題時指出：「吳聲西曲歌辭絕大部分是熱情洋溢的情歌，它們也是跟大城市的繁華分不開的。六朝時代，內亂外患頻繁，廣大人民經常過著顛沛流離的生活。但如建業江寧等大城市，由於統治階級把剝削來的人民血汗大量地在其中消費，造成了畸形的繁榮。居住在這些物質條件好、交通暢達的城市裡的市民階級，生活一般比較優裕，禮教對他們的約束力小，他們的思想比較自由大膽，這是產生熱烈情歌的主要條件。在春秋時代，齊鄭兩國的商業和交通特別發達，兩國的民歌——《齊風》《鄭風》——也特多熱烈大膽的情歌，情歌正相仿佛。」〔註6〕王氏這一見解是十分正確的，他認為吳歌中的情歌之所以比較自由大膽，主要原因有兩個：一個是城市的繁榮，一個是商業的發展。在這兩者之間是相輔相存的；商業的發展帶來了城市的繁榮，而城市的繁榮又促進了商業的發展。

六朝時期《吳聲歌曲》產生於吳地，而當時的京城建業為中心地區。南朝的富庶地區，主要是荊揚二州，而這兩州的州治為建業和江陵，又是全國最繁華的城市。《宋書·孔季恭傳論》云：「江南之為國盛矣，雖南包象浦，

〔註4〕 馮夢龍《山歌》。
〔註5〕 馮夢龍《山歌》。
〔註6〕 《六朝樂府與民歌》，上海文藝聯合出版社，1955年版，第31頁。

西括邛山，至於外奉貢賦，內充府實，止於荊揚二州。……楊部有全吳之沃。魚鹽杞梓之利，充仞八方；絲綿布帛之饒，覆衣天下。」到了明代，江南一帶的商業經濟更得到了進一步的發展，舉蘇郡織染局而言，其「肇創於洪武，鼎新於洪熙。……局之基址：共計房屋二百四十五間，內織作八十七間，分爲前、後、中、東、西六堂。又大堂兩傍東西廂房等處，機杼共計一百七十三張，掉絡作二十三間，染作一十四間，打線作七十二間。大堂並庫廚府局二廳等房五十間。後者有避火圍池，真武殿土地堂、碑亭各一座，古井二口，牆堵四立，俱在大堂之左。」〔註7〕如此規模的織染工業在資本主義萌芽狀態時期的中國以致國外都是屈指可數的。據清納蘭常安《受宜室宦遊隨筆》十八記載：「蘇州專諸巷，琢玉雕金，鏤木刻竹，與夫髹漆裝橫、像生、針繡、咸類聚而列肆馬。其曰鬼工者，以顯微鏡燭之，方施刀錯。其曰水盤者，以砂水滌濾，泯其痕紋，凡金銀琉璃銘繡之屬，無不極其精巧，概之曰蘇作。廣東匠役，亦以巧馳名，是以有『廣東匠，蘇州樣』之諺。」也正因爲城市和商業經濟的發展和繁榮，形成了許多新的富商豪士、市儈幫閒、流民惡少。這些新興城市中的階層，使民風大變。

> 松郡雖淫靡，向來未有女幫閒名色。自吳買婆出，見醫士高鶴琴無後，佣身與生一子，吳遂以女俠名。而富宦之家，爭延致之，足跡所臨，家爲至寶。吳因託名賣婆，日以幫閒富寶爲生。工製淫具、淫藥，縱酒恣歡。〔註8〕

> 瞎先生者，乃雙目瞽女，即宋陌頭盲女之流。自幼學習小說、辭曲、彈琵琶爲生。多有美色，精技藝，喜笑謔，可動人者。大家婦女，驕奢之極，無以度日，必招致此輩，養之深院靜室，晝夜狎集飲宴，稱之曰「先生」。若南唐女冠耿先生者，淫詞穢語，污人閨耳，引動春心，多致敗壞門風，今習以成俗，恬不知怪，甚至家主亦悅之，留荐枕席，而忘其瞎。〔註9〕

從這兩則材料中，我們可以看到吳中習俗之一斑。由於這種習俗盛行，因此吳地情歌中淫穢歌的出現那就是很自然的了。當然，在這些歌謠之中，有一部分是城鎮裡的好事之徒的創造，那更容易理解了。

〔註7〕 〔清〕孫珮編《蘇州織造局志》卷三，引明文徵明「重修織染局記」。
〔註8〕 〔明〕范濂《雲間據目抄》卷二。
〔註9〕 〔明〕田藝衡《留青日札》卷二一。

第三節　情歌的移情

　　吳地情歌中的移情作用。

　　移情是民間創作在情感表現上經常運用的方法。是作者對客觀事物進行某種富有感情的想像，然後通過具有感情色彩的客觀事物來實現情感的交流和表現。

　　在吳地情歌中，這種移情現象是的確存在的，而且其表現形式也是多種多樣的。

　　第一移情於動物。

> 一朝露水一朝霜，
> 鴛鴦歇在後門堂，
> 鴛鴦啊，你也苦來我也苦，
> 你無食來奴無郎。

作為鳥類的鴛鴦是沒有人類的情感的，它不會在無食的清晨而感嘆自己命苦，相反的卻是情歌中的女主角因無情郎感到十分痛楚。她的這種心情表現沒有直接顯露，而是將自己這種情感巧妙地附於鴛鴦身上，一個無食，一個無郎，就造成了移情的同一相似的前題，有效地表現了女主角的思郎的深切願望。

　　第二移情於植物。

> 蠶頭花開紫微微，
> 花花蝴蝶成雙對，
> 寡婦婆看見仔實難過，
> 老鰥公站勒高墩忘記把家歸。

看過蠶豆（頭）花的人都知道它是紫色的，有相對襯的兩瓣。寡婦和老鰥公的看到蠶豆花，再聯想到自己的喪偶獨居的處境顯得十分悲哀傷感。造成這樣心理的原因，就在於他們將人的情感和行為移至植物身上，是將蠶豆花的花瓣當成了一對相依相靠、親密無比的情人，而將自己與此相比，更覺悲傷，以致站勒高墩忘記把家歸，其實，家對老鰥公來說，已不存在實際意義了。

　　第三移情於神仙。

> 吃飽仔夜嘸啥做，
> 要到場南頭唱山歌，

> 唱到南海觀音動凡心，
>
> 唱到如來活佛討老婆。

本來南海觀音、如來活佛是宗教人物，亦是人民群眾傳說中的神仙。他們不食人間烟火，沒有凡人的七情六欲。所謂《唱到南海觀音動凡心，唱到如來活佛討老婆》，這顯然是歌手將自己的情感移植到他們身上了，但在很大程度上表露了自己眞實的情感和心理。

第四移情於自然。

自然界的山山水水，一草一木，在情歌中都可能被附上人的喜怒哀樂。熱戀時，情人眼裡的一切山水都是美好的，快樂的，和他（她）的心情是一致的，失戀時，悲傷的情緒也感染著他（她）所見的一切山石草木，即使是平常自己最喜愛的自然景物也不免流露出同一的思想情感。關於這兩種迥然不同的移情現象在吳地情歌裡均有反映，不同的是，後者較之前者更多一些。

> 秋風一起桐葉落，秋霜一降黃菊花兒開。秋蟲兒聲聲叫在窗門前；秋月兒無雲到也眞可愛，獨宿佳人甚是難挨。這瘟相思，偏偏落在秋天害。（又）〔註10〕

> 青天上月兒恰似將奴等，高不高，低不低，正掛暫柳枝梢；明不明，暗不暗，故把奴來照。清光你休照我，與我不差半分毫，缺的日子多來也，團圓的日子少。

這兩首民歌都是表示相思的，其共同之點，就是用自然景物表達相思之情。前者中的秋風、秋霜、秋蟲、秋月都是秋天中的自然景物，純屬自然現象，可是思念情人的女人卻將自己的苦苦相思的情緒轉移山那風霜蟲月上了。桐葉由綠變黃落了下來；菊花開了，但秋霜已到，蟋蟀聲聲鳴叫猶如對情人的呼喚，月亮不被雲遮很可愛，然而相思人的心頭陰雲籠罩。所有這一切都襯托了相思人的思念，並且在對風霜蟲月的進行描繪時均帶有那女子相思之情感。後者用天上月亮與等待情郎的奴家比較，最後得出結果，認爲月亮和自己一樣，是「缺的日子多來也，團圓的日子少」。從這裡，我們可以很明顯地看到月亮的身上附上了那位等郎奴家的思想感情。

第五移情於他人。

在情歌中有一種常見的現象，那就是民歌中所唱及的主人公一般都是由

〔註10〕《明清民歌選》乙集，上海古典文學出版社，1956 年版，第 60 頁。

於自己過失做了一件不應該做的事情，可她卻往往怪嗔別人。當然這種怪嗔不是惡意的，而是一種故意掩飾，表現女子的羞澀之態。從心理學的角度來說，處於思春期的女子不喜歡獨自生活，而喜歡去同異性交際。在封建時代，這種交際往往又是不公開的。正是這樣禮教與個性的矛盾，就產生了這一情歌的特殊現象。如：

> 郎唱山歌響鈴鈴，
> 門前頭阿姐端得飯碗要來聽，
> 眼望青天腳踏階沿肩靠門窗，啦冷！
> 一響打碎一隻龍鳳八角八角龍鳳江
> 西金邊花飯碗，
> 罵聲唱歌郎格害人精。

又如：

> 東南風起順風飄，
> 下風頭阿姐最難熬，
> 郎啊，四句頭山歌八句頭山歌別處唱，
> 害得我小妹三十棵格落蘇踏脫廿九棵。

明明是自己愛聽情人唱歌，以致打碎龍鳳飯碗，踏脫落蘇，卻怪不知情的情郎。在這裡，移情的橋梁就是情郎唱的哥，這歌使女子忘記一切，這歌使女子又怪嗔情郎。女子將自己愛情巧妙地通過表面上的失誤「怪罪」到情郎身上，無疑也是一種移情的特別現象。

吳地情歌中大量的主人公為多情女子，而她們又往往借助於天地日月，山川河流，花草樹木等等表達自己的思念之情，是有其特定的心理因素的。

進入思春期的女子，雖然比男子要早進入初戀階段，但她們都較膽怯，害羞。她們用打扮自己的辦法，借此以引起男青年的注意。因此情歌中出現了許多描繪女子外表的種種句子。一方面，這一時期的女子容易產生孤獨感，另一面她們又各種美好的憧憬，因此這種情歌是絢麗多彩的，有幸福的幻想，有初戀的煩惱，有結識情人的高歌，有失戀後的悲詠，等等，特別是當這些情感轉移到自然界和人類社會生活的許多事物中時，其歌唱尤為感人，尤為精湛。如在《新選掛枝兒》中，表現思念時，其移情的對象就有月、花、葉、春、風、鏡、墨斗、天平、蠟燭、雪獅、火炮、燈籠、泥人、木梳、書信、衣物等等。所有這些事物在情歌中都賦予了主人公的情感，而

其中絕大多數都是女子。由於女子性格特徵和心理素質，就決定了她們會以自己最常見最常用的日常事物和自然現象作為移情對象，是毋容置疑的，可信的。正因為這些事物賦予了多情女子深切的相思之情，讀來更親切感人，仿佛進入了一個情深意切的藝術世界。